QUSHUICHANCHAN

曲水潺潺

时代出版传媒股份有限公司
安徽文艺出版社

路方红——著

作者简介

　　路方红，近现代蒲松龄著作研究学者路大荒先生嫡孙女。心血管病专业研究员、山东省优秀研究生指导教师。兼任中国高血压联盟常务理事、晋鲁豫高血压联盟联席主席、国家基本公共卫生服务项目基层高血压管理专家委员会委员等职。在国内外本专业杂志发表论文一百余篇，为《中国高血压防治指南》及配套指南编委。

　　近年来谨遵父亲遗嘱，整理祖父资料，撰写《路大荒传》，2017年由齐鲁书社出版，2019年获第三届"奎虚图书奖"的"推荐图书奖"。忙中偷闲撰写一些散文与随笔等作品，散见于《澎湃新闻》《济南文史》《济南时报》《济南日报》《聊斋园》《济南古城历史街区》等。

荒林昼静响啄木，流水潺潺绕山曲

曲水潺潺

路方红 —— 著

时代出版传媒股份有限公司
安徽文艺出版社

图书在版编目（CIP）数据

曲水潺潺/路方红著. —合肥：安徽文艺出版社, 2023. 10
ISBN 978-7-5396-7839-9

Ⅰ. ①曲… Ⅱ. ①路… Ⅲ. ①散文集－中国－当代
Ⅳ. ①I267

中国国家版本馆 CIP 数据核字 (2023) 第 165598 号

出 版 人：姚 巍　　　　　　责任编辑：胡 莉
封面绘图：辛晓雨　　　　　　装帧设计：熙宇文化
....

出版发行：安徽文艺出版社　　www.awpub.com
地　　址：合肥市翡翠路 1118 号　　邮政编码：230071
营 销 部：(0551)63533889
印　　制：安徽新华印刷股份有限公司　　(0551)65859551
....

开本：710×1010　1/16　印张：16.75　字数：223 千字
版次：2023 年 10 月第 1 版
印次：2023 年 10 月第 1 次印刷
定价：58.00 元
....

作者上济宁市委幼儿园入托照

儿子和同学们与刘老师合影

▲

我们三口之家在八达岭长城

————

▶

全家在青岛海水浴场

作者(右)与丁老师

作者(右)与景教授在大钦岛

作者(左一)和同事与阮景纯院长夫妇合影

作者与刘力生教授合影

目 录
contents

曲水潺潺　情思悠悠
——序

李耀曦

　　疫情期间，身心疲惫，百无聊赖，沏上一壶好茶，读读朋友发来的文章，实在是一种莫大的慰藉和享受，胜过琼浆玉液，灵丹妙药。比如现今就摊开在案头，被我翻阅了不知多少遍的文友路方红女士的这部书稿。

　　今年前些日子，路方红先是发送电子版给我，其后担心我老眼昏花字号小了看不真切，遂又快递寄来一包放大后的纸质书稿。路方红在微信中嘱托我认真审读一下，贡献点修改意见，以便交付出版社编辑出版。打开浏览一番，得知是她近几年所写的回忆文章的结集，书稿题名《曲水潺潺》，林林总总，长长短短，共计有十四五万字。时值疫情，我正好闭门谢客，足不出户，摒弃杂务，静下心来，用了大约一周的空闲时间，把集子里的所有文章都仔细地阅读了一至两遍。

　　应该说，这是我读得甚为舒心愉快的一部书稿。

　　路方红的文笔，行文风格，也像她童年时代所住曲水亭老街院门前街河里的清泉溪流，潺潺流动，清澈见底，而又随物赋形，摇曳多姿。文章看似并无什么结构经营，只是娓娓道来，信手写去，却也收放自如，起伏有致。由于并非中文科班出身，没有那么多章法技巧的讲究与约束，不故作高深莫测之态，不发宏大玄妙之论，反倒朴茂平实，充满生机，很接地气。蹉跎岁月，迷茫人生，幼时伙伴，中学密友，工厂同事，大学同窗，医院师长、同人等等，无不被她写得生动鲜活，让人如临其境，如闻其声。

一

说到我与方红相遇相识而为文友，倒也蛮符合"以文会友"这句古语雅言，是先知其文，后识其人。

路方红，出身书香之家，乃名门之后，是著名蒲松龄著作研究专家路大荒先生的嫡孙女。因其名而关注其文。我陆续看过她发表在报纸副刊上的多篇文章，都留下了颇为深刻的印象。只可惜未曾有幸谋面，无缘一睹芳容。

然而知其名、读其文不久，便也有幸得识其人，与路方红女士见了面。引见者是她的老朋友、我的新朋友乔建华兄。我与乔兄相识也是萍水相逢，由朋友的朋友介绍引荐。

乔兄曾在某省级医院长期从事医疗保健工作，为整理父亲遗稿和撰写家谱之事找到我。乔兄身世非凡。其父乔嗣斌乃著名医学专家，早年毕业于教会创办的齐鲁大学，还曾去苏联莫斯科留过学，与路方红的母亲是大学同班同学。而乔兄大舅爷刘阶平毕业于南京中央大学，在20世纪40年代，与路大荒先生由于共同对蒲松龄著作的研究成为好朋友。或许正是这些原因，乔兄与路方红很熟。

于是由乔兄电话约定，三人在五龙潭公园门前碰面，而后去附近某酒家小聚。时为一年多之前，辛丑春夏之交，天朗气清，微风和煦，正是疫情一度大为舒缓、人人心情开朗的时节。但见对面而坐的路方红女士一袭风衣，一头乌发，人长得小巧玲珑，面目姣好，举止潇洒，优雅大方，不难想象，年轻时必为一身形绰约之俏佳人也。

后来看到她书稿中《校园逸事》一文。"文革"中路方红上了大学，进入山东医学院读书。夏天到来时，她自作主张，飘飘然穿起了一件花裙子，曾在班里引发轩然大波。读罢不禁莞尔。

半个多世纪过去，历经无数风雨沧桑，如今的医学专家路方红自然已不复少女时代的天真烂漫，但直爽率真的性格依然如故。虽是初次见面，却毫无一般知识女性的矜持之状和教授导师的尊贵之态，无拘无束，侃侃而谈，心直口快，笑声爽朗。彼此大有一见如故之感。

尽管相识时间不长，见面次数也不多，但一来二往，我们便成了无话不谈的老熟人、好朋友。于是方红便不断有文章发来。数月后，她又发来这部书稿。

二

书稿《曲水潺潺》让我读来倍感亲切，还有一个重要原因，即书稿中所写的一些街巷场景我并不陌生，所写的那些著名人物，不少我都曾有过一面之缘，包括大荒先生本人。如今读之，勾起我对往昔的回忆、对故友的怀念，不禁有一种恍然若梦之感。

路方红在书稿第一章"忆昔俱年少"头两篇文章中，写到她在曲水亭街八号小院与爷爷路大荒居住在一起时的童年生活，以及在"曲水书巢"书斋里看爷爷读书写字、整理蒲松龄文集，从而耳濡目染，渐渐爱上文学的情形。

要说起来，我对这条曲水亭老街是再熟悉不过了。那里曾居住着我的不少老同学和老朋友。方红所说居住在曲水亭街十五号，夏日夜晚经常一起偷偷跑到王府池子游泳的小伙伴俐俐，正是我高中要好同学王建老兄的胞妹，前几年我还在王宅见过这位王家小妹。

彼时王宅北邻老槐树旁有两间临街门头房。老棋友裴志平夫妇就住在那里。当年济南盛夏之夜，天气十分闷热，流水潺潺、凉风习习的曲水亭街，遂成为众多棋友的避暑胜地。那时我作为"病退留城知青"正窝在街道上待业，白天被拉去干活，晚上闲着没事儿，便外出乘凉，常去曲水亭街上逛逛。

裴志平是我的忘年交，大我十四五岁，人极聪明，博览群书，我以裴公尊称之。此时裴公也因厂子里停产闹革命赋闲在家，夜晚在门前当街摆个小方桌，手摇芭蕉扇，喝茶看闲书。每当我游逛至裴公门前，便常坐下来与他闲聊一番。

裴公夫妇所住的这两间门头房，正好与路大荒所居曲水亭街八号宅院隔街河东西相望。当年电扇还远未普及，院子里闷热难当，病中的路大荒也常提个马扎出来，坐在河岸边乘凉。只可惜那时我与大荒先生并不认识，无缘面聆其教，仅在夜色中望见一个身影而已。

而裴公作为老街坊就有这个缘分，曾多次当面请教于大荒先生。当时他不知从哪里淘换来一套绣像插图《聊斋志异》全集，正在一篇篇地仔细研读。我在拙著《品读济南》之《鬼狐先生第一解人》篇中，曾详说此事，此不赘述。

方红在写"曲水书巢"的文章中，曾提到文化名人李士钊。其说在爷爷路大荒的诸多文教书画界朋友之中，李士钊是来"曲水书巢"探望交谈最勤的一位。当年这位李伯伯还曾教她如何查《康熙字典》。

我与这位李士钊先生也曾有过一面之缘。

1971年我告别三年"无业游民"生涯，被分配到济南市历下区一家区办小厂当工人。当时厂子里还有一位高中老同学艾兆霖。因是同级老同学，十分熟悉，我常去他家玩。这位艾兄家住朝山街北首路西一条死胡同内，是一座独门独院。我们常谈论的话题是最近看了什么书，并相互交换各自淘换来的中外小说看。

有一次上夜班，下午没什么事儿，我便又溜达着去艾兄处。因是老熟人，当年都是不请自进，推开院门后直奔北屋西侧艾兄那间小书房。进书房后，看到一位身材不高、穿着皱巴巴的蓝布中山装、头发乱蓬蓬的中年人，正与艾兄谈得热火朝天。

中年人坐在三屉桌旁一张木椅子上，指手画脚口沫四溅地侃侃而谈，艾兄坐在对面床上身体前倾洗耳恭听，连插话的机会都没有，就更顾不上理我了。我搬过凳子坐下来，旁听了一会儿，不得要领，遂告辞。艾兄直送我到胡同口。我问这位先生是谁，他说，你不认识？李世钊，大名鼎鼎，是从北京文化部下放来的。

可惜，那时我孤陋寡闻，不知李世钊是何方神圣，与这位著名学者、音乐家、社会活动家，也是对蒲松龄故居修复贡献最大者之一失之交臂，擦肩而过了。

此外，方红书稿中提到的大荒先生的淄博同乡兼好友、济南五中语文教师李森文先生，我也曾经见过。当时李森文已经被释放出来，我是在十亩园街先生家中见到他的。我和先生的女儿李布谷曾有一段交往，作为待业知青共同参加过历下文化馆的"革命群众文艺活动"。其中详情就不必细说了。

三

最后想要说说的是，路方红与我皆非专业作家，都不以文学为业，并不做文章千古事之想，写点文章纯属个人爱好，自娱自乐而已。方红与我年龄相差不大，我们实属于同一代人，曾有一个共同的名字：知青。"文革"十年改变了我们的人生命运。当时正值青春年华，憧憬和美梦碎了一地。这段岁月令我们刻骨铭心，虽说往事已矣，却是终生难忘。

方红有才气，有灵气，喜欢写也写得好，希望她继续写下去，有更多的佳作问世，愉悦自己的同时也愉悦他人。

方红在微信附言中曾希望我能为这部书稿写篇序言。因从未修炼过文学评论这一功，我当时踌躇良久始终未敢下笔。如今壬寅年即将过去，年关就要到来，不管这像不像一篇序言，只好如此交差了。是为序。

2022 年 12 月 27 日

李耀曦，教授、学者、作家，济南文史专家，中国老舍研究会理事，曾撰写出版《老舍与济南》（合著）、《品读济南》、《明湖风月》、《老舍与济南增订本》（合著）、《齐鲁记忆》等专著，并曾应邀编撰"老济南"系列丛书、主编大型图书《印象济南》等。

一　忆昔俱年少

忆　昔　俱　年　少

曲水潺潺

　　曲水亭街，这里有我的老家，是我儿时居住的地方。虽然我离开那里已经许多年了，但它的曲水河、它的街道，以及爷爷的老四合院，还是经常出现在我的梦境里，那里是我儿时的家园，是我一生中都魂牵梦绕的地方。

曲水河

　　曲水亭街八号，山墙上赫然挂着由山东省人民政府公布的"山东省第四批文物保护单位路大荒故居"名牌。爷爷路大荒先生一生致力于蒲松龄著作的研究，被称为"二十世纪蒲学研究第一人"。但我今天讲的，不是爷爷的学术成就，而是生活在曲水河畔的亲人、邻居及儿时的伙伴，一群普通得不能再普通的人。

由于父母亲都是医生，根本无暇照料儿时的我们兄妹俩，我从记事起，就是在曲水亭爷爷家由我大姑照料着，是大姑像慈母一样将我带大的。在那个四合院里，爷爷住北屋，大姑一家住南屋，爸爸妈妈回来就住东屋。

儿时的曲水亭街的清晨是安逸、散淡的，很少有行人走过。随着天空逐渐放亮，各家各户陆陆续续地来到曲水亭一号门外珍珠泉的出水口，用水筲等将清澈的泉水打上来，一天的洗菜、做饭、沏茶、喝水等等就都指望着这泉水了。

曲水亭街

太阳渐渐升了起来，各家的女人斜挎着脸盆、篮子，里面放满了需要洗的衣物，上面一般都要搁上一个洗衣物的棒槌，一会儿，河面上就响起此起彼伏的棒槌捶击衣物的声音。有的年轻女人身边还跟着个年幼的孩子，把手伸在河水里玩耍着。妈妈一边洗着衣服，一边叮咛着幼儿，"不要掉下去啊"。这样的景象一直持续到 20 世纪 80 年代。

孙女笔下的曲水河

春天来了，沿河的柳树在泉水的滋润下，总是最先冒出淡绿色的小芽。天气也暖和了起来。一个乡下中年汉子又按时出现在街上，像往年一样，他是赊鸭子来了。所谓赊鸭子，就是带来一箩筐毛茸茸的小鸭子，保证是母鸭，各家有要的尽管拿去，中年人先记上账，等到秋后母鸭下蛋了，中年汉子再按照春天的记录收钱，年年如此，从未出现差错。那时的民风确实淳朴。

我大姑每年都会赊上两只鸭子。我那时虽然年幼，但最愿意干养鸭子的事。清早，我和表姐一人一根竹竿，将小鸭子赶下河。周末或闲暇时，表姐拿着绑在竹竿上的网子，我提着小水桶，直奔大明湖畔的遐园。在遐园纵横交错的小河里，表姐将网子顺着河壁刮过去，趴在河壁上的小螺蛳就成了我们的囊中之物了。大姑说，把这些小螺蛳给鸭子吃了，腌出来的咸鸭蛋是冒好多黄油的，我听了都止不住流口水。

夕阳西下，家家户户升起了炊烟。我和表姐或大姑用竹竿将我们的大鸭子又赶回家。睡觉前我期待着，明天一早，鸭子出窝时，我又会拾到大鸭蛋了。

20 世纪 80 年代，我每天送儿子到省府幼儿园，都要路过曲水亭街，在街上我遇到了儿时的伙伴俐俐，她带着女儿青青正在用竹竿赶着两只鸭子。童年的情景恍然就在眼前，只是又是一代人罢了。其实那时的俐俐在单位已经有宿舍了，但是她还是希望她的青青能够像我们小时候那样生活，所以她特地搬了回来，让她的宝贝女儿也能生活在这样诗意的环境中。

我看到这个情景，连忙将儿子从自行车上放下来，让他与青青一起赶鸭子，我一边帮他们赶着鸭子，一边说："孩子，这就是妈妈小时候的生活！"

夏天的雷雨总是急急忙忙地赶到。刚才还是艳阳天，一会儿的工夫，疾风暴雨从天而降。我们从窗户向外望去，祈祷着雨快快停。屋外的雨刚刚停住，我就跟着表姐向大明湖跑去，那时的大明湖没有门票，俨然就是我们的后花园。在遐园的假山上，表姐知道哪棵古老的大树下会长出好吃的蘑菇。果然我们找到了，带着丰收的喜悦，我们将蘑菇交给大姑，下面的事情就是期待着晚饭吃上鲜美的蘑菇鸡蛋汤了。

夏天的午后总是那么漫长，知了在树上不知疲倦地叫着，这时候午睡实在太可惜了，况且一点儿睡意也没有。我悄悄地溜出家里，坐在大门外的青石板上。像商量好了一样，后院的小伙伴也会按时来到的。大家带着各种棋子，有跳棋、军棋、象棋等等，顷刻间摆好各种棋子，杀了起来。小一点的孩子愿玩跳棋、大象、小老鼠之类的游戏，我还是愿玩军棋、象棋之类的游戏。记得当时最愿意与后院的小明子下棋，小明子是后院高老师和李老师的儿子，从小古灵精怪的，可能与他下棋有一种棋逢对手的感觉吧。

有时候夏天的午后我悄悄地走出门，到我家对面的俐俐家去玩耍。俐俐是我的好朋友，据说她的爷爷清末时曾在南方当过县令，告老还乡后想在济南安家。当她爷爷站在大明湖前的鹊华桥上向北望去时，触目之处是粉墙黛瓦、小桥流水，像极了江南，所以他就在曲水河畔买地置宅，安顿了下来。这个院子就是不久前被济南市政府定为"济南市传统老民宅"的曲水亭街十五号。据俐俐说，她家本来是三进院，街道拓宽时拆了一进院，后来经过社会主义改造等运动，她们家就剩下后面的这一个院子了。她家院子里有泉，平常有个井盖子盖着，每次走到泉边，我都很紧张，生怕掉下去。

俐俐的奶奶很严厉，听到我们大声说笑就训斥我们，说现在的女孩子一点也不矜持，没有大家闺秀的气质。我和俐俐立即停止了说笑，悄悄地做个鬼脸。

其实俐俐的奶奶是一位非常值得尊敬的老人，在她的严格教育下，她的子女大都考上北京大学等名校，成为老师、工程师等人才。我在俐俐家，大多数时间是与俐俐互相交换各自的课外读物看，或交流集邮的信息。有一次到她家，一进门俐俐就高兴地对我说，她的一个表哥考上大学了，把以前集的邮票都送给她了，她大喜过望，希望我们两人一人一半，共同分享这大大的喜悦。那一个暑假我们两人都处于兴奋之中，不时地拿出这些从天而降的珍贵邮票，分享着，欣赏着。

夏季的夜晚来得较晚，夜幕刚刚降临，我和俐俐就在家里将衣服换好，里面穿上背带式游泳衣，外面穿一件大姑给我做的半截短裙，夜幕下看起来就像背心与短裙的搭配。我们迫不及待地向南穿过小巷，来到王府池子。那时的王府池子还有木桥连到西边的院子，很多人都是到那个院子里换衣服的。我们就简单多了，将短裙脱下往岸边一扔，就下水了。夏天的泉水真清凉啊，在泉水的环绕下，暑气全消。俐俐水性比我好，她一会儿就游到了深水区，我生性比较胆小，水性、体力都差点，我就在浅水区玩耍，和小伙伴们互相嬉闹着，兴趣盎然。每天玩到很晚了，才上岸来穿上裙子，余兴未尽又恋恋不舍地回家去。

冬季到来了，到处都是冰天雪地，但曲水河是温暖的。恒温的、暖暖的河水在青青荇草上流淌着，这荇草在泉水的滋润下，像碧绿色的翡翠，摆动着修长的、柔软的长叶，就像精灵在舞蹈。飘浮在小河上空的水蒸气随着微风变换着形状，云蒸霞蔚，宛如仙境一般。

儿时的我们却没有闲情逸致欣赏这济南特有的美景，一早起床，匆匆吃过早饭后就直奔大明湖而去。大姑在后面一边追着我，一边嘱咐着："千万注意安全啊！"我一边答应，一边跑着，将大姑的嘱咐话语迅速地扔在了奔向湖边的小路上。那时的冬季特别冷，大明湖的水面早已结了厚厚的冰。我们在冰面上尽情玩耍，或表姐拉着我的双手奔跑，或我们几个孩子拉成一串滑冰，冰面上空飘荡着孩子们的欢笑声、嬉笑打闹声。

笔者（左）和表姐（中）、俐俐（右）

但是大姑的嘱咐还是要听的。我们从不到湖西边九曲桥附近的冰面玩耍，因为那附近有活水，冰面不结实，一不小心掉下去就麻烦了。还有几处有活水流过的地方，都是不能去溜冰的，我们儿时还是挺听话的，所以没有听说哪个孩子冬天滑冰落水过。

时光荏苒，半个世纪过去了。周日，我又漫步来到曲水亭街。在我看来，它还是那么散淡、恬适、优雅、洒脱，让我充满一种心驰神往的沉醉。温润清澈的曲河之水波光潋滟，青青荇草在岁月的湍流里洋溢着不朽的美丽诗行。曲水河北首，重建的曲水亭高高矗立，已故教育家徐北文先生的一副对联"荷香送爽棋声韵，曲水流觞雅士情"镌刻其中。

这条小街还是那么古老，但是童年的景象早已不在，居住在周围的人们也大多数面孔陌生。但今天居住在曲水亭街的人们，同样感念路大荒这位给这里带来声誉的大学问家，不忘在先生居住过的曲水亭街八号院子的大门上高挂"路大荒故居"的匾额，这也足以表达对先生的礼敬了。

笔者（前）和大姑（二排右）、哥哥（二排左）、表姐（后）在历下亭合影

爆竹声声除旧岁，总把新桃换旧符，2019年春节的脚步越来越近了。昨天偶然听表姐说，高明子的妈妈李老师还健在，已经95岁高龄了，在孩子们的家里安享晚年。很多年没有看到李老师了，很想念她老人家。在这里祝李老师健康长寿！祝曲水亭的街坊们像这曲水河长年流淌的泉水一样年年幸福快乐，万事如意！

2019年腊八节

原载于2021年3月1日《济南时报·温故副刊》

在"曲水书巢"的怀抱里

　　1951 年，我的爷爷路大荒先生搬到了曲水亭街八号的这个四合院。作为爷爷最小的孙女，我在这里出生，在这里长大，尽情地享受着爷爷奶奶慈祥的爱怜，享受着大姑母亲般的亲情。以至于在童年的那些日子里，我很长时间里认为大人们的职业只有两种：一种是像我的爸爸妈妈那样当医生，大多数时间是在医院里，很少有时间陪伴孩子；另一种职业就是像爷爷那样，许多时间是在家里写字，而且没有上下班的概念。很多时候我半夜里一觉醒来，爷爷书桌前的灯还亮着。

　　爷爷的四合院是一个充满温馨的院子，推开吱吱呀呀的院门，一个铺满了青石板的院子出现在我们面前。进门处是翠绿色的葡萄架，每当夏秋季，上面挂满了紫玛瑙样的葡萄。乔迁新居时，爷爷亲手在院子北屋前种了一棵石榴树苗，待我长大时，它在泉水的滋润下，已长成一棵好大的石榴树，几乎占

火红的石榴花

据了半个院子。开花时节,火红的石榴花开满枝头。东屋前种了一棵开粉红色花朵的冰糖石榴,比起爷爷窗前的开大红花的石榴,它更像一个可爱的小石榴妹妹。东屋有一面非常漂亮的花棂窗,我和爸爸妈妈、哥哥就住在这个有花棂窗的屋子里。只是爸爸妈妈工作很忙,只有周末才回来与我们相聚。南屋住着大姑一家,我和哥哥从小就在这个院子里由大姑带大。此时的爷爷已年过半百,他尽情地享受着和平年代子孙满堂、其乐融融的生活。

爷爷的书房曾经有许多斋号,搬到曲水亭街这个小小的四合院后,他给自己的书斋命名为"曲水书巢"。在爷爷众多的斋号中,我最爱这个斋号。可能是早前那些斋号离我的生活较远吧,我总觉得"曲水书巢"就在我的身边,在书巢的怀抱里,感觉是那么温暖、惬意。

路大荒故居内景

爷爷的书房不大，它是和卧室在一起的。临近靠南的窗户摆放着爷爷的书桌。书桌的大部分面积被各种书占满了，有线装书、各种版本的古籍，也有现代书及各种报刊，包括我心心念念惦记着的《聊斋志异》图画本。

在书籍的前面，摆放着爷爷常用的文房用品——笔、墨、纸、砚等。尽管 20 世纪 50 年代以后，爷爷也用钢笔写字了，但传统的文房用品他还是非常喜爱的，而且也保持着经常使用毛笔的习惯。爷爷的砚台上雕刻着一只可爱的小青蛙，我每次趴在爷爷的书桌上，总是禁不住抚摸它一下。爷爷的笔架是一块古老的观赏石，有一次爷爷拿起这块黑黢黢的石头问我，这块石头像什么？我摇了摇头。爷爷告诉我，这块笔架石是一个泰山的微缩版。我那时还小，没有去过泰山，想象不出巍峨的泰山与这块小小的石

曲水亭路大荒故居

头之间有什么联系。后来我在十三岁那年跟父母亲第一次登上了泰山，回家后爸爸拿起爷爷书桌上的这块石头，一边指着，一边告诉我，这是十八盘，这是南天门，那是扇子崖。我仔细观察了以后，感觉还真有点像。可惜对照底座，山脚下好像少了一小块边角，我对爷爷说，呀！黑龙潭下面的那块平地没了。惹得大家都笑了起来。

每天清晨，我第一个推开爷爷的房门，走到爷爷的书桌前，快速爬上爷爷的藤椅，将书桌旁那个旧式窗户的窗棂向外推出，随手拿过奶奶递来的木棍，将那扇窗户稳稳地支住。透过这扇窗户，春天可以看到嫩绿的石榴树芽从枝干中蓬勃地生长，初夏是满眼"五月榴花照眼明"的灿烂，秋天是一颗颗硕大的石榴挂满枝头的景象，就连冬季光秃秃的枝头上小鸟儿叽叽喳喳的喧闹声也是那样悦耳、有趣，使我总是不愿意离开爷爷的书桌。

爷爷在书桌前工作时，我还是不敢在那里的，奶奶和大姑总是说："小闺女，别上你爷爷那里瞎凑合，一边看小人书去。"但爷爷闲暇时，或工作一段后休息

我在石榴树下留影

时，我会抓紧机会凑到爷爷身边，在他的书桌上找我爱看的图画版的《聊斋志异》，或翻看其他有着插图的书。爷爷闲暇时，也会让我学习书法描红，或在一些图画上盖着半透明的纸临摹图案，完成后让他检查。如果他满意，就会用慈祥的眼神一边看着我，一边说道："学习得不错，很用心，小闺女可教也。"

进入20世纪60年代后，刚刚进入小学的我在这个温馨的"曲水书巢"里，每天看着爷爷读书写字，他书房的灯总是亮到很晚很晚。后来我才知道，爷爷正在夜以继日地搜集整理《蒲松龄文集》，这套书在1962年正式出版。这套文集承载着爷爷大半辈子的研究心血，也得到了全国各地文博部门及专家学者的鼎力支持。那段时间里，几乎天天都有一个邮递员伯伯送来书信，那是来自上海、广州、北京、沈阳、西安等地的邮件。北京图书馆藏的《聊斋诗集》，西安新发现的一部《柳泉居士词稿》，上海中华书局胡道静先生受日本天野元之助博士委托转来的天野新著《清蒲松龄〈农桑经〉考》，广州中山大学图书馆藏的《聊斋诗文集》旧抄本，山东省博物馆等单位借用的蒲著抄本，等等，源源不断地从全国各地汇集到了"曲水书巢"。这段时间，全国各地的作家、学者如王统照、陶钝、张友鹤、商承祚、容庚、冯沅君、关德栋、田仲济、严薇青、袁世硕等诸位先生或来信，或来访，这个小小的四合院顿时热闹起来，俨然一派"谈笑有鸿儒，往来无白丁"的景象。

1962年他为《聊斋文集》手稿写跋文，文中提到："余以为辑先哲遗文，为后生之责，即不畏困难，下决心担起此项任务。"把一项研究当作自己的责任，这责任心当是一切研究事业的动力，爷爷亦然。

爷爷自少年时代即临池学书、画承家学。后来他在研究蒲学之余，对书画始终保持着浓厚的兴趣，并与山东乃至全国许多著名书画家保持着密切的联系。儿时的我经常看到爷爷在家里与这些书画家小聚。20世纪60年代初期，生活还不是那么富裕，家里虽没有什么山珍海味，但他们在一起

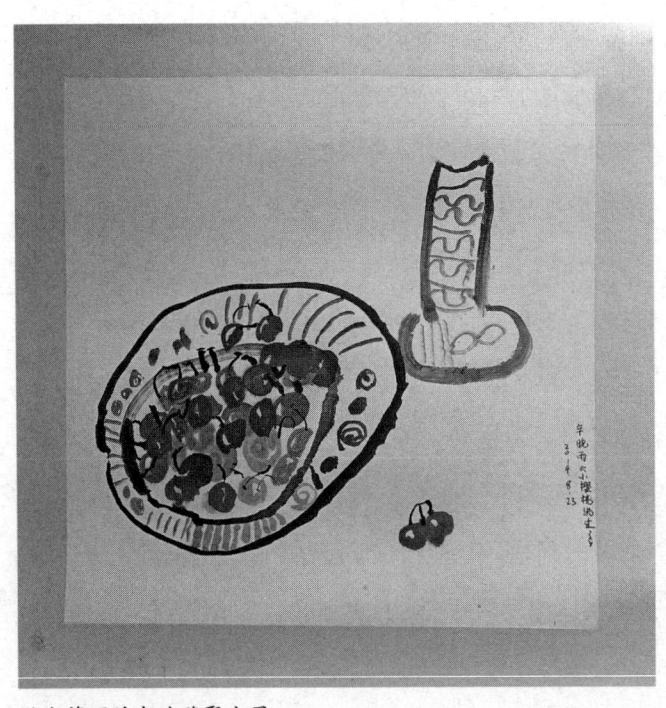

孙女笔下的湖边雅聚水果

相聚小酌、谈诗论画的情景还是那样令人难忘、耳目一新。

大人的聚会，小孩是不能随便凑到跟前去的。只见当年那些山东书画界的爷爷、伯伯，如黑伯龙、张彦青、王凤年、关友声、弭菊田等诸位先生陆陆续续地光顾小院，当他们聚在爷爷不算宽敞的客厅里高谈阔论时，奶奶、姑姑已经在小院西边的灶间忙活了起来。三五个家常菜陆续做了出来，大表哥正好来了，奶奶招呼着他赶快给爷爷的客人们端上去。

文人自有文人独特的美食品味与眼光。记得表哥端上的一道菜叫炸荷花，裹上了一层薄薄面糊的雪白、粉红的荷花瓣，用油一炸，散发着淡淡的清香，当香味在小院中飘过时，馋得我好想马上就吃上一口。还有那用生长在大明湖上的植物做的蒲菜水饺、荷叶粥等等，谁说这是一次简单的小酌？那分明就是带有鲜明泉水特色的湖边雅聚。

后来表哥告诉我，在爷爷经常看的《袁枚文选》中，他看到爷爷很喜欢看"做饭"这一部分。爷爷对美食有一种说不出的热爱，尤其喜欢一些稀奇食材做的美食。20世纪60年代，妈妈在省卫生厅工作。当时的工作地点就是现在位于趵突泉公园内的万竹园。万竹园在民国时期是山东督军张怀芝的私家花园，由于解放后一直作为省级机关办公场所，所以完整地保留了其原貌。在万竹园的后花园，生长着几架古老的藤萝，每当万物复苏的春季，那一串串紫色的藤萝花，随风飘来一阵阵清香。这时妈妈会采摘几枝含苞欲开的藤萝花带回家。当姑姑将藤萝花清洗干净，做成精致的美食放在爷爷的餐桌上时，色香味俱全的特色美食总是受到爷爷的连连称赞。

全家在大明湖的合影（爷爷在后排右一，笔者在前排左一）

上二年级时，我已经回到爸爸工作的中心医院宿舍居住了，但在我心目中，曲水亭街爷爷的四合院才是我真正的家，每当周末和寒暑假，我和哥哥都会迫不及待地回到这个四合院。记得那是 1964 年吧，我在医院西邻的大沟里玩耍，用脚无意中踢出一个东西，拿起来端详了一番，好像是一个金属的小容器，长满了绿锈，底下三条腿少了半条。我拿回家与小伙伴玩耍，当成我们过家家时布娃娃做饭的小"锅"。

周末来了，我还没有对这个布娃娃的"锅"稀罕够，就带着它回了爷爷家。

爷爷看到这个东西很感兴趣，他告诉我，这个小"锅"是一件远古的青铜残器，还是很有考古意义的。我听从了爸爸的话，把这件站不稳的小"锅"留在了爷爷书桌旁的窗台上。每次坐在爷爷的藤椅上时，我会不由自主地碰碰它，让它摇晃一下，心里有点得意地想，我还挺厉害的，无意中捡了一件古董，尽管是个残件。可惜这件青铜器残件在动乱时期不知道被抄到哪里去了。

1966 年夏季，一场突如其来的动乱中，爷爷作为"反动学术权威"，遭到了暴风骤雨式的批斗。小院经过反复抄家后，很快归于寂静，那是一种没有生气的寂静，再也没有谈笑的鸿儒，再也没有高朋登门。

20 世纪 60 年代后期的一天，爷爷的朋友李士钊伯伯又来到我家，他是少有的在这个时候还经常登门的人。李士钊伯伯是我国著名的音乐家、学者、社会活动家，因研究武训及编写《武训画册》被错划成"右派"，蒙冤二十余年。后李士钊伯伯为武训正名积极奔走，最终使武训案得以平反，是我国武训研究及宣扬"武训精神"的第一人。早在 20 世纪 30 年代，他就读于上海音专，后来主要从事外国音乐的译介工作，是我国最早一批接受过现代音乐教育的音乐家，翻译有《联合国歌集》《美国黑人歌曲集》等。1945 年联合国成立时，中国代表团临行前，他向全体团员教唱由他翻译的《联合国国歌》，团员中就有宋子文、董必武等人。李伯伯高兴时，会哼唱一些美国黑人歌曲，我觉得很有趣，他会说："丫头，我教你唱，别的老师还真不会。"

李伯伯是个热心人。20 世纪 60 年代初期，大表哥在家里自学拉小提琴，李伯伯看到后对他说："你这样随便拉，没有名师指导，进步太慢。路先生的外孙，一定要有名师指导，我给你介绍个老师吧。"那个年代，公共交通工具很少，他亲自带着大表哥步行到位于郊区的山东艺专，将表哥推荐给时任艺专音乐系教研室主任、朝鲜籍小提琴家金光沃老师，并再三嘱咐，这是路大荒先生的外孙，一定要悉心指导。

十年动乱开始时，李伯伯受了许多苦。随着时间的推移，运动中几派互斗，他们这种老"牛鬼蛇神"反而压力轻了，他成了爷爷家的常客。一次他看我正在爷爷书桌旁，便顺手拿起书桌上的一部《康熙字典》对我说："丫头，会查《康熙字典》吗？"得知我还不会用《康熙字典》时，他用遗憾的口气对我爷爷讲，这么好的工具书，可惜现在学校都不教了。娃娃们现在是该上学的年龄啊，荒废了太可惜了。学习传统文化，不会用《康熙字典》怎么行呢？他一边说着，一边拿起字典对我说："丫头，我来教你吧，你一定要认真学啊！"

李士钊先生称爷爷为老师，经常向他请教蒲松龄著作研究中的一些问题，商榷、研讨一些尚有争议的观点。在20世纪60年代初，李士钊先生因"右派"问题在山东淄博王村劳动改造，曾多次到蒲松龄故居凭吊。他面对清代这位失意文人同时又是杰出文学巨匠的故居的时候，不免触景生情，感慨万千。他与爷爷多次交谈，拟利用他与国内许多文化名人相熟的条件，找一些文化名人题词作画，以充实蒲松龄故居的馆藏及提高故居的知名度。李士钊先生除了请郭沫若先生为蒲松龄故居写对联以外，还相继请老舍、臧克家、丰子恺、李苦禅、顾颉刚等先生为故居题字作画。每当拿到这些名人、学者精心创作的字画后，李伯伯总是兴致勃勃地来到"曲水书巢"，请爷爷一一过目、点评、欣赏。爷爷书房里摆满了这些名家墨迹，像极了一个书画展览厅。在爷爷的鼓励与支持下，李伯伯将这些书画全部无偿地捐献给了蒲松龄故居。目前蒲松龄纪念馆（蒲松龄故居）保存的大量名人字画、书法，相当部分是李士钊先生所赠，它们也成为蒲松龄纪念馆珍贵文物的一部分。

另一位在"曲水书巢"给我留下深刻印象的伯伯是我国著名书法家魏启后先生。20世纪60年代中后期，运动汹涌而来，孩子们早就无学可上。我整天待在家里，院子里也早已失去往日的生机，能够经常来到这里的几个人中就有魏先生。

魏先生住在县前街，离曲水亭街不远，隔三岔五，他散着步就过来了。"路先生在家吗？"魏先生的话语未落，奶奶就对着院子说道："启后来了，快来快来。"爷爷一边步履蹒跚地走着，一边把魏先生迎进门来。天气暖和时，他们二人就在院子里坐下，在石榴树伞一样的阴凉下，大姑给他们倒上茶，招呼着："一边喝着，一边谈吧。"那情景，暖暖的，就像一家人。

魏先生健谈，他的到来总是给这个小院带来轻松的气氛。他们谈文学、艺术，谈绘画、书法，总是有谈不完的话题。虽然身处动乱时期，乱世逢知己，也是一种幸运吧。爷爷有时会调侃道："您的书法大有精进啊，现在泉城路上许多牌匾都出于您手啊！"魏先生总是谦虚地说："哪里哪里，业余消遣而已。"正是魏先生虚怀若谷的胸怀，成就了他一代书法大家的地位。而在我心目中，魏先生永远是那个乐观、健谈而又平易近人的伯伯。

在"曲水书巢"的怀抱里，我在爷爷、奶奶、大姑的陪伴下，幸福而又快乐地度过了我的童年时光。在这里，我的知识之舟开始起航；在这里，我就像一块海绵，吸吮着传统文化的琼汁；在这里，我明白了一个道理，做研究就是要锲而不舍、精益求精；在这里，我受到爷爷、伯伯们潜移默化的教育和影响。在十年动乱时期，虽然外面的世界运动四起，但长辈们总是用他们最大的能力避免我受到伤害，希望我能够用阳光的心态迎接未来，这使我在今后的人生道路包括职业生涯中受益匪浅。

曲水书巢，我心灵的港湾，我永远魂牵梦绕的地方。

原载于 2022 年 6 月 27 日《济南时报·温故副刊》

我的大姑

在我童年的记忆中，大姑是我最亲的亲人，甚至超过我的父母亲。如果让我回忆童年最温馨的事情，那就是在大姑的怀抱里；如果让我回忆儿时家的味道，那就是大姑给我做的饭菜的味道。

从我记事时，我就是在曲水亭爷爷家由我大姑照料着。在这个院子里，有了大姑的陪伴，我度过了幸福而又温馨的童年。

大姑是一位家庭妇女，是我父亲兄妹五人中的大姐，也是唯一没有正式上过学的人。但大姑天生聪慧，在家也自学了一些文字，且心灵手巧，每年过年，大姑就会用剪刀剪出许多

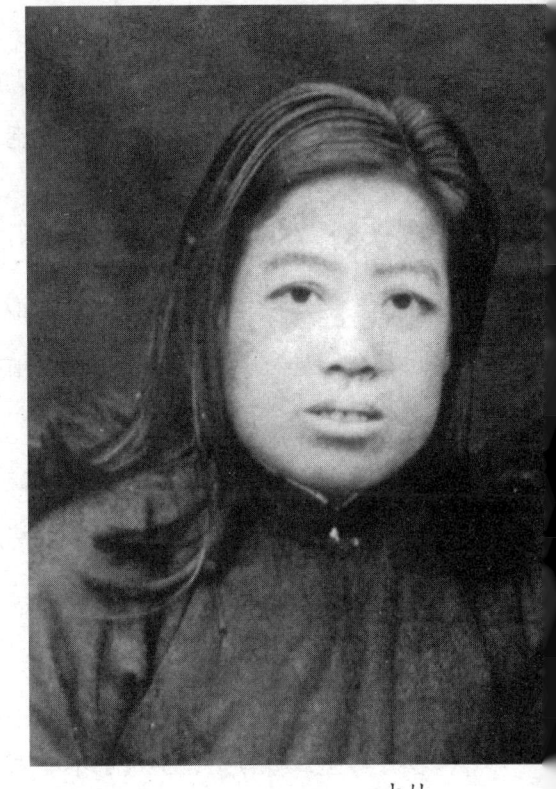

大姑

剪纸，贴在玻璃窗上。有大胖娃娃抱着鲤鱼的年年有余，还有猴子吃桃、喜鹊登梅、牡丹花开等等，把大窗户装点得红红火火、热热闹闹。大姑还会应我的要求，剪一些小姑娘手拉手、串串花等漂亮剪纸。可以说我的美

学启蒙老师就是大姑了。

大姑没有上过学，也不会讲大道理，但她出身书香门第的独特视角，千百年来孔孟文化的浸润熏陶，以及中国农耕文化的优良品质，都在大姑身上有机地结合起来。她对我的影响，在某种意义上，超过了我的父母亲，使我受用终生。

大姑是勤劳节俭的。我从小她就教我做家务，让我帮她做饭，教我绣花、用缝纫机。她说，女孩子念书重要，但学会这些家务活一样重要，将来过日子，自己不犯难。

"清明前后，种瓜点豆。"大姑虽然已经从淄川乡下来到济南生活，但她的农耕情结非常重，平时说话也经常流露出农谚和乡村生活的话语。我家四合院的南屋南边还有一个小院子，这个小院子正好圆了大姑的乡村梦。每到这个季节，大姑就带着我用一把小锄头将那两块小地翻好、锄松，种上时令小蔬菜，空闲处点上几棵扁豆、丝瓜等攀爬的菜，当然，在迎门的空隙上还种上夹竹桃、兰花等植物，随着天气的转暖，小后院姹紫嫣红地热闹起来。

我表姐的中学同学张虹后来成了我医院的同事，她见到我首先询问的就是大姑的后院。她说，那个后院是她少年时代最流连忘返的地方，是她们伙伴心目中的百草园。

20世纪60年代初期，我上学了。当我掌握了一些文字后，巨大的求知欲望也随之升起。那个年代里，人们普遍比较贫穷，尽管父母亲也给我买了一些课外读物，但远远不能满足我的阅读欲望。离我家不远的后宰门街的一家小人书书店就像磁铁一样吸引着我，那里的小人书太丰富多彩了！大姑最能理解她这个小闺女的心情了。她每次买菜回来，只要有小零钱，就会递到我手里，说道，我的小闺女，看你的小人书去吧。我高兴地接过钱来，一溜烟地向小人书书店跑去。

那个小人书书店其实就是一间临街的房子，里边坐了一位胖胖的奶奶。房子四周的书架上摆满了琳琅满目的连环画书，我们就叫它们小人书。这其实就是一间租书店，看一单本小人书一分钱，上下册两分钱，如果想看一套书，例如《红楼梦》等多册的连环画书，可略有优惠，也可以分次付钱看。在我眼里，这间小房子就像知识的海洋，畅游其中，其乐无穷。我就像一块小海绵，凭借着学会的几个文字，再结合这图画，认真地阅读着、吸收着，在这里开启了我的阅读之旅。

其实在那个年代里，我每天花的零钱，日积月累，数目也是很可观的，但大姑从来没有限制过我，她挂在口头上的话就是，我就喜欢我的小闺女爱看书。现在回想起来，陪伴我一生的阅读习惯应该是大姑培养起来的吧。

大姑家是清贫的。抗日战争时期，由于爷爷拒绝与日本人合作，隐居在济南，奶奶带着她的五个子女在乡村挣扎度日。大姑作为长女，自觉地帮奶奶担起这个家的重任，养家糊口，照顾弟妹。尤其抗日战争时期带着幼小的弟妹们躲避日本鬼子，在高粱地里受了凉，得了支气管哮喘，落下了病根，一直到解放后来到济南才结婚，生活比较拮据。爷爷与大姑住在一起，也是希望能够接济他的这个受尽疾病与生活双重折磨的大女儿。

从我记事起，大姑就饱受疾病的折磨。在治疗大姑疾病这件事情上，爸爸的理念是，他幼年家里最困难的时候，是他的大姐最照顾他，他是在大姐的背上长大的，现在大姐身体不好，作为医生，作为大姐的亲弟弟，他更有责任医治她。所以，大姑的医疗费用一直都是爸爸妈妈出的。在 20 世纪五六十年代，对支气管哮喘也没有现在这么多治疗手段，她老人家一发病，除了口服药物，还需要注射肾上腺素类药物，随着时间的推移，大姑自己学会了皮下注射药物以缓解病情，尽量减轻弟弟的负担。

尽管疾病缠身，但大姑的性格是非常开朗的，每天院子里都飘荡着大姑爽朗的话语与笑声，一点儿也不像历尽苦难的人。大姑又是非常善良和大方的人，自己虽然贫穷，但也尽量帮助周围那些更困难的人，而且从不含糊。

　　20世纪五六十年代，大家都比较贫穷，孩子们也没有吃过什么水果。我家院子里，从1951年搬来时，就从老家移来一棵石榴树，还种了一架甜葡萄。这些果树在泉水的滋润下，每年都结出丰硕的果实。中秋节前后，大姑总是用一个大柳条篮子装满石榴、葡萄，从曲水亭街的南头一号一直送到最北头。大姑的身后跟满了小孩，七嘴八舌地喊着："大姑，给我！大姑，给我！吃石榴了，吃葡萄了！"这声音与大姑送水果的声音混在一起，就像一首动听的交响乐。

奶奶、大姑在大明湖菊展上

　　20世纪60年代初期的那场大饥荒，只有真正经历过的人才能够体会到个中的滋味。几乎家家户户缺粮吃，尤其那些家里孩子又多是半大孩子正长身体的家庭，尽管大人们忍饥挨饿，尽量挤出有限的口粮让孩子们吃，但孩子们还是觉得吃不饱。大人们为了让孩子们顿顿有粮食吃，一般都会将蒸好的干粮用篮子吊在房梁上、锁在柜子里等等，待吃饭时才将干粮拿出来分给每个孩子一份。但是孩子就是孩子，当他们饿了时，那些储存起来的干粮对他们来说，真是巨大的诱惑。

大一点的男孩子会想方设法地用钩子、竹竿甚至爬上屋梁去拿干粮吃。在我家隔三岔五地就能听到后院里大人叫、小孩哭的声音："哥哥又偷家里的干粮了！""小×，你别跑，看我不打死你！"

随着孩子跑、大人追的脚步来到我家门前，大姑总是及时跑出来，劝住孩子他妈，孩子还小，又真是饿得不行，你就别追他了。孩子妈妈流着眼泪说，知道孩子也是饿的，但是他现在吃了，下顿饭的干粮就真没有了。这时大姑总是默默地从我家拿上几块干粮放在邻居手里："我们家孩子少，你拿去给孩子们垫垫吧。"大姑常说，我见不得孩子受罪，咱少吃一口吧。

那些岁月里，我家周围的几个孩子最愿意帮大姑干活了。大姑刚拿出水桶，孩子们就抢着给大姑提水；大姑想倒垃圾，孩子们就抢着给大姑倒垃圾……大姑也总忘不了拿块干粮，并从她腌咸菜的缸里捞上一块咸菜让孩子们吃。只要大姑走在曲水亭的街上，孩子们见了她，总是热情地喊着："大姑，大姑！"她是我的大姑，也是我们街上全体孩子的大姑。

20世纪90年代，我哥哥下岗了。他也想下海经商，以养活妻儿。但哥哥确实能力有限，好像从来也没有做成一项买卖。唯一曾经挣了五千元钱，挣的是后院的发小明子的。明子与我年龄相仿，当时已经是一位成功的老板。他对我哥哥说，哥，我不管这次买卖我是赔还是赚，我就是看在小时候我家那么穷，大姑怕我饿着，总是给我点吃的，就冲着大姑的干粮、咸菜，这五千元你拿着！

曲水亭街北头住着裁缝谢大爷一家。谢大娘与我大姑比较谈得来，我也经常跟着大姑去谢大娘家串个门。谢大娘家孩子多，一家子依靠谢大爷的裁缝手艺度日，生活也是拮据。谢大娘的长子生下来就患有疾病，现在看来应该是脑瘫。虽然谢大哥走路不稳，话也说不清，但是他就是愿意在门口看光景。谢大娘非常疼爱这个不太能自理的孩子，冬来暑往，孩子夏天总是穿着干干净净的棉布短衫短裤，冬天身着谢大娘亲手絮的厚棉袄棉

笔者（前排右）与大姑（后排右）、表姐（后排左）、哥哥（前排左）在大明湖合影

裤。她每天把大哥收拾得利利索索的，让他早饭后就准时出现在他家门外的板凳上，真是可怜天下父母心啊！

有时候当我从谢大娘家门口经过时，大哥会用那含混不清的话语，一脸坏笑地喊道："方红方向腚眼子朝上，方向方红腚眼子瞧红……"我听了以后就哭了，并向谢大娘告状，说哥哥欺负我。谢大娘要揍她这个不懂事的儿子，我大姑连忙拦着，说，你这是干吗？孩子脑子不好使，千万不要打他。回家后，大姑再三嘱咐我，以后再碰到大哥说你，不要理会，更不能向谢大娘告状。你谢大娘有这么一个孩子已经够糟心了，千万不要再给她添乱。

1973年，我考入山东医学院。临行前，我与大姑告别。那时的大姑已经病重卧床，她老人家拉着我的手，迟迟不肯松手："小闺女，别走，我怕再也见不到你了。"听着这话，我泪流满面："大姑，我当了医生，一定先给大姑治好病。"

俗话说，家里有个医生会惠及五代家人：平辈的兄弟姐妹、妻子、丈夫，父母，祖父母，儿女及孙辈。但我一生最大的遗憾就是自己虽然身为医生，我最亲爱的大姑却没有得到我哪怕一丁点儿的治疗。在我上医学院的第一个学期，大姑就走了，永远离我而去。这种"子欲养而亲不待"的痛苦，只有亲身体会过才会觉得是那么痛彻心扉。

亲爱的大姑离开我四十多年了，您老人家知道我是多么想念您吗？愿天堂里的大姑没有病痛！

2019年3月济南广播电台《方言客栈》播出

梦里戴庄

我昨晚又梦到这样的场景了。在一个大大的庄园里，有着中式的园林，只见亭榭竞秀，曲径通幽，小桥流水，回廊环绕。同时又有着许多西式的建筑，包括一座肃穆的教堂。园林里参天的大树郁郁葱葱，几百年的老藤相互缠绕着、攀缘着，向着临近的大树爬去。

我知道，我又梦到济宁戴庄了。

戴庄，是我父母亲大学毕业后青春飞扬的地方，也是我自儿时起，就听他们反复提到的地方。

笔者上济宁市委幼儿园的入托照

20世纪50年代初期，父母亲作为新中国第一批医科大学毕业生，一毕业就投入建设祖国的滚滚洪流中。他们被分配到山东省立医院三分院，也就是济宁市人民医院的前身。由于当时正处于抗美援朝时期，大量伤病员和整建制的部队医院撤到内地成立康复医院，康复医院的院址就设在了大名鼎鼎的济宁戴庄，它与当时的省立医院三分院有着紧密的业务上的联系。戴庄医院的历史可追溯到 1884 年德国神父福若瑟在戴庄开办的若瑟医院。1948 年济宁解放后改建为康复医院，我父亲大学毕业后首先在戴庄医院开始了他的从医生涯，度过了他几年难忘的青春岁月。

中国究竟有多少个"戴庄"？也许一时确实很难统计。但是，在济宁市有一个戴庄，名气曾经响彻世界。据说，一百多年前，从国外往戴庄写一封信，只要在收信人地址栏写上"中国戴庄"，送信人就能把信送到济宁戴庄。这样的知名度，真令人折服。

济宁戴庄当年之所以有这么高的知名度，一个最主要的原因在于德国神父福若瑟开办的戴庄天主教教堂。福若瑟 1881 年来鲁南教区传教，以济宁戴庄教堂为核心，传教二十七年，发展教友二十万人。

戴庄花园也位于戴庄医院院内，与戴庄天主教教堂毗邻。戴庄花园由明末清初著名的画家戴鉴出资兴建，是一处具有皇家园林风格的著名私家庄园。1879 年整体卖给了德国传教士安治泰。德国人在原来的基础上不仅建了天主教堂，还继续进行建筑的补充，使园林更

父亲（左二）与同事们在教堂前的草地上

加丰富而宏大。

戴庄花园内景色优美，布局精致，亭台楼阁、假山、人工湖等，应有尽有。整个园林布局紧凑，颇具皇家园林风貌。东部以假山树林为主，山石嶙峋，路径盘桓，奇花异草，古木森森，以糠椴为主，还有银杏、黄连、桧柏、青檀、菩提、榔榆、古槐等数十种古树，不少树龄都在二百年以上，极富山林野趣，给人以古朴幽静之美。西部以亭台水榭为主，为典型南方园林式建筑。最著名的是园林内现存的两株流苏树，目前已成为济宁旅游的标志性景点。

父亲经常回忆道，那时戴庄，是一个各种人员相互交融的地方。它既是中国人民志愿军的康复医院，医院里忙碌着许许多多医护人员，病房里住满了从前线撤下的伤病员，同时它又是一座德国人的教堂，神父、修女随处可见，加之拥有一座国内外闻名的美丽园林，参天古木、奇花异草装点其间，更具有神秘的色彩。

由于父亲在医学院高母亲一届，父亲首先来到了这里。新婚宴尔的父母分处省城与戴庄，频繁的鸿雁传书就成了他们的标配，而这些信件也被我父亲悉心收藏了起来。近七十年过去了，每当我拿起这些已经泛黄的信纸，读着他们之间感情上相互思念、生活上相互惦记、工作和学习中相互鼓励的话语，心中还是有着说不出的感动。

父亲在戴庄工作期间，组织上派他到上海第一医学院深造，师从我国著名放射专家荣教授，成为我国第一代放射医学医师。1953年的圣诞节，父亲得知我出生的消息，欣喜若狂，请假回家看望妻女。恰逢那几天山东下大雪，父亲经常对我幸福地回忆道，那时交通很慢，乘了一天一夜的火车，冒着漫天飞舞的大雪回家，但想着马上就要见到妻子及未见面的女儿，心里还是比蜜还甜。

记得父母亲经常向我提起，外国传教人员为了能吃上他们习惯的西餐，在庄里养了一些奶牛。当时母亲生我时早产，奶水不足，父亲就向修女们要了一些牛奶，每天下班后带给我喝。母亲总是充满慈爱地回忆道，虽然当时我才几个月，但只要看到奶瓶，就会双手拍着，咯咯地笑着，非常可爱！及至我再长大点儿时，父亲经常将我高高举起，一边举，一边说，老百姓有句俗话，奶妈奶大的孩子容易长得像奶妈，但你看咱闺女，长得多好看，一点儿也不像奶牛啊！

20世纪50年代初期，新中国百废待兴，物质生活还很艰苦。病房里只有一只

儿时的我和哥哥

马蹄闹钟。哪位医生查房，他就提着这只马蹄闹钟给病人摸脉搏、听诊时数心率。记得我考上医学院时，父亲给我买了一块小罗马手表。当他将这块手表递到我手中时，深情地对我说，孩子，现在生活质量提高了，你刚上医学院就有了自己的手表。爸爸工作好几年了，还提着个马蹄闹钟查房，你一定要珍惜现在的生活啊！

父亲还经常给我谈起他在戴庄工作时山东省卫生界老领导的一些往事。他们在新中国成立初期，面临着新旧交替的局面，但他们应用自己的智慧，既不失原则，又解决了许多棘手的矛盾。时任省康复医院管理局局长怡然同志就是这样一位德高望重的老革命、老专家，而且据老同志们讲，他的工作作风与一般老干部迥然不同，有时表现得机智又诙谐。

朝鲜战争结束了，新中国进入了全面建设发展的新时代，全国上下掀起了学习文化的高潮。一些优秀的工农干部经选拔后进入了大学学习，他们在大学里有一个身份，被称为调干生。这些学生无疑成为了工农干部的榜样，他们纷纷到局长那里要求，要到大学去学习，以提高自己的文化和专业水平。但是，让所有工农干部都进大学学习显然

二病区医师合影（二排右一是父亲）

是不可能的，怎样解决这个矛盾呢？这就考验着领导的智慧了。

怡局长召开了全局工作人员大会，在会议上成立了康复医院管理局大学，宣布所有工农干部都可以在这所大学读书，学文化以及专业知识，今后谁也不要到领导那里要求脱产学习了。一个使领导们头痛的问题就这样顺利解决了。

20世纪80年代初期，怡局长出任山东省医学科学院院长，为改革开放后山东省的医学科学研究工作做出了应有的贡献。

今年春季，在那人间四月天的美好时光里，我因为高血压宣教的一些工作，又来到济宁。在我的好朋友——济宁市人民医院孙晓斐主任的安排下，我忙里偷闲去了一趟我魂牵梦绕的戴庄，去了我父亲青年时代

父亲（左三）与同事们在紫藤前的合影

工作过的地方。

这里现在是山东一所非常著名的精神病院了，虽然与之前的医院性质迥然不同，但当我看到山东戴庄医院这个牌匾时，还是感到一种莫名的亲切。

我是有备而来的，带着父母亲精心保留下来的老照片。照片上的父亲青春洋溢，与他年轻的同事们一起，在草地上、月亮门旁、教堂前、假山上合影，甚至在一架古老的紫藤前合影时，他的一个同事像顽皮的儿童一样，斜躺在弯弯的粗藤上。近七十年过去了，这些场景还在吗？

在晓斐主任的研究生林平主任的陪同下，我们走向了古老的戴庄园林及教堂文物保护区。首先映入我们眼帘的是那两棵古老的流苏树。流苏又称四月雪，这两棵树植于清朝乾隆年间，树龄在二百四十年以上，且树种特殊，只开花不结果，国内未见相同记载。我们与它的花期同期而至，它们正在怒放，怒放在这明媚的春光里。这是多么壮观的景色啊！满树盛开的花朵如大雪压顶，且花形纤细，秀丽可爱，相信落花时一定纷纷扬扬，如同飘洒的鹅毛雪花，那真是四月飘雪，人间奇观啊！陪同我们一起来的戴庄医

四月雪

院林大夫说，往年四月雪盛开季节，前来观赏的游人每天达到五六万，那是多么壮观啊！今年疫情尚未结束，保护区暂时封闭，幽静的环境使我更好地还原了50年代的场景。我畅想着，父母亲是最喜欢繁花似锦的季节了，小时候，每当春暖花开，我们全家都会在闲暇时到郊外踏青游玩。当年母亲毕业后来到济宁，他们一定会在这棵古老的流苏树下互诉衷肠，并享受着重逢的喜悦。

作为省级文物保护单位，戴庄被保护得确实很好。我又见到了那架古老的藤萝，那密密麻麻的藤萝花，就像飘在云端的紫霞。历尽沧桑的假山、庄严肃穆的教堂，泛黄照片上的景色依然存在，只是物是人非，沧海桑田。那养在戴庄深处、曾经哺育那个小婴儿的奶牛呢？它随着外籍神职人员的撤离，也早已经无影无踪了吧？近七十年如白驹过隙，伊人已去，景物依旧，别有一番滋味在心头。亲爱的爸爸妈妈，你们在天堂看见了吗？你们心爱的女儿今天在戴庄替你们重回故地一游，并圆了她自己的戴庄梦。

20世纪50年代后期，由于工作的需要，我的父母亲又回到了省城济南工作，我们全家也搬回了济南，我把在济宁学会的一口正宗的当地口音也逐渐忘掉了。但父母亲在戴庄工作的点点滴滴，他们还是会经常提起。那美丽的戴庄，那朝夕相处的同事，那睿智又诙谐的领导，那青春飞扬的岁月，永远留在了他们的记忆深处，每当回想起来，总是那么温馨，那么令人难忘。

2021年4月20日

我的发小小敦哥

1961 年的夏季，我以极不情愿和不舍的心情，离开了爷爷奶奶和我亲爱的大姑，来到了我爸爸妈妈的家——济南市妇幼保健院宿舍，一个医院旁只有两座小楼的幽静小院。

儿童的世界没有寂寞二字，没过几天，我就与院子里的孩子们熟悉起来。首先，我与楼下梁阿姨家与我年纪相仿的小姐妹斐菲、环环玩了起来，我哥哥与环环的哥哥小敦、顾阿姨家的毛毛、宁阿姨家的杜宁等男孩子也迅速打成了一团。

有时候，人们的记忆真是很有趣。多少年过去了，那些平平淡淡的日子可能随着时间的流逝，早已遗留在历史的长河中去了，那些小伙伴不守常规，做的所谓行侠仗义、顽劣不堪的事情却并没有随着时间的流逝而淡忘，反而更加清晰起来。

儿时的小敦哥就是这样的一个孩子。

小敦哥比我们大几岁，是我们的孩子头儿。但他的妹妹弟弟及全院的孩子都叫他小敦，本文中我也就称呼他小敦吧。那时的小敦真是没让他的父母亲少操心。他的母亲梁阿姨是我们医院的院长，父亲白伯伯是一位红军时期的老干部，曾经出生入死，长期做党的地下工作，解放后任一个中学的校长。白伯伯对子女教育非常严格，平日里也很严肃，我们都很尊敬他，也有点害怕他。小敦的表现使白伯伯非常失望，他太调皮了！平日里放学

小敦家60年代全家福

后经常完不成作业，并且领着我们一院子孩子乱窜。

春夏时节，我放学回家，忽然听到天上有人喊我，抬头望去，小敦正领着几个男孩子在一棵高高的桑树上。几个人正在一边大把地摘着桑葚，一边往嘴里塞，两只手和嘴边、脸上都染成了紫红色。小敦一边吃，一边喊道："可好吃了，给你们扔下去了，接着点！"我们高兴地跳啊、吃啊，当然，满手满嘴也是紫红色，更没有写作业，天色晚了才想起往家走。

产科主任顾阿姨的儿子毛毛与我哥哥同岁，大家在一起玩得很开心。小敦不知道从哪里得知了一个所谓的"大秘密"，于是放学后把我们召集起来。在他喊出一声"毛毛"后，我们齐声喊道"是垃圾箱里捡来的"。这件事情，深深地伤害了毛毛的自尊心，也使顾阿姨非常伤心。原来毛毛确实是顾阿姨的养子，为了不让外人知道这件事情，顾阿姨夫妇不惜从青岛调动到济南。没想到这件事情是以这种恶作剧的方式公开的，顾阿姨的心情非常低落。

回家后各自家长都严厉地批评教育了孩子，尤其白伯伯更是气得不行。因为小敦一直以来的不良表现，白伯伯对他实行了"家法伺候"。白伯伯将他绑在门前的大树上，用皮带打他，我们这些孩子都吓得躲在各自的家里，从窗户向外看去，我从家里二楼的窗户正好看到这一幕。那时正在放映电影《红色娘子军》，政委洪常青是我们崇拜的偶像。可能小敦也知道我们正看着他，只见他昂首挺胸，对着我们示意，学习洪常青，英勇不屈。

凡是经历过三年困难时期的孩子，都会对当时的情景刻骨铭心。虽然居住在我们院子里的大人都是领导干部或知识分子，相对于普通百姓来说日子要好过一些，但也是吃不饱的。我们院子里有许多大杨树，春天来了，大杨树的花穗——我们称为"无事忙"，纷纷落了下来，这可是当年充饥的好东西。小敦指挥我们将大门紧闭，防止外来人员到我们院子里捡拾"无事忙"。

那时，住在济南周边的农村孩子比我们苦多了。正值春季青黄不接，各家粮食基本上都断顿了，孩子们三五成群地到城里来找吃的。当隔着高墙看到有这么多"无事忙"时，孩子们的眼睛都绿了，内心产生强烈的欲望：一定要吃到它！

高墙隔不断饥饿的诱惑，几个大一点的孩子叠起了罗汉，一会儿的工夫，这群孩子就翻过了墙头。我们几个孩子中还有人试图阻止他们，小敦作为我们的头儿，立即让我们撤回家里。我们隔着玻璃窗，盯着那些饿坏了的孩子。他们抓起"无事忙"就往嘴里塞，就像一匹匹饿坏了的小狼。狂吃了一顿以后，这些孩子坐在地上，将裤子脱了下来，并将两个裤脚扎起来，裤子顿时变成一个大口袋。他们将满地的"无事忙"都装在这些大口袋里，然后从大门口迅速跑得无影无踪。

小敦不愧是我们的头儿。他说，这些农村孩子真是饿极了，我们根本就阻挡不了他们。再说，比起我们来，他们更需要这些"无事忙"充饥，就让他们装走吧。

小敦中学毕业了，恰逢青海建设兵团来济南招收有志青年到边疆去，这正合小敦的意愿，他一想到在祖国的边疆骑马戍边，就热血沸腾。白伯伯也觉得他这个大儿子顽劣不堪，应该到艰苦的边疆地区锻炼一番。就这样，在家乡人民锣鼓喧天的送别声中，小敦去了遥远的青海格尔木地区农场。

在格尔木的生活开始了，现实很快打碎了小敦想象中的激情与浪漫。大西北的蛮荒与落后，是他们这些城市知识青年根本想象不出来的。小敦的工作是放马，但是非常艰苦。冬季放马时，大雪封山，将帐篷都压倒了，需要他一锨一锨地将大雪铲开，将压塌的帐篷再支起来。他要孤身一人与马匹在山上待很长时间。艰苦的生活就不用说了，就单单孤独一人在山上，连说话的人都没有这一点，一般人也承受不了。实在太闷了，他只能与自己相依为命的马匹说话。

20世纪70年代中期的一天，小敦正在连队里干农活，突然连队里唯一的一部电话响了。通讯员拿起这部像电影《上甘岭》中的那种手摇电话，

小敦哥重返格尔木

听到电话那边传出一个年轻女性的声音。她说是小敦的发小，到西藏支边途经格尔木，想见小敦一面。

小敦听到这个消息，心中一阵狂喜，终于能够见到家乡的亲人了。他二话不说，翻身上马，策马扬鞭向着格尔木市飞奔而去。

来的发小是立朝，她妈妈是我们保健院的书记，爸爸是王路宾伯伯，王伯伯改革开放后曾任北京大学的党委书记。立朝70年代中期在山东大学毕业后，立志要到边疆去，到祖国最需要的地方去，要求到西藏工作。70年代的交通不发达，去西藏需要几个月才能到达。而格尔木是进藏的必经之路，这才有了刚才的一幕，她希望能在格尔木见小敦一面。

小敦农场所在地离格尔木市还有七十多里地。60年代的格尔木虽然被称为青海省第二大城市，但总人口才六万多人，其中驻军四万人，劳改农场一万人，其他就是少数民族和当地行政人员了。小敦赶到格尔木时，在这个小镇上稍作打听，得知去西藏的知青都在一个大院子里集结、休息及就餐。当小敦牵着高头大马，来到这个院子时，立即引起了这些知青的注意。找遍全院，小敦也没有看到立朝，有认识立朝的知青告诉小敦，立朝已经在几十分钟前随上批知青开拔了。

小敦呆呆地站立在院子中间，心情沮丧极了。自从来到格尔木，没有见到家乡的一位亲人，这次立朝就像从天而降，他欣喜若狂。但是马上要见到家乡发小的喜悦被失之交臂的遗憾及失望所淹没。那种心情，尽管过去了几十年，还是深深地留在了他的记忆深处。

在格尔木的日子就这样一天天过去了。虽然与内地一样，此时的农场也是"极左"思潮泛滥，但农活还是要干的，小敦主要是在连队放羊。

这时连队里出了一件事情，一对青年男女恋爱了，并且未婚先孕，女孩子已经快生产了。在当时的历史条件下，这可是一件非常严重的事情，有人将待产的孕妇用地排车拉到院子里，让她暴晒在阳光下，以示惩罚。

看着一个孕妇无助地在地排车里躺着，没有人敢出来说句话，小敦觉得他应该有所行动。他拉着车子，直奔那个男青年的宿舍，将他的爱人亲手交给他，并说道，这时候你应该保护她。

孩子很快出生了。在那种条件下，母亲没有奶水，婴儿非常羸弱，这个小小的生命，能活下来吗？

小敦在放羊的路上，发现了一只其他连队掉队的小羊。他马上捡了回来，将它杀掉并收拾好，趁着夜色悄悄地送到那个男青年宿舍，说了句，快给嫂子吃了补补身体，小侄子还等着喝奶呢。

男青年是个少言寡语的人，不知道怎样表达感谢。小敦说，什么也别说了，我走了。

几天后，连指导员将小敦叫到连部，进门就问他前几天是否偷偷地杀了一只羊，并且要小敦承认错误。小敦坦诚地承认是杀了一只其他连队掉队了的羊，并给了刚刚生孩子的产妇。他说刚出生的小孩是没有罪的，既然来到这个世界上，就应该让他活下来。

其实指导员对小敦的坦诚和仗义还是认可的，况且小敦还是红军的子弟。他送小敦出门时，只是说了一句，你做人是耿直而且仗义的，但今后要注意，你为别人做好事，小心别人出卖你。

时光荏苒，一转眼近半个世纪过去了。二〇一几年的一天，小敦在家里，电话铃响了，一个老年妇女的声音问道，您是小白吗？我是×××，我丈夫是×××。小敦的大脑在急速地回忆着，原来她就是当年在格尔木生下那个婴儿的女知青。

这位当年的女知青确认电话那头就是小敦时，不由得声泪俱下。她一字一句地告诉小敦，她的丈夫几个月之前因病去世了。去世前反复对她说，他这一辈子最对不起的人就是小敦。小敦在他们夫妇最困难的时候无私地帮助了他们和孩子，但由于他胆小怕事，竟向连队领导主动坦白，供出小敦帮助他们的事情，这件事就像一个磨盘始终压在他心上。当他知道自己已经不久于人世时，交代他的妻子一定要找到小敦，替他道歉，替他了却这一心愿。

小敦听完后平静地说，大姐，您千万不要往心里去，其实我早已忘了这件事。当时年轻，遇到不平的事情就想拔刀相助，而且也没做什么惊天动地的事情，只是尽可能地帮点忙罢了。至于大哥向组织上坦白，也是在当年的政治环境下，不得已而

重返青海的牧马人

为之吧。咱们现在都老了，您一定要放下这个包袱，跟儿子一起安度晚年吧。

70年代后期，小敦和其他知青一样，回到了他魂牵梦绕的家乡济南。在改革开放的大潮里，他也和这代人一样，在工作上、生活上以及感情上经历了坎坎坷坷、风风雨雨，一路跋涉着步入了老年。

晚年的小敦平和且知足，孩子们都大了，他和嫂子过着平静的生活。近几年小敦又迷上了摄影。他在老年大学报了摄影班，风雨无阻地参加学习。为了能够拍出好的作品，他有时在景点一待就是几个小时，我们的朋友圈里经常有他的作品出现。在五卅惨案纪念日那一天，小敦为了拍摄五卅惨案雕塑前人们自发敬献的鲜花，一大早就从东郊的家乘车赶到趵突泉旁，当看到环卫工人正在清理这些鲜花时，他给人家说了好多好话，重新将这

发小重逢。左三：小敦，右一：笔者

些鲜花摆好，最后终于拍出了满意的作品。

在我们的一次聚会上，小敦的妹妹环环说，哥，小时候你那么调皮，还不好好学习。如果当年你拿出现在学摄影的精神去学习，咱爸该有多高兴啊！

2019 年 10 月 26 日

无寻处，唯有少年心

1962 年春天，由于作为产科医生的妈妈工作非常繁忙，夜班频繁，无法抽身照顾尚年少的我们兄妹二人，爸爸就在他工作的医院申请了宿舍。我们家又要搬到位于东郊的中心医院宿舍了，而我和哥哥又面临着一次转学。

20 世纪 60 年代初期的中心医院，位于当时的东郊。医院的周围全部是庄稼地，只有医院大门外的解放路依次排列着一些单位。而医院周围只有一所农村小学，孩子们需要自带小板凳去上学，老师家里有事或农忙时就不开学了。好在医院建院不久，年轻人及单身医护人员居多，

60 年代初我的全家福

也没有几个孩子需要上学。

但是我们搬家后，面临的第一个问题就是我和哥哥的上学问题。爸爸妈妈说，不管怎样，孩子的学习都是重要的，无论如何，不能让两个孩子上那个三天打鱼、两天晒网的村办小学，况且就是入读那所小学，也得天天自带板凳走过医院后面深深的大沟，如果遇到雨雪天也很不安全。

巧得很，妈妈得知她往日的一位病人是离我们家二三里地远的山师附小老师。妈妈急忙到山师附小咨询，我们兄妹俩是否可以转学到这所小学读书。附小一位老师接待了妈妈，问清情况后答复：三年级课堂座位已经满了，申请转学的同学需要参加学校的考试，如果成绩优秀，可以考虑加个课桌；四年级有空位，这位同学可以直接转学过来。

当妈妈将这个消息带回家来时，全家一时欢欣鼓舞。爸爸说：女儿学习好，不怕考试；儿子成绩差一些，又不用考试直接转学，真是天助我家也。

一、班主任罗老师

在山师附小的学习生活就这样拉开了帷幕。当我充满憧憬地走进新的学校、新的课堂时，第一节课就给了我一个沉重的打击。班主任罗老师是我的语文老师，据说她也是教学能力很强的一位老师。但我听她讲了一节课后，才发现我一句也没有听懂，罗老师那浓重的四川口音对我来说，就像是外语。下课后我忍不住趴在课桌上哭了起来，以后的语文课我怎么办呢？

罗老师发现后来到了我的身边，她轻轻地拍着我的肩膀，温柔地对我说，莫怕，莫担心，我以后讲课会尽量慢慢讲，你慢慢地适应就好了。如果有听不懂的地方，可到办公室里找我，我再给你讲一遍，你的语文成绩会保持优秀的。

罗老师和蔼可亲的样子温暖了我的心，她那坚定的语气更给了我学习的力量。她放慢语速和我说话时，我感觉好像听懂一些了。在之后的课堂上，我更加集中精力，目不转睛地盯着老师的口型，适应着老师的口音。渐渐地，我能够听懂罗老师的四川口音了，我又在语文课上找到了学习的快乐。

四年级暑假，我跟随爸爸妈妈到青岛度假。第一次来到这座美丽的海滨城市，我们在金色的沙滩上尽情地拥抱大海，在水族馆观赏从未见过的各种海洋生物……回程的路上，爸爸高兴地对我们兄妹俩宣布，他还要带我们回一趟老家，去看看老家的亲人及故乡的风土人情。我和哥哥当时就在火车上跳跃起来。老家、故乡，父母亲千百次提起的地方，我们就要去了。

第一次到淄川菜园村老家，对我来说一切都是那么新鲜、那么好奇。第一次到菜地，看到在枝子上结的西红柿、架子上挂满的黄瓜，姐姐们摘

全家在青岛海水浴场

下来用地边的井水冲一下就直接吃，那滋味比餐桌上的蔬菜好多了。村头一条清澈的大河奔流而过，那就是千百年来滋养着两岸淄川人民的孝妇河，她那流传已久的美丽传说使我对故乡更加神往，感觉较之美丽的海滨城市青岛，孝妇河畔的故乡更像磁铁一样深深地吸引着我。

暑假过后，罗老师给我们出了一个作文题目《我的家乡》，我便将故乡的故事写了出来，受到了罗老师的肯定和表扬，并让同学将这篇作文抄写在教室后面的黑板上。多少年以后，当我们同学相遇，谈起童年往事时，他们还津津乐道地说起，你作文中的故乡真美。

1966 年的春季，大地苏醒，草芽返青，枝头上的花骨朵含苞欲放，一派春风荡漾的美丽景色。但就在一场淅淅沥沥的春雨后，一股猛烈的寒流扑向这柔美的春天。昨天还是春雨潇潇、雨雾蒙蒙，清晨起床后大家发现屋檐上挂满了冰凌，尤其是院子里、街道两旁以及公园里树枝上的冰凌，随着北风像风铃一样叮咚作响。枝头上的蓓蕾也被透明的冰凌裹了起来，好一个冰清玉洁的世界。就在这天的语文课上，罗老师要求同学们以这次冰凌奇观写一篇作文，感叹自然界的鬼斧神工。

也是因为这篇作文，罗老师在随后的岁月中受到批判，说她没有站到贫下中农的立场去观察庄稼受到的损害。看到可敬的罗老师低头站在讲台上受着批判，我感到深深的不解和惶恐。

二、小小图书馆

1963 年，学校里办了一个小小图书馆，号召同学们利用课余时间阅读课外读物，丰富自己的文学知识、开阔自己的视野，做一个有远大理想，又有渊博文化知识的人。

我拿到借书证时着实兴奋了一阵，就好像在文学宝库前拿到了"芝麻，开门"的咒语。虽然从小爸爸妈妈就给我买了许多课外读物，还为这些读物做了一个小书箱，但比起学校里的小图书馆，那些书就显得太少、太局限了。由于一次只能借一本书，我成了这间小图书馆的常客。除了一些儿童文学杂志外，长篇小说也是我的最爱。虽然当时才在中年级，有些生字还没有学到，但这些没有阻挡住我对阅读的喜爱，20世纪60年代初期流行的长篇小说《青春之歌》《野火春风斗古城》《红旗谱》《铁道游击队》《苦菜花》《迎春花》等在我看来大部头的小说，我都看得津津有味。遇到生字或成语，要么查字典，要么在不影响理解的情况下忽略过去，甚至囫囵吞枣地读下去，那些故事情节使我迷恋。由于年龄小，像《青春之歌》中对爱情的描写我还不能理解，但小说起始部分林道静在大连老虎滩徘徊的描写还是深深地打动了我，她那在青春岁月里投身革命的激情也震撼着我的少年心。

三、五彩缤纷的课外活动

60年代初的山师附小，除了教学可圈可点以外，各种课外活动也是生动活泼、五彩缤纷。"儿童散学归来早，忙趁东风放纸鸢。"下午课外活动时间一到，同学们纷纷来到自己的活动小组，充分学习、发挥着自己的课外兴趣。这些小组有航模小组、射击队、足球队、绘画小组、合唱团等等，而且每个小组都有自己的绝活。

山师附小的足球队实力很强，在小学的比赛中所向无敌。后来我们同学绝大多数升到了山师附中，许多优秀的少年足球队员成长为山东省乃至全国的优秀足球选手及教练，例如90年代鲁能足球队的教练殷铁生就是从附小走出的优秀足球人才。"文革"中，许多足球队的主力成员进入"八一"队、"空军"队等足球专业团体，这在当时的状况下，实现了曲线参军的愿望。

我的同桌张华迪就是利用足球技能参军的一位。他们这些当年的男孩，大多比较调皮，但共同的特点是热爱足球，能吃苦。记得他曾经摔断过腿，但好像也没有缺过课，每天用一条腿跳跃着上学、玩耍，像极了一位坚强的小男子汉。

2004年春季，儿子在大学校园打篮球时，不慎将脚踝摔断，在摔伤初期，疼痛难忍。我就用我小学同桌的往事鼓励他，做一个真正的男子汉，不怕挫折、不怕疼，坚强地面对这一切。

60年代的中期，在领袖毛泽东主席"向雷锋同志学习"的号召下，一场轰轰烈烈的学习雷锋运动在全国展开。学校迎门的大黑板上，需要画一幅巨幅雷锋叔叔画像，这下子有绘画特长的同学们粉墨登场了。

我们同学中有些是山艺专绘画老师的子弟，他们自小受到来自家庭的艺术熏陶，技艺当然高其他同学一筹了。我们班里的王小鲁是著名书画家王启华教授的儿子，他当仁不让地登上梯子，和几个同学像专业画家那样，先在黑板上打上许多格子，然后再画出雷锋的轮廓，经过他们几人的认真努力绘画，一幅雷锋叔叔头戴棉帽的标准画像出现在黑板上，受到了老师和同学们的一致好评。

2000年以后，由于王小鲁他们几个同学患高血压，经常到我这里看病或咨询，大家的联系又多了起来。小鲁书法很好，还送给我几幅书法作品，从他那里我也得知了一些同学的近况。不幸的是，近几年小鲁不幸罹患阿尔茨海默病，这件事对同学们震动较大，认真生活、活在当下、珍惜当下成为我们的共识。

可能是我的偏爱吧，这些小组中我认为最可圈可点的是我们附小的少年合唱团，那时的场景在我成年后多次出现在我的梦境中，可以说让我魂牵梦绕。

我们的合唱团成立伊始就非常正规。由于当年附小的生源以山师、山艺专、大众报社等单位的子女为主，而山艺专女高音歌唱家王音璇老师就是我们同学的妈妈。近水楼台先得月吧，我们音乐老师就请王老师担任合唱团的专业指导老师。王老师教我们发音、教我们乐理，学校领导也希望王老师这位名师能够把我们这些孩子带成高徒。

功夫不负有心人，我们在王老师和学校老师的辛勤教导下，认真努力学习，勤于练习歌唱，1965 年我们山师附小以歌咏联唱《雷锋大合唱》一举夺得济南市少儿合唱大奖赛第一名，这一幕也成了我们儿时最幸福的记忆之一。

四、尊敬的崔校长

1966 年夏季，"文革"爆发了，这一年，恰逢我小学毕业。

好像一切都在瞬间彻底改变了。我曾经可亲可爱的同学，在课堂上大呼小叫，指着老师的鼻子高声"批判"着；我曾经敬爱的校长、老师，被剃成阴阳头，被几个学生摁住头颅，一边打骂着，一边"批判"着。

课间休息了，许多女同学向女厕所走去，在学校长长的开放女厕中，女孩子人来人往的。我无意中看到，我们平日里敬爱的女校长蹲在茅坑上，正在努力地站起来。但是她经过多日的"批斗"，伤痕累累，几次颤颤巍巍地想站起来，都失败了，有一次甚至差一点摔倒在茅坑旁。

我的心颤抖了，这难道就是我最尊敬的老师崔校长吗？我急忙走过去，使出全身力气，将崔校长扶了起来，并送出了厕所。我们两人什么话也没有说，只是相互看了一眼。

这件在动荡年代发生的小事，我很快就淡忘了。

时间流转到 90 年代后期，我已经成长为一位心内科资深医生。我们医科院劳研所要到电视大学给教职员工查体，需要一位高年资临床医生把关，我临时被借过去参与此项工作。在给老干部检查时，一位 60 多岁的女领导拨开众人，来到我面前："大夫，你是路方红吧？"我抬起头，望着这张似曾相识的面孔，惊喜地道："崔校长，您是崔校长！"

崔校长对这次偶遇非常兴奋，她热情地向她的同事介绍着我。这位医生是她的学生，几十年没见，已经成长为医学教授了。更可贵的是，在"文革"初期她作为小学校长"挨斗"遍体鳞伤时，是这位同学不顾当时的环境，扶起了她。在大家的赞扬声中，我真是愧不敢当，当年那桩小事，若不是崔校长提起，我早已忘记了，没想到老校长还一直记得。崔校长深情地说道，这就是她教育出来的学生，心怀怜悯和善良的学生。

我的小学毕业照

由于"文革"运动，我们这届学生在小学一共待了八年。直到 1968 年春季，我们才告别小学，走进了中学校园。在山师附小期间，我既经历了无忧无虑、鲜花盛开般灿烂的美好童年，也有过蹉跎岁月的彷徨。当这些经历在历史的长河中急速闪过后，走到老年的我回望当年，蓦然发现，"无寻处，唯有少年心"。

2020 年 8 月 2 日

中心医院的孩子们

　　花开花落，人生的晚秋就这样无声无息地来了，裹挟着春的希望、夏的热烈、秋的丰硕，就这样让我们毫无准备地站在了它的面前，欲语还休。

　　我和哥哥感慨着，童年的经历依然历历在目，一股强烈的愿望涌上心头——希望见见儿时朝夕相处的伙伴、当年中心医院的孩子们。我们在一起度过了幸福的童年，经历了十年浩劫的恐惧、不安和历练，或下乡，或进工厂、农场，在广阔的田野里，在炽热的钢水前，在轰鸣的车间里，都曾经留下我们的身影。在改革开放的大潮中，这些当年的孩子或重新回到课堂，或下海经商，有的更是经历了国企改革、破产重组，其坎坷的经历，令人唏嘘不已。

　　几十年似白驹过隙，现在你们都在哪里？大家过得还好吗？在哥哥的张罗下，恰逢霜叶红满天的日子里，我们相聚了，相聚在这人生的晚秋里。

　　大家见面了，有些人是我自从离开中心医院宿舍以后，就再也没有见过的。由于哥哥一直在医院宿舍住，熟悉的人比我多，但许多人也是很多年没有接触了。大家互相打着招呼，甚至互相猜测着名字，只有当对方露出真诚的笑容，童年依稀的模样才使我们恍然大悟。果然岁月老人谁也没有放过。

　　在这欢聚一堂的时刻里，大家尽情地畅谈着我们的童年往事，谈着我们在一起的那些日子。感慨着，时间都去哪里了，怎么一不留神，我们就老了……

一、爱笑的大斌

志强握着大斌的手问道，这位美女是谁？大斌笑着拍着他的手说，志强，你真不认识我了？咱俩是同桌，小时候，你净欺负我！志强这些年大部分时间居住在苏州，很多发小多年没见，怪不得连同桌的你都没有认出来。他连连道歉，来，拥抱一下吧！

大斌是我在宿舍二楼居住时最要好的伙伴，小时候她最引人注目的是两只水汪汪的大眼睛。在那个 60 年代初建成的筒子楼里，我家与她家的房间紧挨着。大斌小我两岁，我们两人放学后就泡在一起，跳房子、跳皮筋、过家家，整天高兴得不得了。记得 1962 年春节期间，我们全家到南方旅游，在上海游玩时爸爸妈妈送给我的生日礼物是一个拥有八条小辫子的维吾尔族小娃娃。大斌非常喜欢这个精致美丽的娃娃，那段时间我们两人整天抱着这个娃娃过家家。时至今日，大斌仍然清晰地记着那个娃娃的漂亮模样。

"文革"期间，我们家遭了难，父

童年的大斌

孙女笔下八条小辫子的维吾尔族娃娃

母为了不连累孩子，将我和哥哥又送到爷爷家去了。有一天，爸爸下班回来捎信给我，大斌在工厂学工期间，不慎将食指截掉一截，经手术再植后在家休息，她心情不好，很孤独，特别盼望我去她家陪伴她。妈妈说，你们俩是好朋友，这个时候你应该与她在一起。那时正值停课闹革命时期，也没有什么学可上，我就天天早上坐公交车到医院宿舍陪伴大斌，晚上再回到爷爷家。大斌的妈妈王阿姨非常高兴，有了好朋友的陪伴，大斌再也不愁眉苦脸了，而是高高兴兴地度过了那段岁月。

2011年夏季，我在小区下台阶时，不慎将右脚扭伤，恰逢我先生外出，我感到既孤独又不便。这时大斌已经退休，我打电话给她，希望她能陪陪我。大斌二话不说就来到我身边，与我另一位好朋友光辉轮班帮我做饭，陪我拉家常。当回忆起我们小时候的往事时，她眉飞色舞地讲述着，有时候笑得不能自持、前仰后合。发小就是这样的，有时几年不见，需要时，瞬间就来到了你的面前。

其实，有时候我很羡慕大斌。她是我们这些小伙伴中罕见的平稳度过了这大半生的一位。她不管是在医院里做护士，还是在大学里干行政，虽然工作没有轰轰烈烈，但一生平稳，波澜不惊。结婚后既有疼爱她、能干的丈夫，又有可爱、懂事的女儿。晚年的大斌，更是像极了当年的王阿姨，身体发福了，两只大眼睛仍然那样充满了笑意。这样的安逸人生，怎么不为人羡慕呢？

二、要强而又善良的光辉

光辉也是我的好朋友。光辉小时候的性格更像一个男孩子，就是与男孩子打起架来也毫不胆怯。记得有一次她对我说，我和咱们医院的许多孩子都吵过架，好像还没有与你吵过，以后我一定找机会和你吵一架。我说，那你吵吧。光辉笑着说，怎么和你就是吵不起来呢？

光辉的父亲因病过世几年后，光辉妈妈褚阿姨再婚了，尽管光辉不同意，哭过、闹过，但是可能因为褚阿姨觉得单身带着两个孩子太难了，还是走到了这一步。记得在"文革"中一个除夕的下午，褚阿姨找到我说，今年过年阿姨不能在家过了，我实在放心不下光辉姐弟俩，你能在我家陪光辉他们过年吗？

我二话不说就答应了。回家给我爸爸妈妈说明了情况，就到了光辉家。光辉见我来了，擦了一下眼泪说，你能来陪我过年，太好了！咱不哭，咱高高兴兴地过年。我会炸麻叶，咱们炸好了一起吃。说着就张罗起来。

光辉从小就是有名的巧手，会做许多家务活，还会做好吃的饭菜。一会儿，又酥又香的麻叶炸好了，我和光辉姐弟正要开吃，我们俩的好朋友荣荣一脚迈了进来。荣荣一边走一边说，好香的麻叶啊，我先吃一块。光辉咯咯地笑着说，就是你嘴长。我们一边打闹着，一边吃起来。吃着吃着，荣荣抓起一大把，笑着说，真好吃，我给妹妹琪琪带点吃。光辉拍着她说，就是你不干活，只知道吃，还要拿着。说着说着，我们三人笑着滚在一起了。

光辉成年后日子过得坎坎坷坷。中年不但遇上了企业倒闭、下岗，还经历了家庭变故。但这些都没有压垮倔强的光辉，她没有沉沦下去，生活还要继续，女儿还要抚养。光辉面对未来，考虑到自己在医院宿舍居住，有人脉优势，就做起了医药销售员，挣钱养活家里。她说，她这一辈子，谁也不靠，就是学会了自立自强。晚年的她，依然衣着整洁、谈吐优雅，在她身上竟然看不出岁月的沧桑。

近两年，小外孙在她的悉心照料下，已经上幼儿园了，光辉终于可以喘口气了。一天我正在外地开学术会议，突然接到光辉的一个电话，急切地询问一个急性脑卒中患者的情况。当我得知这位病人竟然是她女儿的父亲老吴时，带着怨恨的口吻说，不用管他，谁让他对不住你呢。光辉幽幽地答道，算了，这么多年过去了，他现在过得也不好。就算帮丫丫吧，女儿工作这么忙，哪有空照顾她爸啊。

笔者（右一）与大斌（左一）、光辉（中）合影于病房楼前

从那天起，光辉不计前嫌，又忙忙碌碌地照顾起了老吴。如今老吴在她的悉心照料下，已经基本康复，生活也趋于自理。我想，像光辉这样善良的女子，今后的日子里，老天爷一定不会亏待她的。

三、尊敬的致中大哥

致中是我们医院老护士长王阿姨的二儿子，也是我们这群人中的大哥。小时候因为他大我们几岁，很少跟他一起玩。我和他的妹妹小勇玩时，总觉得他像个大人，稳重又和蔼。他之后的生活可谓跌宕起伏，历经坎坷。顺境时，他当了工人，并自学成才，及至担任企业领导，并在济南市自考十周年庆时，获得市政府颁发的自学成才先进个人奖。而在90年代，他又经历了企业破产，一夜之间，全厂工人和企业领导的饭碗都被打破。在国企改革重组中，致中大哥为了给工友们争取合理利益据理力争，他所在的企业是济南市国资委管辖的28家国有大企业改制中唯一成功的案例。但这代表几千工友争取合理权利的过程，其中的波折和困难，岂是我们这些局外人能够想象的？直至今日，致中仍在微博上发表大量文章，为企退人员呐喊，为弱势群体发声。他的文笔不只有犀利，还有清逸婉丽的一面。他写的散文极富功底，文字流畅连贯，写景的散文语境优美，尤其人物语言风趣，细节刻画颇具匠心。

四、许伯伯一家

许伯伯是中心医院的业务副院长、眼科教授，其实在我心目中，许伯伯是一位和蔼可亲又诙谐幽默的长者，尤其疼爱他的两个女儿。记得小时候，我们放学后在院子里疯玩，吃饭时候爸爸妈妈叫几次也

致中、致强哥儿俩

叫不回去，大家总是说，再玩一会儿嘛。许伯伯悄悄地出现在我们中间，扮着鬼脸对他的两个女儿说，爸爸生气了，抓住一个了！他抓住了小女儿琪琪的手臂，琪琪顺势将两只手都挂在爸爸的手臂上，"荡秋千了，荡秋千了"，父女三人将欢笑声都撒在了回家的小路上。

记得我上大学的第一个寒假，放下行李，我就去找我的好伙伴荣荣玩。随着开门声，许伯伯出现在我面前。他一边向屋内喊道，荣荣，你的好朋友方红来找你玩了，一边用非常夸张的表情捂着肚子对我说，路大夫，您可来了；俺肚子疼，快给俺看看啊。那惟妙惟肖的表情使我们三人捧腹大笑不止。

我与许伯伯的大女儿荣荣同岁，荣荣皮肤白皙，长得苗条秀气，像极了一个高傲的小白天鹅，医院的大人都称她为院长小公主，她也乐于大家这样称呼她。

"文革"来了，天翻地覆，荣荣从骄傲的小公主变成了"黑五类"子女，失落极了。由于从小生活优裕，她从来也没有为买东西犹豫过。一次我俩

054

带着琪琪到医院隔壁贸易楼闲逛，走到水果摊跟前，荣荣下意识地欲买黄澄澄的大梨，当将手伸进口袋的那一刻，她对妹妹说，咱不买了，爸爸妈妈的工资扣发了，妈妈说咱们现在要节约着花钱，不能随便买零食。说罢领着琪琪决然离开了水果摊。当时我也很感慨，感慨荣荣瞬间长大了。

那段时间我和荣荣、光辉成了形影不离的好朋友。没有学上了，我们就通过各种途径寻找书看，尤其是当时被视为糟粕的"禁书"，各种国外名著和中国古典小说是我们的最爱。我们三人躲在一起，各自捧着一本书，深深沉浸在书里的情节中。也只有这时，我们才能逃避现实中的烦恼与自卑。

看书看累了，荣荣和光辉就提出我们出去散散心。阳光明媚的大明湖、大雪漫天的千佛山、阴雨蒙蒙的黑虎泉畔都留下了我们的足迹。毕竟我们还年少，玩起来、疯起来，那些家庭给我们带来的烦恼也就被丢在脑后了。荣荣是一个非常要强的女孩，她说咱们就是要高高兴兴的，不让他们看咱们的笑话。

改革开放后，荣荣得益于外语专业特长，在旅游局做德语翻译，为改革开放的山东外事交流事业做出了应有的贡献。这次聚会她因故没有来到现场，我和光辉都非常失落，多么希望我们三人还能够在一起谈天说地、共叙当年。

新力是许伯伯唯一的儿子——荣荣的哥哥，也是我哥哥儿时的铁哥们儿。新力小时候聪明诙谐，而且极有天赋。记得有一年学校联欢，新力穿着他妈妈的花旗袍说相声，引得同学和老师笑成一片，得到老师和同学们的高度肯定。

在那十年浩劫中，新力历尽了苦难。他先在 1968 年作为第一批知青下放到了农村，加上在偏远的县城做搬运工，开吊车、卡车，在外地一待就是十年。1970 年的元旦，村子里所有的男知青都上调了，只剩下他一个人待在庄子里，没有人和他说话。还好，还剩下一个女生能做饭。"落叶他乡树，寒灯独夜人。"那孤独、寂寞、无望的心情，没有经历过的人是很难体会的。

作为知识分子的后代，新力内心深处渴望着学习。在改革开放后他考入了大学课堂，充电完成后，在省物资局兢兢业业工作，曾经负责全省的物资调配工作，做出了许多成绩。无奈命运无常，新力在90年代经历了单位改制、下岗、在商海里弄潮儿……用他的话来讲，就是酸甜苦辣都尝过，对人生的理解，很透彻，也很淡定、漠然。致中大哥评价道，这种经历过大风大浪后的淡定，是参透了人生真谛智慧的表现，而"漠然"二字，其中的苦涩，他懂。

如今的新力，生活得安逸而潇洒。他拥有海景房，盛夏时节，他会到威海海边避暑。儿子在广州工作，事业有成，寒冬来临前，他又到南国享受那温暖的时光。这不，我们的聚会刚刚结束，新力就准备启程了。他就像候鸟一样，每年在南北方迁徙着，享受着这惬意的生活。我想这也是对他年轻时艰难困苦生活的一种补偿吧。

五、低调的三哥

在我们这次聚会中，还有一位低调的人，在聚会开始时，他沉默寡言，直至有人点到他，三儿，你也说几句啊。

他叫张珂，但小时候好像没有孩子叫他大名，都喊他三儿。他是我们医院老护士长贾阿姨的三儿子，比我大一岁，也是新力、我哥他们一帮男孩子的铁哥们儿。三儿从小就头脑灵活，是他们这群男孩子的军师，会出许多精灵古怪的主意。

三哥中年也经历了企业倒闭、下岗，但他不服输，一直在商海里弄潮儿，时至今日，仍然管理着一个企业，不像我们在座的大多数人，已经远离了社会的喧嚣。

三哥开讲了，但没有讲自己，而是讲了他们家庭的一件往事。由于三哥祖辈是有钱人家，父亲解放前毕业于北京辅仁大学，"文革"来临时，家庭不可避免地受到了冲击，作为知识分子的后代，在那个年代里，除了上山下乡、回城无望，好像根本就没有什么前途可言。

他有个弟弟，小名小五，小时候长得白白胖胖的，像极了那个年画上的胖娃娃。小五从小聪明伶俐、热爱运动，少年时，足球技艺就非常了得。1974年冬季，小五因为特长被招入部队，成了一名解放军战士。在那个年代，能够参军入伍，那荣光，一点儿不比现在考入名校少。

小五入伍后，近一年的时光过去了，但军属光荣牌迟迟没有挂上。贾阿姨坐不住了，难道儿子不是正式军人吗？贾阿姨愤然给军区领导写信，咨询这到底是怎样一回事。部队领导很快回信了，小五确实是中国人民解放军正式军人，而且军属光荣牌早已发放，可能卡在某一环节上。

原来是医院当时的掌权派认为资产阶级狗崽子无权参军，竟将军属光荣牌私自扣押下来。在部队首长的直接干预下，小五家的军属光荣牌由省武装部派人直接送到家里，贾阿姨家终于扬眉吐气了一次。

20世纪80年代小五从部队转业到中心医院做了行政管理工作，他工作扎扎实实，成绩斐然，后来做到医院院长助理，分管后勤及老干部工作。这时我们这群中心医院孩子的父母亲大多年事已高，疾病缠身。小五在政策允许的范围内，热情为这些当年的叔叔阿姨服务，尽力解决他们看病及养老的诸多问题，在座的各位父母亲几乎都得到了小五的悉心关照，因此他也在我们这群人中享有很高的口碑。

这次聚会小五因故没有到场，他请三哥代问各位哥哥姐姐好。我们在座的各位也让三哥给小五带去诚挚的感谢，希望下次聚会时能够把酒言欢。

六、永远的眷恋

定于中午的聚会，由于大家有太多的话要说，有太多的事情要讲，竟然延续到了下午。突然有一个人想起，要接孙子了！大家才开始依依惜别。

"唯有相思似春色，江南江北送君归。"在一片送别声中，大家相互约定，明年春天，花开漫天时节，当新力、志强他们像候鸟一样从南国飞来时，我们一定再相聚。

临近年终，志强在群里发布了"2020济南市中心医院向您汇报"的微信版，微信版中回顾了中心医院全体干部职工在医疗、教学、科研、服务等方面的成绩。我们这些当年的孩子纷纷在群里留言：

"我们在中心医院长大，虽然我的父母都不在了，我们愿意中心医院发展、进步。尽管我们家的子女没有一个在医院工作，我们还是很眷恋它。"

"是啊，这些年眼见着它发展，做大做强，对它的感情还是很深的。"

"在任何时候任何地方，听到'中心医院'这个名字，就由衷地感到亲切。"

"中心医院是我儿时生活的地方，也是我现在生活的地方，我对它有深深的感情。愿它做大做强。"

"俺小时候是喝着病房里锅炉的开水长大的（院里打开水不要钱）。"

"夏天晚上就在门诊楼顶的大阳台上睡觉。"

"春天在松树球里和丁香花丛里藏猫虎，冬天和方红、荣荣去折蜡梅。"是啊，我们是一群在中心医院大院里长大的孩子。虽然成人后各自的人生轨迹迥然不同，但那知识分子情结自儿时就悄然种下，对中心医院的眷恋伴随着我们度过了一生。"

"故人一别几时见，春草还从旧处生。"让我们期待着重逢于我们儿时成长的地方——济南市中心医院附近吧。

2020 年 12 月

2021 年 1 月济南广播电台《方言客栈》播出

六月雪，雪了吗

1968 年 3 月，我按照当时就近上学的原则，进入了济南五中，开始了我的中学生涯。

济南五中是一座历史悠久的中学，它创建于清光绪十九年（1893 年），是美国基督教长老会创建的一所教会学校，至今有着 120 多年的历史。它最早名为济美学馆，后曾更名济美中学、齐鲁中学、济南市立中学，新中国成立后改为公立，名为济南市第五中学。1930 年取名齐鲁中学后在全国开创了"两个好"：一是实验做得好，二是足球踢得好。五中的很多校友也赫赫有名：教授古典文学的老舍夫人、著名艺术家胡絜青先生，著名艺术家、国徽和政协纪念邮票设计者钟灵先生，书法界名家欧阳中石先生，著名艺术家、演员金焰先生，地球物理学家秦馨菱先生，著名书法家魏启后先生等。

60 年代初期，济南五中历史上还有一段"半读半体"的辉煌时期，拼搏、向上的体育精神至今激励着五中学子。学校男篮连续多年摘得济南市篮球初中联赛桂冠，近 20 次在省级甚至全国联赛中获奖；乒乓球队多次获全国奖；游泳队获得全国运动会金牌。

一、没有教过我的李老师

在到五中报到的路上，我的内心深处隐隐地还是感到有些失落。以我在山师附小的毕业成绩，如果没有这次政治运动，我会顺理成章地考入与我们附小一道竹篱笆墙相邻的山师附中，与我的许多好友兼同学一起，开始我的中学生涯。

但是一道就近升学的指令，使我进入了济南五中。虽然它是一所历史悠久的中学，但"文革"前几年已经改为"半读半体"学校，文化教育质量在济南充其量属于中游，所以我心里多少还是有点难过的。爷爷却说济南五中不错，这所学校解放前是齐鲁中学，师资力量很强，解放前的老师大都毕业于国内大学名校，有些文科老师还是爷爷的朋友。爷爷说让我上学后打听一下李森文老师的近况，他与爷爷是同乡，还一起写过书，可惜"文革"后断了联系。

3月1日，我去学校报到了。当时的五中，还基本保持着齐鲁中学的模样。一进校门，左侧的广场边一字排开四棵高耸的大树，树叶飒飒、绿荫浓浓。在校园里一排排解放后盖的红砖教室中，散落着一些带有地下室的洋房别墅，这些建筑现在大多作为学校行政用房及老师办公室使用了。靠道路东侧还有一些中式的院落，可惜院门都锁着，不知道做什么用。

报到以后，我就开始寻找李森文老师。咨询了几位高年级的同学，他们都不认识。后来一个同学对我说，他能猜到这位李老师最有可能在哪里。

课余，在同学的陪同下，我来到一排教室前，一个窗户一个窗户地察看着。有些窗户贴着报纸，室内光线有点暗。透过玻璃可以看到教室里摆满了上下铺的双人床。那些被关押的老师目光呆滞地坐在床边，有"红卫兵小将"来回巡视着。这边没有，我又跑到另外一个窗口找寻着。这时，那位陪我来的同学指着屋内的一个人说，这就是你要找的李老师。我透过窗户望去，床沿上坐了一个人，身上的中山装好像很长时间没有洗了。他低着头，我没有看清脸面，只觉得他是一副忧心忡忡的样子。

我没敢与他说话，就这样默默地回到了自己教室。放学后见到爷爷，我怕增加他老人家的忧虑，也没敢多说什么，只是轻轻地说了一句，李老师被关了。爷爷其实也猜到李老师目前的境况，他深深地叹了一口气。

二、同桌的你

中断两年的学业终于开始了，我们又回到了课堂。那时候的学生男女界限比较明显，就是男女生之间不说话，也基本没有什么交流。记得第一天上课，老师先将女生按高矮排成几队，依次从前往后坐好，然后男生再这样依次坐在课桌的另一侧。好多课桌中间刻有一道直线，称"三八线"，谁的胳膊越过此线，坐在另一侧的同学会用胳膊肘给他撞回去。

由于五中的隔壁是山东省军区，所以省军区大院的子弟也都分到了该校。我的同桌就是省军区的孩子，他叫冯世平。刚上中学的他虽然黑黑瘦瘦的，但浑身上下都透着一股机灵劲。上课中他会冷不丁地将他的上衣敞一下，向周围的男生展示他那些别在深蓝色外衣里满满的毛主席像章。数学课作业写完时，他会与前后位的男生对题，遇到与其他男生答案不一致时，他抬起头来，用眼睛瞄一下我的答案，然后小声对那个男生说，你错了，她的答案与我的一样。而我呢，就像什么事情也没有发生。

1969 年的年末，忽然有一天，班里少了许多同学。原来一年一度的招兵开始了，在五中上学的省军区子弟都参军走了。在那个岁月，青年人能够参军是最好的出路，不亚于改革开放后出国留学的荣耀，留下我们这些同学只有无限羡慕的份了。

21 世纪初的一天，我在一次研究生答辩委员会上，又遇到了我的同行兼好朋友、济南军区总医院心内科主任李晓燕教授。她在会后闲谈中冷不丁地问我，你记得冯世平吗？我第一反应就是，这是个好遥远好熟悉的名字啊。我在思索时，晓燕教授说，他认识你呢。我这才从遥远的记忆中将思绪拉回，忙说道，何止认识，我们是同班同学，还是同桌呢，虽然我们从来没有说过一句话。

从晓燕教授那里得知，原来冯世平就是她的丈夫。周末冯世平偶然拿起她的手机，看到通讯录上我的名字，就说他认识我，晓燕还说不可能，你离她的专业太远，我们才是同行。冯世平回答道，我肯定认识她，要不然你见到她时问一下就明白了。这样才出现了答辩会后的一幕。

也是从晓燕那里得知，冯世平已经是济南军区空军的高级将领，官居少将。没想到当年的机灵鬼已经是我的中学生涯中官职最高的同学了。

三、不变的同学

青春年少的我们虽然处于"文革"这种历史年代，大家在一起的时候也是快乐的。夏日的一天，我穿着一条花裙子去上学。裙子是"文革"前妈妈到上海开会时给我买的，上面印着绚丽多彩的花朵图案。当我走到高年级"半读半体"的教室门前时，一位大姐姐向我打着招呼，小同学，你过来啊。我蹦跳着走到她们教室门口。这位姐姐揪着我的裙子一角大声笑着说，你这个小同学的裙子真……真……真嘹亮啊！大家都哈哈笑起来，我也跟着笑了起来。我一边笑着，一边想，大姐姐用的这个形容词好像不太贴切啊。

每天清晨，一个操着略带河北口音普通话女孩子的嗓音就在我家后窗户口上响起，方红，上学啦。这是我班里的好朋友崔秀清来约我一起上学的。她是一个性格外向、爽朗活泼的女孩，大大咧咧的。她家住在我家后边的建筑新村宿舍，每天准时叫我一起上学校。有时放学后她也到我们家玩耍。我爸爸妈妈都很喜欢她那直爽的性格。

秀清长得比我高，力气也大。有一次到我家玩，正碰上我爸爸妈妈在家里整理房间、调整家具。秀清对他们说，叔叔阿姨请一边站一下，说话间一个人将那个硕大的樟木箱子搬起来放到了墙根下，这一举动让我爸爸妈妈看得目瞪口呆，连连说，秀清，快放下，小心累着。秀清笑了，说她有的是力气搬这些家具呢。

崔秀清带小妹妹与高宏合影

后来毕业后秀清被分配到孤岛油田上。在当时相对封闭的环境中，她结婚生子都比较早，渐渐失去了联系。

21世纪初期某一天，研究室的同事告诉我，有个中年女性来找我，恰逢我不在，她说她是我的中学同学，多年没见面了，非常想念我，想明天再来。我隐隐约约地感到，不会是秀清吧。

第二天上午，随着敲门声，一个似熟悉又陌生的人进入了我的办公室。尽管几十年不见了，我还是在第一眼就认出了这熟悉的笑容。是秀清！没等我说出她的名字，她就紧紧地拥抱了我，并脱口而出："方红，我好想你啊！"一滴热泪流在了我的头上。

尽管时光荏苒，当年的"轻衫细马春年少"荡然无存，但那性格、那爽朗丝毫没变，那青春年少时结下的友谊也丝毫没变。

四、六月雪，雪了吗

我在五中的同学中，还有一个最要好的女同学，叫高宏。高宏的性格与秀清截然不同，她在众人面前不太爱说话，文文静静的，圆圆的脸庞上长了一双水汪汪的大眼睛，略带忧郁的眼神仿佛在向你诉说着什么。

那个年代鄙视知识，虽然已经复课了，也没有什么学习的氛围，课堂上也是乱七八糟的。但是我和高宏学习还是比较自觉而努力的。我俩课桌离得比较近，经常在一起商讨学习的事情，久而久之，变成了无话不谈的好朋友。

我们更喜欢在一起看书，偷偷地看当时所谓的禁书，如《镜花缘》《红

笔者（右一）和高宏的合影

楼梦》《聊斋志异》《安娜·卡列尼娜》《欧也妮·葛朗台》等
等。我们对牡丹花在武则天登基大典上无动于衷、拒绝开放钦佩
不已，一起鄙视薛宝钗的世故圆滑，为晴雯撕扇这样张扬率真的
性格拍手叫好；我们为《聊斋》中那些鬼魅狐仙的真性情深深感
动，为安娜·卡列尼娜的悲惨下场而落泪，一起鄙视老葛朗台的
贪婪与吝啬；……当时的我们不太喜欢看《三国演义》《水浒传》
什么的，感觉都是些打打杀杀、阴谋诡计的，看了很不舒服。

　　高宏在班里基本上没有什么存在感，她也不愿意在大众场合
中凑热闹，基本上属于安安静静的女孩子。我们两个人熟悉了以
后，她请我上她家玩。当我走进这个简陋而又朴素的家时，我还
是感觉到高宏为我的到来着实准备了一下。方桌上铺了一块洁白
的桌布，好像是一块洗得发白的床单临时铺上的。她妈妈是一位
儒雅的中年妇女，听高宏介绍是一位老师。她爸爸和一个哥哥都
没有在家，高宏和她妈妈热情地招待了我，让我对这个温馨的家

庭、温暖亲切的高宏妈妈留下了深刻的印象。

高宏很有礼貌，她到我家玩耍时，受到我爸爸妈妈的赞扬。她文科成绩很好，作为两个青春年少的女孩，我们俩坐在中心医院宿舍前的小树林里，谈起了各自的理想。我说，我从小的理想就是当一名医生，像爸爸妈妈那样，为百姓治病，守护他们的健康，而那一袭白色隔离衣，就是我的向往。高宏抬起头望着蓝天说，她想当一名记者，记录祖国大地上美好的事情。然后她又轻轻地叹了一口气，小声补充道，现在来看，这是不可能的了。

后来我才知道，高宏的爸爸当时不知道犯了什么罪，正在监狱里服刑，怪不得她那美丽的大眼睛里总是流露出淡淡的忧伤和些许的自卑。

毕竟我们还年少，那时的我们简单而纯洁。这世界上还有许多值得我们欣赏和开心的东西，甚至一些现在想起来那么微不足道的细节也让我们俩激动不已。学校的东侧有几个始终锁着的小院，这激起了我俩极大的好奇心。这小院里究竟藏着些什么呢？随着天气转暖，我们透过宽宽的门缝，发现小院的地上冒出了一片绿色的植物。临近夏日，这些植物的枝头逐渐

六月雪

开出了一些白色的小花。随着时间的推移，小院里竟开满了一片白花，在微风的吹拂下，像飘起的漫天雪花。那飘落的雪花，荡悠悠地、轻轻地落在地上，这种醉人的花有个好听的名字——六月雪。"六月霏霏飘瑞雪，须知别是一壶天。"好美的景色，好美的花名。

从那天以后，我们两人只要路过那个小院门口，就总是透过门缝观看属于我们两人的小秘密，同时相互问一句："咱们的六月雪，雪了吗？"

后来我们毕业时，高宏受到家庭的极大影响，辗转几年才在一个小集体工厂就业。当时我在外地工作，只要回到济南，就会到那个小厂找她玩。尽管工作不尽如人意，每次我们坐在临近小厂的护城河畔，望着杨柳依依、泉水潺潺，还是很高兴。她说很盼望我来找她玩，很想念我那稍微有点翘的鼻子上那淡淡的雀斑，和笑起来的样子。我们在一起无话不谈，很是开心。

几年过去了，高宏结婚了，我顺理成章地做了她的伴娘。我从医学院毕业后，分配的医院离市区较远，听说，她生了一个女儿，爱人对她也好。

再过了几年，我突然听说她患了癌症，我第一反应就是这些年来她压抑的心情终究将癌症这一恶魔引来了。当我急忙找到她的工厂，见到她的爱人时，才得知高宏患癌症后几个月就走了。我悲痛欲绝，大声对她丈夫说，为什么不告诉我！我现在是医生了，我会全力帮她治疗的！高宏的丈夫低声说，她一查出来就是晚期了，她不想告诉你，不想让你看到她病重的样子。

我沉默了，随着她丈夫来到她的墓前，给她献上她最喜欢的一束鲜花。

每当想起我的中学生涯，我那没有学到多少文化知识的中学生涯，我就会想起学校里的那个小院，想起我和高宏的那个小秘密。

"六月雪，雪了吗？"

2020 年 7 月 11 日

我们的"芳华"

泡桐花开了

1970年的春天，解放路两边的泡桐花又开了，放眼望去，像极了延伸到马路远方的雪青色绸带，又好像淡紫色的云霞，给我们几个小伙伴带来少有的好心情。

每当晚饭后，荣荣、光辉和我总是相邀走出各自的家，穿过医院的大门，在解放路上散步。我们一边走，一边欣赏着马路两旁排水沟边的泡桐树上怒放的花朵。这时候，我们会像约好了一样，从不谈烦心的事，也不想各自家庭的现实遭遇，以及自己的未来。我们会不约而同地谈论着，这么美丽的树、这么美丽的花！我们谈起将来，我说如果将来我们还有学上，我希望能当医生，就像爸爸妈妈那样，而且我相信我会做一个称职的医生。荣荣说，她最羡慕女兵了，如果能够当女兵，她此生无憾！光辉说她还没有想好做什么，但她喜欢祖国的大好河山，如果有可能，她会云游四海，将祖国的青山绿水游览一遍。我们三人就这么一边走，一边说着，各自沉浸在自己的幻想之中。

其实那年确实是我们三人从少年走向青年的人生低谷。

荣荣从小就长得恬静可爱，雪白的皮肤、长长的脖颈，像极了一只可爱的小天鹅，医院的阿姨都叫她小公主，她也乐于别人这样称呼她。本来，荣荣会在优裕的生活环境中幸福地长大。荣荣的爸爸是我们家所在医院的业务副院长，还兼着医院里唯一的教授；荣荣的妈妈解放前毕业于齐鲁大学护理学院，是解放后济南市护理学会的主任委员。"文革"中，她的父

笔者（左一）和光辉（中）、荣荣（右）的合影

母不可避免地受到冲击，荣荣也从骄傲的小公主变成了"反动学术权威的狗崽子"，心情糟透了。

光辉原来有一个幸福的家庭。她的妈妈是医院干部病房里漂亮的护士长。她的亲父亲是一名年轻的老干部。说他年轻，是就年龄而言；说他老，是他爸爸参加革命早，革命资历老。不幸的是光辉爸爸陷入一桩冤案，被捕入狱，她们家的幸福生活也戛然而止。虽然之后她爸爸"平反"并恢复了原职，但由于忧愤成疾，不久就因病撒手人寰。光辉的妈妈带着一双儿女，孤苦伶仃，又一次嫁人了。但光辉的继父也有过入狱的经历，就这一点，光辉坚决不同意妈妈嫁给他。光辉哭过、闹过，但也没能阻止妈妈。妈妈给出的理由是继父没有孩子，他会疼光辉姐弟的。但在那个年代里，政治上的歧视才是孩子们心里最大的痛，这件事也是光辉多年后都不能原谅妈妈的一件事。

我的父母亲都是医院里的中年骨干医生，作为新中国第一代放射科医生，大学毕业后，爸爸曾师从上海第一医学院放射专业最权威的荣教授深造。爸爸在运动初期个人的问题无非就是"反动黑学术权威的黑徒"。但我的爷爷是我国当代著名蒲松龄著作研究专家，图书版本目录专家，且著作等身，在运动初期就是著名的"反动学术权威"，加之我爸爸秉性耿直，宁折不弯，得罪了当时掌权的当权派，我家的遭遇就可想而知了。

1970年，真是难忘的一年。这一年，我们中学毕业了。这一年又传出了一个大大的好消息。国家提出要工业大跃进。对于我们应届毕业生来讲，最大的利好就是毕业后全部分配到工厂，不用下乡了！

家长和同学们听到这个消息甭提多高兴了，纷纷奔走相告。接下来的事情就是每天到学校去，看看自己被分配到什么单位去了。

在那个年代里，政治是至上的。根据同学们的家庭出身、父母的政治背景及自己的政治表现，由前来招生的工作人员挑选后，一批批被招走。

第一批来招工的是国营大企业、军工单位。这些单位我们几个是没有任何奢望的。接下来是国棉厂、机械厂等国营企业，再下来是商业局下属的商店营业员及大集体企业单位，最后是小企业以至街道企业。到了最后没有单位再来招收了，学校里只剩下十几个学生，也就是说没有一个单位能够收留他们了。很不幸，我和荣荣、光辉都在剩下的学生当中了，个中的伤心、绝望和自卑只有亲身经历过才能真正地体味到。

　　荣荣是最不愿被命运压倒的女孩，她是不会轻易向命运屈服的。这时，一个机会来了。山东成立了建设兵团，兵团的干部到济南应届中学毕业生中招工了。当一个女兵是荣荣的梦想，荣荣深知当兵尤其是当女兵是根本不可能的，但到兵团去就有一线希望了。因为出身好的同学早已经被其他单位招走了。虽然兵团战士没有领章帽徽，也不是现役军人，但是兵团实行军队编制，还发军装，仅发军装这一条就使荣荣心生向往了。

　　但是荣荣通向兵团的路并不通畅，虽然这时学校的学生已经不多了，但是当兵团来招工的干部看了荣荣的档案后还是拒绝招收她。在多次遭到拒绝后，这个纤细的女孩咬破了自己的手指头，写下血书，表明了她坚决要求去兵团的决心。也许是她的举动感动了前来招工的干部，荣荣终于如愿以偿，穿上军装，成为当时一名光荣的兵团战士。她也是我们三人中第一个正式参加工作的人。荣荣走的那一天，我和光辉都没有去送她，不知道是什么复杂的心情。可能是羡慕她，又不愿让她的那些战友知道，她还有这些"黑五类"朋友吧。

　　荣荣走后，时间一天天过去了。秋天的黄叶落满了院子，一转眼，冬天又要来到了。我整天待在家里翻翻书看，不愿意到外面活动。爸爸妈妈也实在不忍心将我分配不出去的实情告诉我。学校分配完毕后，将没有分配出去的学生的档案转到各自的街道办事处去了。妈妈通过一个熟人，找到了当时负责分配的一位女副校长。她也非常同情我的遭遇，悄悄地将爸爸单位给我写的政审材料给我妈妈看了。材料上赫然写道，我是牛鬼蛇神及反革命的孙女、阶级异己分子的子女，不适合在工厂当工人，一定要下放农村，接受贫下中农的再教育，永世不得回城。校长说，你们这是得罪谁了？带着这样的结论，哪个单位也不愿招惹是非，当然孩子也就分配不出去了。

爸爸妈妈总觉得是他们影响了孩子，妈妈整日以泪洗面。当时妈妈作为一名娴熟的妇产科医生，在省卫生厅专职做全省计划生育专家指导工作。由于出身不好，加之公公的问题严重，她除了兢兢业业地工作，不敢提任何要求。妈妈的这种工作态度引起了她所在部门领导的同情。她的处长是一位红军时期的老干部，当听说了我的遭遇时，愤愤地说道，红红还是个孩子，为什么大人的事情尤其是祖辈的事情让一个孩子来承担！这时，恰逢山东要上马几个大型企业，且都在济南之外，省直单位有名额的，子弟出具介绍信就可参加工作。王处长就给我妈妈出主意，不要管街道的那份政审材料了，咱们单位出具一份材料，让孩子赶快去工作吧。但是最好悄悄地去，不要让她爸爸单位知道，以免节外生枝。这个消息对于我们家尤其对于我真是喜从天降，妈妈用最快的速度办完各种手续，我终于又看到了希望。同时，机关也与我妈妈谈话了，鉴于妈妈这样的家庭背景，已经不适合在厅里工作了。妈妈本来就是一位临床医生，这次也一起下放到工厂医院工作。

在1970年最后几天的一个清晨，刚刚过完十七岁生日的我悄悄地起床，与妈妈一起赶到一个院落，坐在事先联系好的卡车上面，在晨曦中告别了我的家乡，告别了我的亲人，到兖州拖拉机厂参加了工作。为了保密，不让爸爸单位的人知道，我谁也没有说，包括我的好朋友光辉。当卡车开动时，我在想，光辉，我也走了，你会寂寞吗？你会怪我不告诉你吗？

光辉是我们三人中最后参加工作的。我走后，她不愿意自己孤孤单单地待在家里，也不愿意与继父相处。她的一位中学同学与她非常要好，也没有参加工作。那位同学的爸爸是山东大学中文系教授，家里书特别多。

在她的邀请下，光辉又到那位同学家住了一段时间。几年后，光辉终于到天地坛街附近的一家服装厂工作了，虽然不尽人意，但是总算有自己的工作了。我回济南时还到她厂里找她玩。

后来我们三个好朋友的生活都有了很大的变化。

改革开放后，荣荣的父母亲又都回到领导岗位，作为有着学术地位的专家教授，在医疗领域发挥着应有的作用。"文革"结束后，荣荣从兵团回到了济南，她积极争取到北大外语学院进修学习的机会。每天迎着晨曦，荣荣都会到医院门诊楼后面的小花园里背单词，准备考试。改革开放以后，国门大开，外语人才奇缺，荣荣学成后回到济南，到旅游局做了一名美丽而知性的德语翻译。

光辉在服装厂工作后，兢兢业业，加上她天性心灵手巧，很快就成为车间的工作能手。改革开放以后，她被提升为车间主任，直到副厂长，为她的所在单位做出了应有的贡献。20世纪90年代以后，光辉所在的工厂破产了，人到中年又遭下岗，怎么办呢？

光辉没有沉沦下去，生活还要继续，女儿还要抚养。光辉面对未来，结合自身特点，做了销售员，挣钱养活家里。她说，她这一辈子，谁也不靠，就是学会了自立自强。晚年的她，依然衣着整洁、谈吐优雅，在她身上竟然看不出岁月的沧桑。

我到工厂后，少说话，多干活。机缘巧合，一年后我又被调到济南一家研究所的试制工厂。好在我的师父及车间的工人师傅对我都很好，我认真地学习技术，业余时间担任了车间的统计员及厂里的广播员，积极参加厂里的文艺宣传活动，并协助团支书负责厂里的黑板报。在工厂的两三年，是我步入社会后心情最愉悦的时光。工作之余，我总觉得缺少点什么，缺少的是读点书。恰逢研究所的几位老工程师也住在集体宿舍，有了他们的辅导，我又可以如饥似渴地学习了。当时也没有什么目的，只是觉得能这样学习就心满意足了。

1973 年，随着小平同志的第二次主持工作，教育部在当年大学招收工农兵学员时提出要增加文化考试，具体操作是先推荐，再经过考试三选一。当听到这个消息时我心里又升起了希望，尽管爸爸妈妈都劝我不要抱太大的希望，他们真心不愿意让自己的女儿再次受到打击。

不管怎样我报名了，是厂长在全厂职工大会上的"推荐出去的工人，都是合格的工人，谁考第一，谁就去上学"这句话给了我莫大的勇气。用当时的话来说，我是以百分之五可以教育好的子女身份参加考试的，并以全厂第一名的成绩走进了大学的校门，实现了当时不太可能成为医学院校学生的梦想。我真心地感谢我的师父、我的工程师老师和我的厂领导，是他们的支持与帮助，使我完成了心中的夙愿。

时光荏苒，我们目前都已步入中老年，曾经的芳华岁月已经被无情地抛进了历史的长河中。记得在很多年以后，我们三人又聚在一起。解放路早已今非昔比，宽阔的大路上快慢道分离，当年的泡桐树也不见踪影，后来种植的行道树绿树成荫。光辉说，你俩还记得那一片片泡桐花吗？荣荣感慨地说，当然记得！尽管那时咱们还没有踏入社会就品尝到人世间的悲凉，三人都处在人生的低谷，但这段经历毕竟也是我们难以忘怀的青春岁月啊。

2018 年 1 月观看电影《芳华》后有感而发

原载于 2021 年 11 月 6 日《聊斋园》

二　走向人生

走　向　人　生

草色遥看近却无

1970 年 12 月的一天凌晨，寒风刺骨。天还没有放亮，我穿上厚厚的棉猴儿，怀抱着两把暖壶，悄悄地跟着母亲坐上开往山东拖拉机厂的大卡车，向着兖州奔去。我就要离开济南到那里参加工作了，心里充满了向往，又有几分惆怅。

在当时的环境下，能够到三线大工厂工作，该是多么幸运啊！坐在大卡车的敞篷车斗里，寒风直面扑来，我不由得打了几个寒战。

经过四个小时的颠簸，我终于到达了距离兖州县城 18 公里的山东拖拉机厂。

山拖厂建立于 20 世纪 50 年代，其前身是苏联援建中国的项目之一，中匈友谊拖拉机修配厂。工厂尚未建成，苏联突然翻脸，撤走了全部专家和技术，只留下空荡荡的一座大厂房和五座宿舍楼。1970 年，为响应"抓革命、促生产"的革命号召，山东省组织工业大会战，同时上了几个大会战项目，分别是 923（胜利油田）、莱钢、山拖、齐鲁石化等。位于鲁中农村的山拖厂顿时热闹了起来。大批省级机关干部、山东省各地下乡知识青年、当地知识青年及回乡青年、复员退伍军人，以及济宁专区和省级机关干部的一些子女，纷纷会集在这里。宿舍不够了，年轻人就打地铺，食堂大厅不够用，大家就在室外吃饭，一派热火朝天的景象。

我很快被分配到小件车间。当时山拖厂处于会战早期，全部建制采用部队的称呼，车间主任称为营长。一百多个学员一下子被分配到车间来，营长向各个小组分配时也是非常仓促。领导们拿着花名册，大体根据名字就往下分配。在分配中，还发生了一个有趣的小插曲。当营长读到一个叫"张青"的名字时，脱口而出，张青，菜园子张青，水浒好汉，分到大件组吧。大件组干的是全车间最重的体力活，全组

1971年参加工作时的照片

工人都是男性，当张青去报到时，组长愣住了，只见一个小巧玲珑、弱不禁风的女孩子站在他的面前。你就是张青？原来是太仓促了，营长没有看后面的性别一栏啊。后来我在车间里遇到她，问道，你在班组干什么？她咯咯笑着回答我，每天上班后就是给组长买烟，给师傅们倒水，很清闲啊。后来厂里生产逐渐走上正轨后，张青才调到其他班组。几年后，我在大学暑假期间回到山拖厂看望我的师父，在车间里又看到张青，她已经脱掉稚气，成长为一个熟练的车工了。

这是以车工为主的车间。我第一次到车间，只见一排排车床向远处延伸着，蔚为壮观。车床轰鸣的声音震耳欲聋，怪不得师傅们说话都是大嗓门，原来是在车间里长年累月养成的。班长把我领到一个车床前说，以后你就

在这里上班了。你等一下，你师父马上就到。

我就在车床一侧静静地等待着。旁边的一位师傅向另一侧喊道，何师傅，你徒弟来了。伴随着回答声，我向远处望去，一位师傅笑着向我走来。来者是一位三十来岁的女性，身材矮小，身穿背带工装，显得干净利索，她用一口上海普通话与我打着招呼。小路，班长告诉我你的名字了，以后你就跟着我干活，有什么不会的尽管说。

这时旁边的师傅们插话了。何师傅，咱车间领导真会分配，给您分配了这么一个小巧玲珑的小姑娘，你俩体重加起来也没个壮汉重吧。

我师父马上沉下脸来，半开玩笑地对他们说，我的徒弟虽然长得小巧，但是谁都不能欺负她。以后谁要是欺负了她，我绝不轻饶。大家哈哈地笑起来。我暗暗想道，我师父虽然人长得矮小，但绝不是软弱之辈。

我的学徒生涯就这样开始了。师父对我很好，认真地教我车床的基本构造，怎样开机，如何工作。可惜当年我力气太小，后尾座一手都拉不过来，只能走到车床尾部双手推过去。师父从来没有嫌弃我的意思，总是说，你还小，力气慢慢地就练出来了。

渐渐地我与何师傅熟悉起来，得知她与她爱人都是上海人，60年代初从学校毕业后被分配到山东工作。她爱人姓许，是厂里的技术员，现在也在车间里下放劳动，时间长了我称呼她爱人许师傅。

周日休息，何师傅请我到她家玩，恰逢那天附近一个叫大安的地方有集市，我就坐在许师傅的自行车后座上去赶集。第一次在农村赶集，我看什么都那么新鲜好玩。那里的鸡很便宜，三四毛钱一只。很快我们买了两只鸡，我迅速跳上自行车后座，一手抓着一只鸡，跟着许师傅高高兴兴地回来了。中午何师傅给我们做了上海风味的炒鸡，大家坐在一起吃饭。久违了的家的感觉，它竟是那么温暖。

我们车工班是三班倒工作，当我平生第一次上大夜班时，我提早来到了车床前。一会儿的工夫，我就看到何师傅手里抱着一床草席走了过来。我疑惑着，不知道她拿床草席做什么。她一边将草席铺在车床旁的一块空地上，一边说道，你许师傅得知你今天晚上跟我上第一个大夜班，担心你撑不下来，让我把这床草席拿来，一会儿你困了，就在上面睡一觉吧。我顿时感觉一股暖流涌上我的心头，恍惚中感觉眼前的师父更像我的亲人。

师父一家合影

我们小件车间分配到了几个济南来的年轻人，大多是各个省级机关单位子弟。在济南时，大家基本上都不相识，但来到了山拖厂，又被分配到一个车间，年轻人很快就熟悉了起来。于丽，一个胖胖的女孩，是我们一群人中间的活宝。丽华，大眼睛扑闪扑闪，文文静静的，我们几次相约回济南，叽叽喳喳，好不热闹。还有我的好朋友东慧，一个朴实忠厚的女孩，她的车床离我不远，我俩在磨刀时经常相约同去。作为刚上班不久的学徒工，我们的技术都比较差，磨的刀具角度也不合适，车起活儿来铁屑四溅，我们又都不戴护目镜，铁屑溅在眼皮上，将上下眼睑都粘在一起。东慧害怕地问我，会落下疤痕吗？我说我也不知道啊。想想当年真是有点不知深浅，现在想起来还有点后怕呢。我们的友谊从少女到老年，那是铁打的闺密。

中午短暂的午饭时间，我们班组的师徒们围在一起吃饭。班长是一位刚从抗美援越战争中复员的炮兵。因为长期处在震耳欲聋的炮声中，他有点耳背，说话声音很大。班长的妻子前来探亲，也与我们一起进餐，我们几个青工争先叫她嫂子。嫂子是一位来自当地偏僻农村的青年妇女，衣着朴素，据说从来没有进过学校，也不识字。班长笑着对我们说，你们问她，火车怎样走。我正在想为什么会问这种问题时，只听嫂子说火车当然站着走了，大家哄堂大笑。但是我怎么也笑不出来，没想到 70 年代了，这么年轻的女性竟然还是文盲，而且知识如此贫乏，这是我在之前的生活环境中根本没有接触到的，我暗暗地为她悲哀。

由于会战期间人员越来越多，车间、宿舍乃至食堂、医院等等建筑物严重不足，天气刚刚转暖，厂里就掀起了大搞基本建设的新高潮。我们这些新参加工作的青年工人全部被调到了基建一线。我们这些年轻人没有技术，干的都是和泥、搬砖、运石头等体力活，几天下来，累得全身就像散了架。当时我最羡慕的就是那些力气大的男生，能用木铲把砖头扔上四层脚手架。我的好朋友董琴，虽然是女生，但她从小生活在农村，练就了一副结实的身板，她能将砖扔到三层。可惜我用尽全身力气，也扔不到二层去。我努力练着，努力干着，高强度的劳动竟然使我晕倒在地。我恨自己怎么如此弱不禁风，怎么这样细皮嫩肉，更怕别人说我是知识分子子女、资产阶级小姐。

随着时间的推移，我也终于能派上用场了。记得厂浴室房顶上瓦时，工头指着我说，让她跟我在房顶上瓦吧。她长得小，体重轻，不会踩坏瓦片的。

就这样，在没有任何防护的情况下，我跟着工头在屋脊上铺完了厂浴室房顶的所有瓦片。晚上回到宿舍后，我感到脚底火辣辣地痛。原来整日在骄阳烘烤的房顶上劳作，我的两只脚底被烙出满满的燎泡。

从春暖花开到霜叶满天，我们一直在工地上劳作，厂里的车间、医院、职工宿舍、浴室等建筑物都留下了我们的足迹。烈日的暴晒、艰苦的劳作使我看起来黝黑精瘦，秋后回家探亲，家人们竟然都没有认出我来。奶奶和大姑拉着我的手流出了眼泪，感觉她们的孩子受了罪。我倒没感觉受了多少苦，年轻人在一起，一起哭，一起笑，一起干活，热热闹闹，挺好的。最主要的是，没有了政治上的压力，心情挺舒畅。

70 年代初期，"文革"正在深入开展着，山拖厂虽然远离省城，但作为大批省级机关干部云集的会战中心，阶级斗争这根弦绷得也是很紧的。随着母亲在厂医院工作的开展，职工们都相传省里下放了一位妇产科专家，大家都拥向她的门诊找她看病，工作很快就开展了起来。但就在这时，时任医院领导也很快抓到了阶级斗争的新动向，就是批判"地主资本家出身的资产阶级学术权威"——我的母亲。妈妈白天上班忙着治病救人，在手术室带着年轻医生做手术，晚上还要接受批判，身体很快就垮了下来。

我一直在厂单身宿舍住，母亲怕我为她担心，没有告诉我。一天我去母亲的住处看望她，看到她身心疲惫，走路不稳，才得知接连的批斗让母亲血压陡然升高，眩晕不止。看到母亲的身体状况，我悲愤交加。

厂里的工人师傅们对医院的批斗并不认可，他们纷纷到我母亲住处看望她，给她精神上的鼓励，并带来各种土特产让我母亲补补身体。"孙大夫医术高超，待我们这些病人态度认真和蔼，我们就信任她。"他们淳朴的语言让我们潸然泪下。我师父夫妇两人也特地去看望我母亲，并安慰我说，不要听那些人胡说，孙大夫是好人。这样的日子一定会过去的，有什么困难我们帮着解决。工人师傅们还向医院反映，不要将孙大夫整病了、整倒了，我们还需要孙大夫给我们看病呢。在那些寒风彻骨的日子里，工人师傅们这些朴实的话语以及实实在在的行动，给我们心底带来了融融的暖意。

时间就在这样的忙碌中悄然流逝，我一边工作，一边思考着，难道我就这样度过我的一生吗？隐隐约约地，仿佛有点不甘心，但又不知道今后的道路如何走。来到山拖厂的第二个冬季就要过去了。清晨我走在熙熙攘攘的上班人流中，放眼向周围的原野望去，恍然发现远处依稀可见青草返青，低头看着脚下的枯草，草芽却似有若无。难道这就是"草色遥看近却无"吗？顿时，我的心情豁然开朗，希望可能就在自己不断的努力当中吧。

2020 年 3 月 5 日

岁月如歌

人间四月天，到处一片葱茏。柳色渐浓，远远望去，像极了一幅泼彩的国画。一阵风来，柳枝轻舞，舞姿曼妙婀娜。所有的树木都像约好了似的，铆足了劲生长，撑起一片片绿荫。在这和煦的春风里，我拿着一份调令，来到了山东省农业机械研究所，眼前的这一切，让人恍惚是在梦中。

我（前排中）手握方向盘，与其他青工在农机所自主研制的拖拉机上

1972 年初，山拖厂会战已经进行两年了。厂里职工比例严重失衡，青年工人占绝大多数，而技术人员及熟练工人非常缺乏，这对会战的深入进行非常不利。当时省里领导决定，调出部分青年工人，置换一些必需的工程技术人员及熟练的老技工到山拖厂，调出的青年工人原则上是回

原籍。在这个背景下，130个济南籍青年工人回到了济南几个工厂，其中包括我在内的10人被调到山东省农业机械科学研究所试制工厂，同时研究所的4位技术员和几位老师傅奔赴山拖厂会战一线。

省农机所坐落在济南的东北郊。走过一片土豆地后，就看到了绿树环绕着的一座办公楼。办公楼的样子在当时很奇特，他们问我像什么，我没有答出。答案是像一台熊猫牌收音机，这在当年也是相当时髦的了。

一、我的试制工厂

交上调令后，我到试制工厂去报到。工厂离所办公楼不远，步行不到十分钟。它坐落在省农科院一片苜蓿地旁边，虽然只有几十个人，但车钳刨铣样样齐全，翻砂热处理等工种一样不少，而且据说每个工种都有工艺精湛的老师傅，例如木工乔师傅、翻砂工陈师傅、机械车间主任于师傅等等，要不然怎能承担将研究人员各种花样翻新、奇思妙想的新锐工艺付诸实际的任务呢？

机械车间主任于师傅就是以这样一种传奇般的形象出现在我们这些青年工人面前的。第一次进车间，我看到一位近乎干瘪矮小的工人，稍微有点驼背，两只眼睛好像有点斜视，感觉他看着你时，也总像看着其他地方。试制工厂的王厂长向我们介绍这是机械车间的于主任，他没有说话，只是点了一下头。我们当时想，车间主任怎么是这种形象啊？

渐渐地我们发现，于主任——我们更愿意称呼他于师傅——那瘦小的身躯里竟蕴藏着如此丰富的理论知识和巨大的实践能力。我们车间的任何一台机床他都运用自如，哪台机床出现故障或问题，他来到后问题都会迎刃而解。最为神奇的是，他的眼力出奇地好。我们背后称他的眼睛是"格愣眼子"，但就是这双眼睛能在飞快旋转的加工零件上看出几丝的公差，令我们佩服至极。

刚到工厂报到时，王厂长将我带到了机械加工车间，交给了我的班长王启堂师傅。王师傅是个三十多岁的壮实汉子，他微笑地对我说，以后你就在咱们班里干活了。你原来干车工，但现在出现了一个新情况，磨床的任师傅病了，看来短期也上不了班。你就顶替任师傅干磨床吧，不会我教你，你不用担心。

我在试制工厂的工作就这样开始了。渐渐地我了解到，我们车间里有许多师傅不光技术熟练，而且理论水平也很高。他们大多毕业于山东省劳动厅高级技工学校，这个学校在"文革"前可是济南机械行业技术工人的"黄埔军校"，毕业的学生们大多被分配到各个大型国营机械工厂及大学、科研单位的附属工厂，并且都是各单位的技术骨干，像我的王班长、我的入团介绍人范淑华师傅等都是从这个学校毕业的。在王班长手把手的指导下，我渐渐地掌握了三台磨床的使用，并能独立工作了。

我在工作中清楚地意识到，车间里需要磨床的零件都要我去完成，不能有一丝马虎，每个零件都要精益求精地去加工。时间一天天、一月月地过去了，有一天，王师傅对我说，厂里检查产品的检验员要见见我，让我送加工好的零件时顺便等他一会儿。

检验员姓吴，后来我才知道，他就是我们所里

在我的磨床前

的老工程师吴伯舜老师，"文革"中被下放到厂里劳动。因为他年龄大了，厂里安排他做了产品检验员。他五十开外。我见到他时恭敬地说，老师好，这些零件是我磨的，您找我有事吗？吴老师看见我笑了，他说，也没有什么事，这段时间你加工的零件都是我检验的，从来没有废过一件活，这对于一个磨床工很不容易。听说磨床工任师傅病了，这些零件都是一个刚来不久的青年工人磨的，所以我想见见你。

受到吴老师的表扬我很开心。他又与我谈了一会儿。他问我，你父母亲是做什么工作的？当我回答说，他们都是医生，但父亲因放射病病重住院，母亲下被放到外地时，吴老师深深地叹了一口气，低声说，这是什么世道！我想他也是同病相怜、触景生情吧。

二、多彩的业余生活

20 世纪 70 年代，人们的业余生活远不像现在这样丰富，下班以后人们多串门聊天，爱学习的人也就是看书读报。为了丰富职工的业余生活，农机所领导花大力气组织群众性的文体活动，在不大的研究所院子里，开辟了篮球场，每逢工间操和休息时间，有许多职工来打篮球、羽毛球等。所里还成立了广播站，我到所里不久，就被吸收为所广播站的广播员。

说起担任所广播员，我还经历了一次小小的波澜。由于我们集体宿舍就在办公楼三楼，每天早上六点半，我便准时开启广播。随着乐曲《东方红》的旋律，新的一天开始了。一天早上七点钟，我们一边在食堂吃着早餐，一边听着《新闻联播》。突然，广播中出现一些外语的声音。尽管我们都辨别不出这是什么语言和内容，但是食堂里就餐的人还是齐刷刷地朝我望来，疑惑的眼神好像在问，这是什么台？甚至有人向我问道，你是不是调错频道，调到了敌台？要知道那是在"文革"时期，这样的政治错误非同小可。我惊慌失措，三步并作两步地奔向广播室。这时我听到中央电台广播员正在介绍刚才的场景，原来是朝鲜代表团访问中国，《新闻联播》中播放了团长的一段朝鲜语录音。我悬着的心一下子落地了，才发觉自己已是满头大汗。

1972年初，我们几个青年工人还在山拖厂工作时，农机所宣传队在省机械厅的组织下，到山拖厂进行慰问演出，给我们留下了深刻的印象。我们几个青年工人被调到农机所后，宣传队很快就吸收我们参加了这个文艺大家庭。

宣传队的老师们大多是60年代中期毕业的大学生或中专生，青春洋溢、热情似火。领队是陈崇宽老师，据说他被公派到国外，刚刚回国。那时出国的机会相当少，单单这一点就使我们几个青年人崇拜不已。我们的导演兼编剧是伍介夫老师。伍老师出身名门，他父亲是新中国成立初期回国的高级知识分子，是我省仅有的二级建筑工程师，50年代建成的山东剧院就是他的设计杰作。据说伍老师自小出口成章、才华横溢，且挚爱表演，60年代中期在省级机关文艺会演中表现优异，出类拔萃，曾作为青年文艺骨干，接受侯宝林大师的亲自指导。我们排练的节目大部分是伍老师亲自编剧、写台词、设计每一个动作和细节，我们这些人对伍老师也是非常佩服。

夏天来了，在这个季节，绿正旺，花正艳，生命也最热情奔放。火球一样的太阳高悬在空中，肆意地挥霍着光和热。随着气温的上升，我们的排练热情也日益高涨。东方刚刚放亮，我们几个好朋友就相约到办公楼的天台上练节目、背台词，天台上充溢着我们青春的声音。毛淑玲是我们几个好朋友的头儿，她天资聪明，又热情开朗，在她的直接指导下，我们的节目排练得日趋成熟。业余时间里，我们宣传队多次到部队给子弟兵慰问演出，到我们农机所的农场给农场工人演出，在省机械厅系统内的单位里巡回演出，每场演出都受到了人们的热烈欢迎。通过这些活动，我们每个人都增长了才干，开阔了眼界，我们之间的友谊更是增进了。尤其我和毛淑玲、惠玲、东慧几人成了铁打的闺密，相识相知近五十年，历经风风雨雨，友谊地久天长。

三、年终总结大会

天渐渐冷了，冬天真的来了，凛冽的寒风肆无忌惮地吹着。一觉醒来，窗外纷纷扬扬地飘着雪花，初冬的第一场雪装点着大地，也将农机所一年来散落在祖国各地的科研人员迎回了家。在二楼会议室里，年终总结大会如期举行。

来到农机所已经大半年了，我们每天都在这座大楼里出出进进。大楼里人影稀疏，一点也不热闹。听老师们说，农业机械试验基本上都是在田间地头进行的，不管是研究播种机还是收割机。那些技术人员都自称"候鸟"，一般春节一过，试验就从祖国的最南头——海南岛开始了，随着天气变暖，逐渐向北方推进，当东北的庄稼也收割完了，这些"候鸟"才飞回家乡。

这是我第一次参加所里的年终会议。二楼会议室座无虚席，很多人是搬着自己办公室的椅子过来的，黑压压的，全是人。大家好长时间没有见面了，相互打着招呼，寒暄着，有的开着玩笑，甚至斗斗嘴皮子。与我自小在医院里接触的知识分子相比较，他们好像更朴素、更接地气。我们几个青年工人静静地坐在会议室的角落里，好奇地看着眼前这一切。

在这里，我第一次看到了传说中的那些农机科研领域的大咖。有从美国留学归来的老专家徐明光工程师，有中华人民共和国成立前从原南京中央大学毕业的胡距文工程师。李方述老师1978年代表农机所参加全国科学大会，给我们农机所争得了很大的荣誉。更多的科研人员是60年代毕业于知名大学的中青年老师，例如那个静静地坐在一个角落里的青年女性，穿着一件蓝底紫花土布棉袄，从背后看像极了一位农村大嫂，只是从她那睿智理性的面孔可以看出她是一位知识女性。同伴悄悄地告诉我，她就是大名鼎鼎的李筱薇老师，时任共和国副主席李济深先生的女儿，也是农机科研领域的后起之秀。这次总结会给我留下了深刻的记忆，省农机所真是一个藏龙卧虎、人才济济的地方。而这些科研大咖艰苦朴素的工作作风，在潜移默化间对我产生了非常大的影响。

四、走向大学课堂

时光的脚步，顺着蜿蜒的河流，一路走来，走进了1973年的春天。人间最美的时光，便是春回大地，四月芳菲馥郁的时候。伴随着春天气息的，还有一些教育界的好消息。这年邓小平复出，出任国务院副总理，主抓科技、教育。在他的主持下，1973年4月3日，国务院批转国务院科教组《关于高等学校1973年招生工作的意见》，提出要重视文化考查。《意见》除指出1973年招生继续采取与前一年在政治条件审查合格等相同办法，还特别提出，要"重视文化考查，了解推荐对象掌握基础知识的状况和分析问题、解决问题的能力，保证入学学生有相当于初中毕业以上的实际文化程度"。其后，根据周恩来的指示，国务院科教组又发出文件，对两年前开始实行的推荐和选拔工农兵上大学的规定进行了修订，高等学校招生除需经过评议推荐及审查、复查外，着重增加政治、语文、数学、理化四科的书面文化考试，由地、市命题，县（市）主持，试图恢复用知识选拔人才的制度。这给广大工农兵知识青年带来上大学的机会。

尽管这次招生对象还只限于知青、青年农民、解放军等工农兵，但这对当时广大的知识青年来说，已经是个天大的喜讯，引起社会的轰动。终于可以凭借知识上大学了！无数知识青年踌躇满志，奔走相告。学校教育秩序大大好转，学生开始发奋读书，叫嚣一时的"读书无用论"顿时失去了市场。

这一消息也给我带来了巨大的惊喜。虽然来到农机所以后，在闲暇时间我也保持着读书的习惯，但能够通过考试重新进入课堂的消息使我激动万分。我也深知，我在中学时几乎没学到什么东西。我们居住的科研楼三楼集体宿舍里同样居住着许多技术员，当我说拜他们为师，系统复习中学课程时，老师们都欣然接受了我这个学生。从那天开始，晚饭后我就在三楼阅览室学习，不懂的知识点随时请教老师们。凌晨四点半，我悄悄地走出宿舍，将前一晚学习的知识再巩固扎实。

我们在阅览室看杂志

我母亲的老领导是一位正直的女干部，她在"文革"初期尽她所能给予我们家许多帮助。当听说我正在努力学习文化知识时，她语重心长地对我母亲说，红红是个好孩子，我知道她爱读书，但是现在的情况不像孩子想象的那样简单。她在毕业分配上已经受到打击，这次不要让她投入过深，以免精神上再次受到挫折。

当母亲将这些话转述给我时，我沉默了。过了一会儿，我低声说，不管怎样,我愿意读书,我就这样学习着吧,我很享受这一过程。如果我努力了,因为其他原因我上不了学,在农机所工作,这些知识也用得上。

在农机所全所大会上,所领导也发布了今年上大学要通过考试的消息。齐斋所长在大会上宣布,首先对报名的青年职工进行政治考核,考核通过后进行三选一文化考试。只要通过政治考核的同志,就是合格的同志,谁考第一谁去上大学。

齐所长的讲话给了我极大的力量,我想试一试。

我们的考场设在我的母校济南五中。毕业快三年了,看着熟悉的教室,几年间的酸甜苦辣涌上心头。我提醒自己,不要想这些了,集中精力去考试。考试分政治、语文、数学、理化四门课,出的题对我来说相当简单,我比较顺利地就完成了这几门考试。

考试结果出来了,我的成绩名列榜首。所领导履行了当初的诺言,推荐我去了山东医学院医疗系,我的理想实现了!

几年后我放寒假到所里看望我的师父和领导。当看到人事科的马科长时,他半开玩笑地对我说,小路,你能上大学要好好地谢谢我。看着我迷惑的眼神,他给我讲述了一件不为人知的往事。

那年秋初,我的大学录取通知书到了,为了避免可能出现的麻烦,我在允许报到的第一天即去学校报到了。我前脚刚走,父亲单位"一打三反"办公室的一个女负责人就来到了我们所人事科,对着马科长大发雷霆,说什么马科长政治路线有严重问题,怎么能让"牛鬼蛇神"的后代去上大学,你们单位的阶级立场站到哪里去了!

马科长义正词严地回答道,我们也是一级党委决定的。该同志是我们单位的职工,她的表现、她的考试成绩我们最了解。就算她的家庭有问题,我们是按5%可以教育好的子女推荐的,你们无权干涉。

那个女人灰溜溜地走了。当我了解到这一切时,我对我们所领导及马

上大学前团支部合影

科长的担当感到深深的敬佩。尤其是在那个年代，难能可贵。

秋天终于来了，带着它的清凉、它的成熟来了。天气不再那么闷热，变得渐渐爽朗起来。天也似乎变得高了、更蓝了，秋风卷走了夏空中残存的几朵云翳，留下一片清澈的碧空。雁儿随着秋的脚步，也成行成群地飞向南方了。

入学通知书到了，我就要告别农机所，告别试制工厂，告别我的磨床，告别我的师父和同伴，走向大学课堂了。对于出身于医学世家，生在医院、长在医院的我来说，学习医学是我儿时就有的理想，如今能够实现，应该欣喜若狂才是，但为什么我还心生惆怅？回想起来，我虽然在农机所工作不到两年，它却影响了我今后几十年的职业生涯。在这里，师傅们教我踏踏实实地做人、认认真真地工作；在这里，技术员老师们利用业余时间给我补课，竭尽全力，不求回报；在这里，我知道了做科研要扑下身子，扎扎实实做事；在这里，我除了做好本职工作，还做了所广播员、车间统计员、宣传员，得到了多方面发展的机会。今后我不管到什么地方学习、工作，农机所的经历都给我奠定了扎实的基础。这样的单位，我能不留恋吗？我暗暗地想，今后农机所就是我的娘家，我会常常回家看看。

在以后的日子里，农机所就像一块磁铁一样，吸引着我经常回去看看。那里有我亲密的伙伴，有我可敬的师父、老师，更重要的是，那里有我青春飞扬的岁月。

岁月如歌。

2020 年 3 月 30 日

毛 玲

毛玲是几乎陪伴我一生的好朋友。

20世纪60年代初，我随爸爸妈妈搬到当时位于东郊的中心医院宿舍。现在看来济南市中心医院名副其实，它就是位于闹市中心，但在60年代初期，那真是荒郊野外啊。从解放桥向东的解放路，依次在荒野里陆续建起了一些机关事业单位，家属、孩子们也跟着住过来。还是人烟稀少的缘故吧，几家单位宿舍毗邻而建，孩子们之间都比较熟悉。

毛玲家在省机械厅宿舍，也是60年代初期搬来的。我与她虽然不在一个小学，但上学、放学路上总是相遇，天真无邪的孩子就相识了。

其实毛玲的全名叫毛淑玲，我们儿时叫她毛淑玲时发音很快，叫着叫着就成毛玲了。后来大家都叫她毛玲，反而将她的全名忽略了。

1968年春天，我们就近入学进入初中了。上学第一天，刚走入教室，毛玲迎面走来，高兴地说，方红，你也来五中了，太好了，我们成了同班同学！毛玲待人热情，号召力极强，在班级里她周围总是围绕着许多同学。我们两人也愿意在一起玩耍，并且很谈得来。她又高又胖，我又矮又瘦，成了校园里一道可爱的风景。

中学生涯在时而开课、时而运动中过去了，我们真正成为铁哥们儿、好闺密是从省农机所开始的。

1972年，我们山拖厂的十个青年工人被调整到省农机所。报到后，人事科老师将我们几个女青工领到集体宿舍，在那里我意外地看到了毛玲。哇！方红，是你啊！早就听说山拖厂要来几个学员，没想到有你，咱们又在一个单位了，真是太好了！

毛玲在农机所资料室工作，我们几个调来的青工都在所试制工厂上班，虽然不在一个部门，但是分在了一个集体宿舍。20世纪70年代初期，社会

毛玲

上还很乱，公交车基本停摆，再加上农机所距离市区较远，我们一般周末才回家，大家工作、生活都在所里，密切的接触使我们迅速地亲密起来。

20世纪70年代，人们的业余生活远不像现在这样丰富，下班以后人们多串门聊天，爱学习的人也就是看书读报。为了丰富职工的业余生活，农机所领导花大力气组织群众性的文体活动，并组织了文艺宣传队。我在前文说到毛玲是我们几个好朋友的头儿，她带着我们宣传队进行多次演出，这些活动增进了我们之间的友谊，尤其我和毛玲、惠玲、东慧四人成了铁打的闺密，相识相知近五十年，历经风风雨雨，友谊地久天长。

毛玲是一个心灵手巧的姑娘。她遗传了她母亲毛大娘作为胶东女人的基因，会做很多美食，尤其是会做各种漂亮的衣裳。在那个全民一片蓝灰色制服的海洋里，她手工给我们几个闺密做了许多漂亮的衣服。记得1972年8月11日西哈努克亲王访问济南，我们作为欢迎队伍的一员，被要求穿花

裙子，这对被禁锢在灰不溜秋的衣服中的姑娘们来说，无疑是一个天大的好消息。但是到哪里去找花裙子呢？毛玲说，我来给你们做。我们穿着毛玲做的花裙子、粉色细格子衬衫，在其他人羡慕的目光中兴高采烈地参加了欢迎队伍，过了一把裙式时装瘾。

毛玲亲手做的欢迎西哈努克亲王仪式上的花裙子

随着时间的流逝，我们四人或上学，或调动。我和惠玲、东慧陆续离开了农机所。但我们之间的友谊并没有因为距离而疏远。每年节假日，我们四人都会聚在一起，当然，因为毛玲是我们的核心人物，我们大多数是回到农机所宿舍，在毛玲家聚会的。毛玲的厨艺一流，我们一边品尝着毛玲给我们精心制作的美味佳肴，一边谈论着感兴趣的话题，尽情享受着那种不是亲姐妹胜似亲姐妹的融融亲情。

习惯成自然，几十年来，我们几个人已经习惯了这种友谊，习惯了毛玲大姐般的温暖和关爱。也是因为毛玲在农机所的影响力，我们三人虽然已经离开所里多年，却仍然与所里保持着联系，甚至多次参加所里的春节活动。在我们几个人心目中，农机所由于毛玲的存在，像极了我们的娘家。

岁月像一条河，不经意间，我们的友谊从少年、青年、中年，流淌到了老年。毛玲退休了，离开她工作了几十年的资料室，她还真有点不适应，但很快她就找到了新的生活乐趣。她利用她与生俱来的组织能力和艺术才能，将周边工矿企业的一些喜爱文艺活动的退休女职工组织起来，成立了"夕阳红"舞蹈队。开始时舞蹈队是以自娱自乐为主，逐渐发展到参加各种老年舞蹈比赛，从街道到区市、从大众舞台到电视直播现场，这些普通的企业退休职工，以前有些人甚至从来没有踏出过家门，在毛玲的带领下，她们走向了外面精彩的世界，到外地参加比赛，顺便在国内名山大川旅游。看着她们身穿五颜六色的美丽时装，满面笑容、精神焕发的靓影，谁能想到她们曾经是整日在车间里忙碌的女工人？在毛玲的带领下，她们活出了真正的夕阳红，毛玲也成就了自己充实而愉悦的晚年。

　　毛玲曾多次对我说，可惜你现在住得离我太远了，况且你这个教授目前专业工作还很多，不然的话，我一定会让你参加我的"夕阳红"舞蹈队，让你的文艺天分充分发挥出来。很遗憾，我确实也没时间去，现在想起来，也是真遗憾。

　　2019 年年末，毛玲来电话，说她近几个月腰疼，起初没在意，不想越痛越烈，做检查好像不太好。我心里咯噔一下，我太了解毛玲了，她坚强、

左起：惠玲、东慧、毛玲、我

忍耐力极强，不是大事，她不会这样说的。我们三人急忙赶到医院，得知毛玲的腰椎已经被转移的恶性肿瘤严重侵蚀，必须先行外科手术用骨水泥固定，以免造成截瘫。东慧、惠玲当时就哭了，我强忍着眼泪，毛玲反而安慰我们，不要紧，做了手术就不会瘫痪了。

毛玲的抗癌之路就这样开始了。我给她找了齐鲁医院最好的肿瘤科医生刘主任，他是我带的研究生的老公。刘主任接诊了毛玲后对我说，路老师，这位病人已经癌症晚期并全身转移，预期寿命只有几个月了。目前临近春节，趁着病人还能自由活动，先回家与亲人们过最后一个春节吧。春节过后，我马上收她入院治疗。

我听着这些话，感觉好似五雷轰顶，毛玲的老伴赵明远也痛不欲生。老赵感觉撑不下去了，请医生将事情告诉毛玲。毛玲得知自己的病情时，表现出出乎意料的冷静。她对我说，既然病来了，咱们就配合医生治病。我相信你，方红，你给我找了最好的大夫，下面的事情就是我和疾病抗争了。

毛玲回家与老伴、儿子、儿媳、孙女们过了一个祥和的春节后，就按部就班地开始了抗癌治疗。一次次的化疗、放疗，一次次的入院、出院，毛玲心平气和地走在抗癌之路上。其间，她放不下她的"夕阳红"，在她的遥控指挥下，"夕阳红"又在比赛中一次次获奖，她在微信上也与大家分享着获奖后的快乐与感言。我们四人又一次次地聚会，相聚在毛玲的家中或病房里。与其说是我们鼓励着毛玲，还不如说是毛玲的精神鼓舞着我们、激励着我们，让我们看到，当一个人已经走到人生的悬崖边时，还能绽放着如此灿烂的光芒。

一个季度过去了，一年过去了，两个春节过去了，毛玲仍然与我们同在，且一般状况良好。刘主任在查房时对大夫说，这个病人是个特例，一般人不具备这种面对疾病的大无畏精神。

我们俩谈起她的病情时，她坦然地对我说，我得病已经近两年了，我有信心与这个疾病抗争，希望能够有个好的结局。如果抗不过它，我也不想在人生的最后阶段做无谓的抢救和延长生命。尽量地减少痛苦，有尊严地离去，是我临终时的希望。

我流着眼泪对她说，毛玲，我一生的好姐妹，你一定会扛过去的！我们不能没有你这个大姐。

衷心祈祷毛玲能够抗癌成功，继续指导她的"夕阳红"取得更辉煌的成绩，我们四个闺密还像以往一样，相亲相爱，延续几十年的友谊和温暖。

2021 年 8 月

又记：

10 月 11 日上午，一阵急促的手机铃声传来，电话那头，赵明远呜咽地对我说，你的好朋友淑玲走了！

我的大脑一片空白，就这样呆在那里。怎么会呢？就在三十多个小时以前，9 日中午一点多，我们还通了微信。毛玲在微信中告诉我，她最近腰痛加剧，需要服止痛药，希望我能够找人给她多开点药预备着。我当时就已经预感到她的病情加重了，答应她尽快去办理，并打算开点止痛药后，尽快与惠玲、东慧去毛玲家探望。怎么她这么快就离我们而去呢？

明远说，其实最近毛玲状态一直不太好，但她不愿意将她病情加重的实情告诉我们。她再三表示，一旦病危，千万不要做无谓的抢救。10 日白天，她破天荒地有点糊涂，晚饭后开始呕吐，腹部疼痛。明远要送她去医院，她坚持不用去了。在呕吐了几次后，毛玲感觉似乎好点了，明远给她沏了一碗红糖水。在明远的怀抱里，毛玲用吸管喝了几口后，就安详地闭上了双眼。

她带着对生命无限的留恋、亲人们对她的万般不舍和悲痛，永远地离开了，离开了她如此热爱的人世间。

泰戈尔曾在他的《飞鸟集》中写道："生如夏花之绚烂，死如秋叶之静美。"但世间有几人能做到？毛玲做到了！

2021 年 10 月 20 日

邻居家来了同龄人

20 世纪 70 年代中期，那场史无前例的运动还未结束。尽管爸爸的放射病又加重了，医院里的当权派还是没有放过他，不但不给他积极治疗，还强制他去劳动。为了尽量少见到这些人，妈妈托人在房管局租了个房子，从医院宿舍暂时搬了出来。

这个房子是一套简易房，两家合用一个公共卫生间和一个公共水池。邻居是一家三口，青年夫妇带着一个五六岁的小男孩。他们夫妇二人也有礼貌，我们两家相处得客客气气的。

随着生活的继续，两家人也逐渐熟悉起来。原来邻居夫妇二人都是工人，男主人是济南当地人，女主人姓胡，我称她胡姐。胡姐高高瘦瘦的，是个知青。她从小生活在青岛，爸爸是青岛医学院的一位著名教授，哥哥在"文革"前就考入医学院，现在也是青岛一家医院的医生了。但是她远没有她哥哥幸运，高中马上就要毕业时，赶上了"文革"，别说上大学，上山下乡、回城当工人就已经不错了。到了结婚的年龄，她就在济南找了个工人结婚生子了。

我们搬来时，胡姐的儿子五岁了，刚从青岛姥姥家接回来。小男孩长得挺机灵，在姥姥的教育下，会背许多唐诗，还会做简单的算术，看来姥姥在教育外孙上是下了许多功夫的，这也反映出作为知识分子的父母亲对小女儿及她孩子的一份格外疼爱。

第二年，胡姐家又添了一个小弟弟，小名叫喜喜。女主人原来身体就不太好，老大一直让姥姥带着。现在生老二了，姥姥年纪也大了，不能到济南来，况且青岛家里还有姥爷需要照顾，于是姥姥就把大外甥接回了青岛，并把在青岛家里工作几年的小保姆送到济南，让她照顾女儿一段时间。

邻居家来的这位小保姆姓刘，我们都称呼她小刘。由于两家共用一个水池洗菜洗衣，抬头不见低头见的，很快我们就熟悉了起来。小刘长得眉清目秀，穿着整洁，性格开朗，就像城市里长大的姑娘，比起女主人来，好像她更为洋气一点，一点也不像穷乡僻壤里出来的姑娘。来到喜喜家后，小刘先把这个略显简陋且乱七八糟的家收拾得利利索索，又展示了她精湛的厨艺，把月子里的女主人伺候得舒舒服服。她抽空抱着小喜喜，让刚生产不久的妈妈得到尽可能多的休息。大家都称赞她是一个聪明伶俐、手脚麻利的好姑娘。

那时我正在山医上学，寒假住在家里。由于我的卧室与喜喜家只隔着一道墙，我与小刘年纪又相仿，小刘就在闲暇时一个人或抱着喜喜到我房间里找我玩。在交谈中，我了解到她家住在遥远的沂蒙山区。70年代的沂蒙山区是非常贫穷的，穷的程度是改革开放后出生的人无法想象的。她给我讲，她家所在的生产队一个青壮年劳动一天挣的工分，年底才分到几分钱。作为一个年轻的姑娘，她最大的愿望就是过年时能穿上一双漂亮的新袜子。为了实现这个愿望，她在山上挖野生的药材，翻石板找蝎子，终于在年底攒够了买双袜子的钱。谁知还没有走到供销社，这些钱就让她母亲发现了。母亲毫不犹豫地将钱拿走了，还骂了她一顿，说小妮子还知道藏钱了！咱家每一分钱都得攒起来留着给你哥哥娶媳妇，就是这样攒，还不知道哪年哪月才能攒够，哪有钱给你买新袜子！小刘伤心极了，大哭了一场。几天后，在邻村小姐妹的相约下，她偷偷地离开了家，毅然决然地出去闯一闯了。

小刘又是幸运的，在小姐妹的带领下，她到了青岛，被介绍到医学院的教授家做了小保姆。教授夫妇两人对她都很好，刚到他们家时，她除了有力气、肯干活、不怕苦不怕累外，城市人家，尤其教授家的普通家务活，她都不知道怎样干。教授夫人一点儿也不嫌弃她，而是手把手地教她，经过一段时间，聪明伶俐的她对打扫卫生、清洁房间、炒菜做饭等家务活已经驾轻就熟。闲暇时间，教授夫人还教她学习文化，甚至给她报了学习班系统学习，使这位沂蒙山区的村姑眼界开阔起来，生活有了目标，性格也开朗起来。

小刘说，喜喜妈妈是教授的小女儿，目前她的处境让教授家很不放心。这不，女儿生二胎，就派她来济南帮忙，以解女儿的家务之累。

随着时间的流逝，这个朴实又开朗的姑娘成了我的好朋友，我们两人经过交流生日，发现竟然是同一年生人，妥妥的同龄人。加之喜喜家住得较拥挤，一有时间，她就到我房间玩。一天晚上，小刘做完家务，又到了我房间，看我躺在床上，急忙问我怎么了。我说可能是又感冒了，正在发烧。她急忙给我倒上热水，又坐在我的床前，安慰着我。我发烧、咽痛很不舒服，随口向隔壁房间的爸爸喊道，爸爸，给我拿个苹果吃好吗？不一会儿，爸爸端着一盘削好皮并切成几块的苹果送到我的床前。当爸爸走出我的房间时，她突然流下了眼泪。我说，你怎么了？她感慨地说，自从认识了你，才感到同是同龄人，生活却是那么天差地别。你那一声爸爸，叫得那样随意、那样甜美。而我的爹，从我记事起，就是紧皱着眉头，蹲在门前，抽着旱烟袋唉声叹气。家里经常揭不开锅，爹也是为一家老小的生活发愁。娘唠叨几句，爹没有办法了，就打娘、打孩子。我从记事起，就没有跟爹说过几句话，见到他就躲着走。现在看到你和爸爸能够这样亲切地交流，再也忍不住流这既羡慕又伤心的眼泪了。

经过几年的城市生活，小刘已经完全适应了目前的状态，她也在心底暗暗地下定决心，绝不再回到那个贫穷愚昧的老家！近来甚至有人给她介绍对象了，她对今后的生活充满了向往。

又过了几个月，喜喜大点了，小刘又回到了青岛，临别时，她依依不舍地对我说，以后有时间，她一定还回来，回来照顾喜喜和他妈妈，回来和我一起玩。

可惜自从那次一别，我再也没有见到这个同龄的沂蒙姑娘，不，应该说是已经城市化的沂蒙姑娘。又过了一段时间，喜喜妈妈回青岛娘家，给我带来一个非常坏的消息：小刘从青岛被她老家的人带走了，实际上，是被抢回去了。

原来小刘从老家出走后，家里就没有停止对她的找寻，但在那个年代，交通、通讯都极不发达，找个人很不方便。但是随着时间的流逝，她哥哥的年龄越来越大，家里也实在太穷，娶不上媳妇，只能采用当时比较流行的方法——转亲。转亲就是将自己家的女儿嫁给一个男人，而这个男人家正好也有女儿，再嫁回来。这种办法可以两家交换，也可以三家或四家轮换，目的就是用自己家的女儿给儿子换媳妇。这种方法，一般受害的都是女儿，许多家庭为了给儿子娶上媳妇，不惜将女儿嫁给有残疾的男人或年老甚至有智力障碍的男人。但是为了给自己家里的男孩娶媳妇以延续香火，牺牲女儿也就在所不辞了。

但是目前她家里的现实问题是，女儿找不到了，相当于媳妇也没着落了。当务之急是将她家的女儿尽快找回来。

几年后，家人从老乡那里偶然得知小刘在青岛，甚至有人顺着线索打探到教授家里。教授夫人断然否认，使临沂老家的人无功而返。但是她娘家的人不会善罢甘休的，他们经过老乡的确认，得知女儿确实还在青岛。经过一段时间在教授家周围埋伏等候，终于发现了女儿的下落。几个大汉埋伏在教授家周围，等到教授家人外出，只有女儿一人在家时，几个人敲开门，拉起她绝尘而去。这一拉，女孩再哭、再闹也无济于事了，她又回到了她最不愿意回的老家，等待她的是转亲的悲剧。

据说，小刘很快就被转亲了，嫁给她绝不愿意嫁的一个又穷又愚昧的老男人。

时间飞一样地流逝着，改革开放的春风扑面而来，我家也搬回医院宿舍了。我随着结婚成家、临床工作的繁忙、科研工作的全身心投入，年轻时发生在我身边的这件往事也渐渐地被我淡忘了。只是在后来偶然接触到小保姆这样的姑娘，或因科研课题走进沂蒙山区时，我才会蓦然想起我的这位同龄人：你这些年怎么样了？

我想，凭她的性格，凭她这些年在城市、在教授家受到的影响，她不会心甘情愿地继续在老家重复她爹娘贫穷而又愚昧的生活。随着改革开放的兴起，她是否又从大山中走了出来？还是束缚于家庭、儿女，在故乡待了下去？

近五十年过去了，我们的祖国发生了天翻地覆的变化。尤其改革开放几十年以来，我们的沂蒙老区早已脱贫，近些年更是成为远近闻名的红色旅游胜地，一跃成了全国革命老区中发展最快的地区之一。如今的老区山更绿了，果更红了，人们也丰衣足食，那劳动一年连双新袜子也买不起的日子一去不复返了。我的同龄人如果健在，也该奔七了，我只想问一声：您这一生过得怎样？还好吗？

2022 年 2 月 1 日

三　山医校园

山　医　校　园

我的丁老师

1973 年秋季，梦寐以求的大学生涯开始了。伴随着英语课上课铃声，一位女老师快步走向讲台。她身材娇小玲珑，穿着整洁又有一丝洋气。她声音响亮干脆，用略快的语速说道："我姓丁，从今天起，我担任你们班的英语老师。"

丁老师 20 世纪 60 年代初毕业于哈尔滨外语学院，学的是俄语专业。在校期间全部是苏联老师授课，这也是她衣着比较洋气的原因吧。后来众所周知的原因，她改任英语老师。丁老师讲课非常有吸引力，她的英语发音很好，口齿清晰，又极有耐心。由于时代的原因，同学们基础参差不齐，有的同学入学时连 26 个英文字母都不会。每到同学们有不能理解的问题，丁老师总是不厌其烦地一遍又一遍地重复讲解着。她又是一位严谨的老师，对学生们的每一点发音或语法的错误，都会认真地指出，并加以纠正。

渐渐地，我与这位英语老师熟悉了起来，课余时间，也经常带着问题请教丁老师。在学习中，我逐渐感觉课堂里的内容已经满足不了我的学习欲望，不经意间，我将我的想法流露出来。没想到丁老师对我说，如果你有时间和精力，晚上可以到我家来学习。丁老师的邀请对我来说简直是喜从天降："我可以约我的好朋友一起去学习吗？""当然可以。"我听到这个答复高兴得差点跳起来。

从此以后，我与我的同班同学、好朋友小徐一起，每周一到两次到丁

丁老师（右二）和同学们

老师家里学习。丁老师认真地给我们找到了许国璋的英语教材，希望我们能够系统地掌握这门语言。要知道，在那个时期，许国璋编著的教材还是禁书，我们用这套教材还是有些危险的，我就将借来的教材包好书皮，尽量不在公共场合学习。

随着时间的推移，我们两人的成绩有较明显的提高。但丁老师认为，我们还要更加努力地学习，更扎实地掌握英语知识，才能在这门功课上有所进步。有时我们的作业完成得不够好，她会毫不留情地批评我们，指出错误，并要求同样的错误不能再犯。

闲暇时，我们会在一起聊一些与英语相关的欧美国家的常识等话题，这时候，丁老师的爱人李老师——山医外语教研室的日语、德语老师，也会与我们聊起来。由于此时是在改革开放以前，我们这一代人很少了解国外尤其欧美国家的现状，我当时的知识还停留在资本主义国家资本家压迫穷人，工人阶级处于水深火热之中，连英语课文也是小皮特一家穷得连土豆皮也吃不起等等。这样的聊天增长了我的见识，因此，我更愿意到老师家学习了，前提当然是在外面不乱说了。

　　毕业后，我一直与丁老师保持着亲密的关系。渐渐地，我和丁老师亦师亦友，她永远是我尊敬的老师，又是我可以推心置腹的好朋友。90年代初期我在医科院的科研工作日趋繁忙，经常出现儿子放学后我还抽不出身接孩子的情况。丁老师果断提出，你没时间接孩子时，就让孩子放学后到我家来吧。就这样，儿子的丁奶奶、李爷爷成了他坚强的后盾。每当儿子放学后，就一溜烟跑到丁奶奶家。甚至儿子在学校与同学发生纠纷，也叫李爷爷到学校给他评理，一副"我爷爷在这里，谁还敢欺负我"的样子。

笔者（右一）与丁老师

　　20世纪末，丁老师到了退休年龄，由于外语老师奇缺，学校提出让丁老师返聘，继续在一线授课，但丁老师坚定地拒绝了。当时我大惑不解，凭着我对丁老师的年资、才华及性格的了解，她一定会继续站在她挚爱的讲台上讲课的，怎么就这样毅然决然地回归家庭了呢？带着这些疑问，我去看望丁老师。丁老师有点伤感地对我说，方红，我自己身体的状况，我自己最清楚。最近我讲课时，脑子会出现突然"断片"的状况，记忆力也下降得较快，我担心脑子出了问题，我决不能因为我的身体状况而耽误了学生。听到这里，我心里咯噔一下，好难受。

很不幸，丁老师患上了阿尔茨海默病，上天将她的才华一点儿一点儿抽了回去。我那个才华横溢、热情好客的丁老师一点儿一点儿地消失了，我去看望她时，只能从她眼睛偶尔闪现的光亮中看到昔日的丁老师。

随着时间的推移，丁老师的认知能力越来越差。又是一年春暖花开，"五一"节快到了，我准备这几天再去看望丁老师。丁零零……一阵电话声响起，丁老师的女儿曦曦来电话了："方红姐姐，您不用去看我妈了，昨天我去看我妈时，她连我都认不出来了。"

但是我还是很想念她，不管她身体状况如何，我都应该去一趟。

第二天，我去丁老师家看望她。开门的是李老师，他难过地对我说，你丁老师近来病情确实进展较快。

自从丁老师生病，多年来李老师一直悉心照顾着她。每天上午、下午，校园里都可以看到李老师带着丁老师散步的身影。李老师希望在药物治疗的基础上，让丁老师多多接触外面的世界，或许能够延缓丁老师的病情。他把丁老师的衣食住行照顾得妥妥当当的，被山医退休老师们称为"最佳老伴"。随着时间老人的脚步，丁老师散步的步伐也逐渐减慢、蹒跚。难道她的认知能力也在迅速减退吗？

当我见到丁老师时，尽管我尽量激情洋溢地给她讲各种事情，但她还是用漠然的表情看着我，好像我是一个非常陌生的人。我心里凄凉极了，我的丁老师不认识我了。

该与丁老师、李老师告别了，当我走到门口时，丁老师忽然拥抱了我，嘴里含糊不清地嘟囔着："她是我的……"李老师笑了，连忙说道："是的，是的，方红是你的。"我的眼泪不由自主地流下来，丁老师还认得我！

与疾病抗争了十几年之后，丁老师还是离开了我们。不知为什么，每当想起我敬爱的丁老师，浮现在我眼前的总是她讲课时那睿智的风采、标准的英语发音以及对我充满爱意的眼神。

2020 年 2 月 6 日

小 邓

　　"小邓"这个称呼，我叫了四十余年。她是我在山医上大学时的同班同宿舍的同学，也是伴随了我四十余年的好朋友、好闺密。谈起她的故事，真有趣，真多。

小邓（后排中）与四组的女生们

在入学报到时，我就注意到这个女孩。她从胶东半岛农村来上学，是典型的半岛女孩，红扑扑的脸蛋，浑身洋溢着那个时代特有的青春风采，透出胶东人特有的那种大方朴实健康的漂亮。她性格开朗，很快就与班里的同学们打成了一片。

　　随着时间的推移，我对小邓有了进一步的了解。她虽然出身农村，但绝不是一般的普通农民家庭。她的老父亲早在红军时期就在当地参加了革命，只是没有跟着大部队走出去，而是留在家乡继续务农。但是他对孩子们的培养在当年的乡村也是非常超前的，小邓的大哥、二哥都在"文革"前大学毕业，邓大哥更是中科院海洋所的资深专家，改革开放后担任海洋所所长，为中国的海洋科研做出了杰出贡献。记得二〇〇几年邓大哥患高血压病，小邓也早已定居海外，她让大哥在治疗上多咨询我，所以那段时间我与大哥也有了比较频繁的电话联系，大哥儒雅的话语、在治疗中表现出来的严谨的科学作风，都给我留下了很深的印象。

　　小邓结婚时，邓大哥给这个小妹妹的结婚礼物之一就是在国际交流中从日本带回来的一个非常美丽精致、身着和服的日本女孩玩偶。时值改革开放初期，国内很少见到如此精致的玩偶，我对这个装在晶莹剔透的玻璃盒子里的日本女孩，真是爱不释手。

　　小邓对这个玩偶倒不怎么感冒，她说，你喜欢就拿走，不就是一个日本娃娃吗？我可不这样认为。邓大哥远渡重洋给妹妹带回来的结婚礼物，我怎么能轻易拿走呢？如果不是她的结婚礼物，可能我早就横刀夺爱了。

　　可能有遗传的原因吧，小邓聪明，智商也很高，且学习努力刻苦。我们73届同学进校时，补了半年的高中课程。虽然"文革"前小邓只上了初一，但她在班里与众多有高中学历的同学比起功课来，仍名列前茅。在补课结束的考试中，她是几名名列前茅的年少同学之一。由于小邓优秀的学习成绩和组织能力，她成为我们班里的学习委员。

笔者（右）和小邓

如果您认为小邓只是个学习优异的漂亮女孩，那您就大错特错了。她最引人注目的还是她的体力。据说在老家时，作为回乡知识青年，她在村里做过妇女队长，农活干得杠杠的。农忙时我们同学到农村帮助农民割麦子，班里男同学不服气，要与她比赛，结果都被她远远地甩在了后面，不服气都不行。

一年一度的学校运动会就要举行了，在田径比赛中，许多田赛项目报名有缺项，例如女子掷铁饼就没人报。同学们说，小邓，你力气比较大，可以报这个项目。当她领到铁饼时说，这玩意我还从来没玩过，试试吧。说话间，她将铁饼扔了出去。只见那沉重的铁饼竟飞出很远。在运动会上，她毫无悬念地获得了女子铁饼冠军，让观战的老师和同学们看得目瞪口呆。

鉴于小邓在掷铁饼这一项目遥遥领先的成绩，学校决定让她代表我校出征省高校运动会比赛，并特地给她配备了专门的体育老师教她掷铁饼的技巧，我们宿舍的同学也结伴到她的训练现场观战，看看她的成绩还能不能大幅度提高。

体育老师教给她身体旋转后将铁饼掷出，以利用旋转的力量将铁饼掷得更远。但小邓转圈后根本找不到北，反而不会扔了。她给体育老师说，我能在咱学校拿冠军，就是力气大点罢了，这种高难度的技术动作，我还是不要做了吧。

小邓待人热情豪爽，这是全班同学公认的优点。她生长在胶东沿海，"菊花香，蟹子肥"，秋天捕捞海蟹的季节到了，小邓家人给她捎了一些梭子蟹。那个年代运输条件不好，我从小到大，还从来没有见过这么大、这么鲜美的蟹子，同宿舍的同学也都连连说从来没有吃过。在小邓的指导下，我们热热闹闹地美餐了一顿。不知谁说了一句，太好吃了！快关门，别让其他同学看见，咱们宿舍的人今晚就都吃了它。小邓坐在旁边，看着我们这些人的馋猫样，豪爽地说，慢点吃，都是你们的了。

当时我们还有一些拉练活动，就是像军人一样，打起背包，负重步行到既定目的地。拉练的前提，就是打背包，也就是将被褥用背包带捆绑成豆腐块的模样。我们宿舍的同学基本都将背包打好了，小邓检查了一下，发现就剩我和肖林两人的背包打得松松垮垮的，稍微一提就散架了。你俩到旁边站着去，小邓说着将我们俩打的背包拆开，一边两手将背包带勒紧，一边翻转着被褥，瞬时就将一个又结实又整齐的背包打好，并顺嘴揶揄着，你们俩这点小劲，白搭。

我们宿舍由于有小邓这个大力士在，大家都很踏实。那时冬季没有暖气，有一天夜晚，大家都钻进了温暖的被窝里。突然有人说，还没有插门，大家就开始推托起来。有人提议，靠近门的小陈起来插门，但小陈说她胃痛，让其他同学起来吧。大家七嘴八舌地打着嘴仗，最后竟形成了一致意见：有小邓在，坏人来了也不怕，不插门了。最后小邓无奈地从宿舍最里面的上铺下来给我们插上门，这个事件才告一段落。

鉴于小邓的这些特点，我们班的男生都喊她"老邓"，甚至背地里给她起了个外号叫"邓世昌"。大家想想，一个漂亮的大姑娘外号叫邓世昌，

小邓在澳大利亚留学期间

是对小邓的敬重呢，还是把她当成哥们儿了？

记得有一次清晨出操，小邓穿了一件刚从老家捎来的新上衣。衣服是暗绿色与暗褐色交织的格子衫。当小邓出现在操场上时，我们班男生竟一致起哄起来，老邓穿花衣裳了！老邓穿花衣裳了！羞得小邓一溜烟跑回宿舍将这件格子衫换了下来。我陪她到宿舍换衣服，心里特别为小邓叫屈，嚷嚷着，你这件衣服花色本就很暗，凭什么男生们还起哄！小邓也摸不着头脑，是啊，她说，你穿花裙子男生也不起哄，怎么我穿个有格子的衣服他们就一齐起哄啊？

其实小邓长得蛮好看的，又是一个感情细腻、性格开朗而善良的女孩子，很喜欢帮助他人，所以我们班女生都反男生之道而行，叫她"小邓"，这一叫就是四十多年。

小邓天资聪慧，又刻苦努力。改革开放后，考上了研究生，又到国外读了博士，目前是国外著名大学的资深研究员。90年代后期，她频繁回到国内，在大学及多家医院担任客座教授，为国内的医学科研做出了很多贡献，是我们同学中的佼佼者。几十年过去了，我俩在科研上、生活上始终保持着紧密的联系，在我心目中，她永远是那个健康、聪慧、开朗又仗义的"小邓"。

2021年8月

117

玉兰花开

　　日前，我们"七三级五班"群里，同学们发了几张照片，是在北京的几位同学聚会了。相比前些年在北京工作的几位同学的聚会，这次聚会的人员明显增多。这是由于几位同学的孩子长大成人后留在了北京工作，这几位家长顺理成章地在退休后当起了"老年北漂"，北上为孙子辈继续服务。

同学聚会合影：玉兰姐（中）、笔者（右）

再加上这次聚会有几位家属参加，就形成了聚会人员众多、蔚为壮观的场面。这些聚会照片吸引了我们全班同学的目光，纷纷留言、点赞，热闹非凡。

在这一群青春不在的老年人聚会照片中，我寻找着依稀熟悉的面孔。尽管调动了几乎我的全部脑细胞，还是有几个男士叫不出名字来。我在群里询问着，这几位男士是谁？不出所料，他们是几位女生的先生，怪不得我辨认不出来。

但是当有同学指出，其中的一位先生是同学耿玉兰的家属时，我还是吃了一惊。我仔细辨认着照片上这位穿着便装、儒雅的老年人，这就是耿玉兰当年的男友南征大哥——那位眉宇间英俊潇洒的青年军官吗？这就是二十年前我去她家拜访时，那位睿智沉稳、举止得体的解放军院校高级教官吗？在那一瞬间，思绪将我带回了我们曾经的青春岁月。

耿玉兰在大学里是我的"三同"同学——同班、同组、同宿舍。她曾经与我说起，她的名字是奶奶起的，有点土气。我却不这样认为，正像描写玉兰花的诗词所言："霓裳片片晚妆新，束素亭亭玉殿春。"那雪白的玉兰花，素装淡裹，晶莹皎洁，亭亭玉立，看着她，人们会情不自禁地产生一种出淤泥而不染的高尚情怀，这样的名字怎么会土气呢？正值青春好年华的耿玉兰是一位英姿飒爽的女兵，大眼睛、高鼻梁，亭亭玉立，更引人注目的是她打得一手非常精湛的排球。据说"文革"前她们南京女中排球队曾打出全国冠军的好成绩。虽然她比我大几岁，是我的大姐，但我们全班同学还是亲切地称她小耿。

大学时期的小耿是个漂亮的女孩，性格豪爽、耿直，加上体育超好，在我们班男同学的眼里，她就是一个女汉子。

当年我们学习之余的生活还是很丰富多彩的。医疗系各班组织了男女排球队，下午课外活动的时候，一场场排球比赛拉开了帷幕。我自小身体瘦弱，对体育活动从来不感兴趣。但在小耿的鼓励及带领下，我也参加了我们班的女排活动，用她的话来说，我就不信把你训练不出来。

排球比赛就要开战了，我们小组同学们约定，男女排比赛谁输球了，谁就不吃晚饭。

在小耿的魔鬼式训练下以及她几乎打遍全场的强悍中，我们班的女排势如破竹，连连得胜，取得了零场失败的辉煌战绩。而男排就没有这样顺利了，他们遇到了强队，节节失利，眼看败局就在眼前。

小耿坐不住了，这样的臭球不堪入目！她先是在场外大声喊加油，跃跃欲试，后来干脆把我们班男队的一个队员拽下，冲进场内打了起来。她又拿出女队打全场的架势，不一会儿我们班男队就扭转战局转败为胜，在观战同学的瞠目结舌中鸣金收兵。

这时战败方才如梦方醒，对裁判据理力争说，这局不算，女生怎么上来了！我们班的同学也开始起哄，女生都打不过，还有脸说。

晚饭开饭了，我像往常一样，与几位女生给我们组的八位同学盛饭，奇怪的是，四位男同学尴尬地笑着，就是不端碗。这是怎么了？我问道。其中一位男生说，如果小耿不上，我们输定了，今天晚饭不能吃了。原来是这样，我们全组同学在饭桌前笑得前仰后合，引得饭堂里的其他同学一头雾水地回头观望。

小耿的男友南征大哥是她的发小，她曾经给我讲起过，在那场史无前例的浩劫中，部队院校受到的冲击很大，在"批斗"南征大哥父亲——南京军事学院政委这个头号"走资派"的现场，小耿父亲作为最资深的教官，总是作为"陪斗"站在台上。在那段阴霾压顶的日子里，小耿姐妹俩经常受到"造反派"的欺负，是南征大哥总在保护着她们。想必他们的相爱既有"同居长干里，两小无嫌猜"的基础，又有"两朵隔墙花，早晚成连理"的美好结局。

记得夏日的一天下午，课外活动时间，一位高高的个子、英俊潇洒又文质彬彬的青年军人来到了我们宿舍门前，礼貌地打听耿玉兰是否在宿舍。这是我第一次见到南征大哥。我急忙请他坐下，并说我尽快找她回来。

我径直向南五排男生宿舍走去，还没有走到目的地，就听到很大的动静了。小耿在一圈同学中间，两只袖子撸得老高，一边摔着扑克牌，一边大声说笑着。

我悄悄地走到她身后，小声说，小耿，咱走吧。小耿用一只手向后捅了我一下，别烦我，我忙着呢。我又小声对她说道，贾南征来了。她立马回头，也小声回了一句，真的啊？然后站起身来，撸下袖口大声说着，不玩了，我们走，然后抓着我一溜小跑着回宿舍了。

那时我还年少，没有谈过恋爱，我还苦思冥想过这个问题，看似大大咧咧、女汉子似的小耿，怎么在文质彬彬的男友面前是那样的温柔呢？这就是爱情的力量吧。

小耿其实对朋友很是关心，甚至是很周到细致，尤其是对她认为的我这样文文弱弱的女孩。20 世纪 70 年代末，我们已经毕业几年了，小耿也回到了蓬莱沿海的一个部队医院，而南征大哥则在济南军区服役。这时的我正在人生道路上遇到了一个较大的挫折，心情低落。小耿得知后，写信给我说，很想到济南看望我，由于部队纪律严格，不能随意请假，特请在济南服役的南征大哥代她看望我。

几天后，南征大哥如约而至，他的到来给了我莫大的鼓舞与安慰。他首先代小耿问我好，然后就像邻家大哥那样与我谈了许多，希望我能从人生的低谷中尽快走出来，小耿和他，还有许许多多的同学、朋友都希望我在今后的生活中幸福、快乐。

我穿过医院的马路送南征大哥回去，显然，我的心情好多了。对小耿和南征大哥雪中送炭的帮助，我心存感激。回宿舍的路上，同事们纷纷问我，刚才那个英俊的军官是你男朋友吗？我忙解释道，这是我好朋友的男朋友，替她看望我呢。我想，这也是在那纯真岁月中的一段佳话吧。

1975 年的暑假，小耿的父母亲已经从下放地襄阳回到北京，她热情地邀请我到北京游玩。我欣然前往，并住在了位于解放军军事学院大院内的她家。

当年的耿伯伯是一位高大魁梧的军人，那英气与儒雅并存的气质令人肃然起敬。他伸出双手，热情欢迎我这位来自地方并与他女儿是同学的小姑娘。阿姨温和善良，连连说，你是玉兰的好朋友，来到这里就像来到自己家一样，想吃什么，阿姨给你做。

耿伯伯和阿姨对我无微不至的照顾给我留下了永久的温馨回忆。待到再与玉兰姐见面时，我总是不忘与阿姨通个电话，问候伯伯与阿姨，这个习惯一直持续到他们晚年。

我们几个同学尽情地游览了颐和园、北海公园、十三陵等名胜古迹，

1975 年在北京笔者（右）与玉兰姐合影

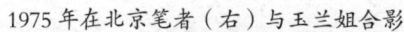

但最令我感到新鲜和难忘的还是军事学院大院。由于我从小在医院长大，从未进入过这种部队院校。从窗户向外望去，学院小路上来来往往的皆是军人，最让人称奇的是当时解放军八一队驻地就在这所校园内。

小耿带着我去找已经是八一女排队主力的昔日队友玩，她们见面分外高兴，好像有说不完的话。回家的路上，小耿有点惆怅地对我说，你看我们中学的排球队战友，现在都是八一队主力了，而我却离开了喜爱的排球场，来学什么医学了。父母亲皆为医生的我不认同她的观点，随口就说，我觉得做个医生多好啊，体育的职业寿命也太短了。也许我这个从小就不擅长体育的人没法体会到小耿对排球的深深挚爱。

八一建军节的晚上，小耿带我参加了八一队的联欢晚会。这是多么神奇的一台晚会啊，体育健将们的雄伟舞姿别具一格。尤其是时任八一篮球队主力的穆铁柱带领了一群体操队的小姑娘跳舞，这群小姑娘载歌载舞地

1975 年同学们在北京合影

20世纪90年代在北京与玉兰姐（左）合影

将两米多高的穆铁柱围在中间，她们身材娇小，还不及穆铁柱这位"巨人"的膝盖高，让我恍惚中好像见到了真人版的"大人国""小人国"。

一晃近半个世纪过去了，我与同学们也从风华正茂走向了人生的晚秋。大多数同学的父母亲已经远离我们而去，但耿伯伯和阿姨在玉兰姐及南征大哥的精心照料下还健在且精神矍铄。在国家建军九十周年庆典上，老爷子收到了习总书记颁发的纪念奖章。玉兰姐在群里发了一个视频，只见老爷子双眼炯炯有神，戴着奖章、对着镜头行了一个标准的军礼。我们同学群里沸腾了，纷纷对这位尊敬的军人老前辈、为共和国军队培养了无数现代化军人的老教官致以最崇高的敬礼！同时对玉兰姐和南征大哥几十年如一日无微不至照料双亲的绵绵孝心大加赞扬！

我的同学玉兰姐就是这样一位个性鲜明的人。她性格耿直，待人真诚，有时看似粗线条且性格火暴，其实内心感情细腻，对朋友考虑周到，尤其对老人的绵绵孝心更令人肃然起敬。真心地祝福玉兰姐和南征大哥健康幸福快乐！

2021 年 1 月

校园逸事

岁月不居，时节如流。转瞬之间，曾经的大学生活已经乘着时间列车离我而去达四十余年了。有时我会惊奇地发现，随着时间的流逝，一些往日的细节并没有消失在历史的长河里，反而带着当年时代的印记，经常栩栩如生地出现在我脑海中。回想起来，有欢乐，有忧伤，让人回味无穷又唏嘘不已。闲暇之余，我将它们记录下来，作为一段青春岁月的纪念吧。

一、年轻时的妈妈，又回到课堂来了

1974 年春季，经过一学期的恶补中学课程，我们回到了美丽的山医校园，开始了医学院正式课程的学习。在生化课上，一位儒雅的中年女教师正在给我们上课。我聚精会神地听着课，偶尔，我会感觉老师对我注视着。课间休息时，老师径直向我走来，用温柔的语气对我说："你认识×××吗？""那是我妈妈。"我回答道，"但是您怎么会提到她呢？"我有点疑惑地问道。

"我讲课时，看着你这个第一排听讲的小姑娘，像极了我大学时的一位同学，那圆圆的脸庞、那听课时的神情，使我有了时光倒转的感觉。果然是她的女儿。"老师又继续说道，"你能回到大学课堂学习，太不容易了，一定要珍惜啊。"

后来的大学生涯中，我又遇到了多位爸爸妈妈当年的同学和老师。也可能在那个特殊的年代里，像我们这样知识分子家庭背景的孩子很难迈进大学课堂，所以当我阴差阳错、幸运地来到他们面前时，他们都对我偏爱有加。实习传染病学科时，带教的闫老师也是我妈妈的同班同学，当我称呼他闫老师时，他半开玩笑地对我说："其实咱俩是前后同学而已，应该称我学兄啊。"我连忙回答道："您上课时是我的闫老师，下课了论辈分您是我的闫叔叔，学兄真是不敢当啊！"

我在校园里

最令人唏嘘的是有一次我们班排队经过校园，在当年齐鲁校园遗留的一个陈旧小院子前我遇见我父母亲的老师、父亲医院的老内科主任沈伯伯。他看到我时，高兴地拉住我："小红，你怎么在这里？你也能上学了？"我正要回答时，他又匆忙说道，"快回队伍中去吧，别影响你。"

原来沈伯伯当时正位于"反动学术权威""牛鬼蛇神"之列，回到班级以后，班干部也询问我，为什么与"牛鬼蛇神"来往。我没有正面回答，只是说认识而已。夜幕降临后，我悄悄来到沈伯伯家拜访了他。在那简陋的家中，我感到了浓浓的暖意。他询问了我爸爸妈妈的近况，嘱咐我一定要好好把握这难得的机会，好好学习，将来做一个称职的好医生。临出门时，沈伯伯还不忘嘱咐我，不要在同学中说认识他，以免影响我的政治前途。

我带着与沈伯伯交谈后的欣慰、对沈伯伯前途的担忧及迷茫回到了宿舍，久久不能入睡。

二、黄老师

在 20 世纪 70 年代中期，能够在大学里学习，那真是凤毛麟角。绝大多数同学是奔着学习来的，课堂上聚精会神地听讲，晚间自习室灯火通明，经常需要提前占座。大家心里都很明白，有这个学习机会很不容易，要抓紧一切时间学习。况且我们学的是临床医学，将来做医生来不得半点虚假和敷衍，毕竟这是个人命关天的职业。

心血管药理学开课了，只见一位高高个子的男老师走向讲台。他首先向着同学们深深地鞠了一个躬，然后用浑厚的男中音说道，同学们，从今天开始，我给大家讲心血管药理。非常感谢同学们给我这次接受工农兵再教育的机会，我诚心诚意地接受同学们的批评

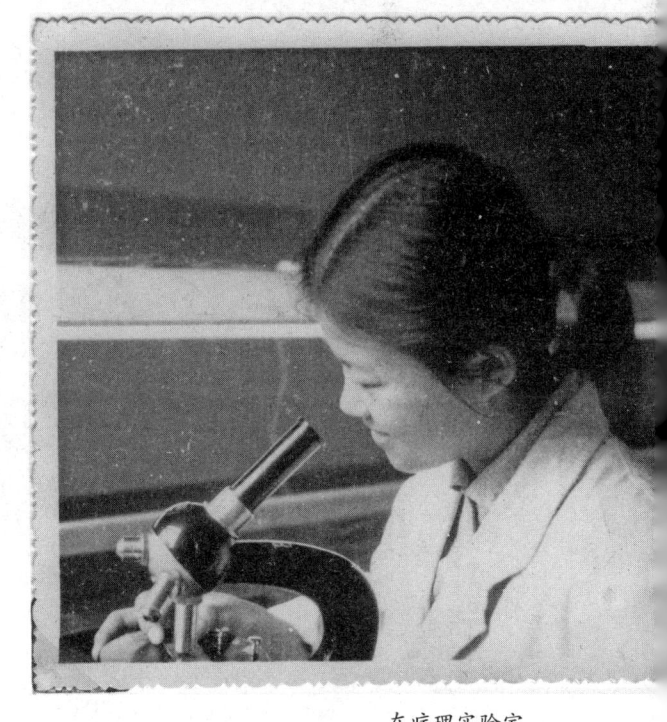

在病理实验室

与批判。

　　我愣住了，这就是黄老师的开场白？他是一位令人尊敬的大学教师，怎么给我们讲课还要接受同学们的教育和批判？在那个荒诞的岁月里，什么荒诞不经的事情都可能发生。

　　后来我才得知，黄老师当时是作为"右派"，在那个年代里第一次上讲台上课。尽管黄老师"右派"加身，但他知识渊博，讲课认真负责，还是赢得了同学们一致的好评和尊重，只是他那颇为屈辱的开场白还是使我感到心痛。

三、花裙子

　　在那个特殊的岁月里，举目望去，人群是一片蓝灰色的海洋，年轻人崇尚当兵，谁能够弄件军装穿上，那是何等的时髦。因为是工农兵大学生，大家从五湖四海来到校园时，穿着也是颇具特色。从农村来的同学穿着朴素土气的衣服，许多人在膝盖和臀部打着补丁，甚至补丁摞补丁，以示艰苦朴素。从工厂来到学校的，很多人穿着蓝色的工装，部分同学的工装上也缀有补丁。从部队来到校园的同学就更不用说了，那一身英姿飒爽的军装本身就是一种标

运动会前的太极剑练习

128

志，如果泛白的军装上拥有四个口袋，那就是年轻的军官无疑了，简直就是同学们崇拜的对象了。

我在工厂里工作了近三年，几套工装倒换下来，并没有穿破，但我觉得在校园里再穿着背带工装，显得不那么协调，于是就穿着普通的衣服去报到了。

夏天到了，济南的酷暑也随之而来。没有多想，我就将一件短裙穿在身上。这是一件非常普通的百褶裙，淡灰色、淡黄色、淡紫色与白色组成的方格子，很淡雅的样式。记得我刚穿上这件裙子时，我要好的几位女同学眼睛里充满了惊奇、喜爱的表情，甚至有同学问我，你在校园里穿裙子了？

咱们女兵同学不是也有裙装吗？我回答道。是的，班里的女兵同学也已经换上了夏季裙装，她们是校园中一道亮丽的风景。但我没有注意到，地方上的同学只有我一个人穿了裙子，还是同学口中的"花裙子"。

爱美之心，人皆有之。我同宿舍的几个女同学动心了。她们到商店买了几尺黑人造棉，回来自己做了短裙穿起来，感觉又凉爽又漂亮，整个人都飘逸起来。

好景不长，几天后在晚间班会上，这几位女同学受到了辅导员的公开批评。用当时很时髦的话说，贫下中农子弟进城，"一年土、二年洋、三年穿上的确良"。你们几个女同学，从农村到城市刚一年，就穿上裙子这种资产阶级服装，一定要防止资产阶级对你们的腐蚀啊！

班会的气氛比较压抑，几个穿裙子的女生也不敢出声。散会了，大家走在走廊里。我们同宿舍受批评的小苏小声嘟囔着，为什么不批评小路呢？她还穿花裙子呢。

谁知她那几句牢骚话恰巧被走在她身后的辅导员听到了。辅导员大声斥责道，你是贫下中农的子女，更要以高标准严格要求自己。你怎么能与小路比？她出身医生家庭，也就是资产阶级家庭，她从小就穿花裙子，是被改造对象。她还没有改造过来,你们却被资产阶级改造了,这不是很危险吗?

我就在走廊里走着,一声也没有出。我深知我是按"5%可以教育好的子女"入学的,少说话,多学习,不要给当时风雨飘摇的家庭再添乱。我的辅导员从来没有在公开场合批评过我,这也应该是在那个特殊年代里对我最大的保护了吧。

四、美丽的发簪

学院里准备在国庆节举行大型文艺联欢会,各个班级都积极准备起来。大合唱、小合唱、器乐演奏、舞蹈、朗诵……同学们八仙过海,各显神通,真不知道在各个班里还隐藏着那么多的文艺积极分子。每到下午四五点自由活动时间,大家都找合适的场地排练节目,好的节目排练时会吸引许多

上大学时全家合影

同学去观看。

　　渐渐地，大家都被一台舞蹈节目吸引过去。这是一台少数民族舞蹈，表现的是云南傣族人民热爱毛主席的主题。只见在婉转悠扬的音乐中，几位女同学翩翩起舞，那婀娜的舞姿仿佛将观众们带到那美丽的西双版纳。尤其引人注目的是那几位舞者将辫子高高盘了起来，在那千篇一律留着齐耳短发或扎着两个麻花辫发型的年代，真让人耳目一新。

　　随着紧张的排练，这几个跳舞的同学经常以这个发型出入排练场地和宿舍，几个细心的女生发现，她们只是用了一支钢笔做簪子就把这个美丽的发型搞定了。"宝钗楼上妆梳晚""罗裙香露玉钗风"，尽管在那个特殊的年代里，这些诗词是属于所谓"封、资、修"的东西，但人们向往美丽的心愿从来没有消失。渐渐地晚间女生宿舍里有同学盘起了这个发型，在炎热的夏季里，既美丽又凉爽。我上晚自习时，偶然一抬头，发现前面几个女生竟然也用钢笔当发簪盘起了头发。

　　噢！好美丽的发簪啊！

2021 年 7 月 31 日

黄河故道上的救死扶伤

　　1976年早春，进入实习阶段的我们班组跟随山医附院的临床老师们到齐河农村巡回医疗，将临床实习与为当地百姓送医送药有机地结合在一起。在这里，我亲眼看到了当年百姓们缺医少药的状况，并在当时艰苦的条件下，跟随老师们，勤于实践，在积极抢救治疗病人的同时，开阔了视野，增长

黄河故道

了才干。

齐河是一座比较独特的古老县城，它历史悠久，是齐鲁文化的发源地。据考证，在四五千年前齐河境内就有氏族聚居。夏商为兖州之域，西周属齐国地，春秋称祝柯，公元1130年置县建城于黄河北岸。1973年，兴建黄河北展工程，县城迁往晏城。境内有晏婴祠、龙山文化遗址、东汉古墓等文化古迹。公元11年，黄河第二度大迁徙，第一次开始流经齐河境内，至589年迁徙出境；公元1855年，黄河第六次大迁徙夺走大清河河道，一直越境至今。

齐河是饱受黄河水患之苦的地方，在黄河流经齐河境内的这八百年间，决口不计其数，仅1949年之前的一百年，"地上悬河"在县域内决口多达60次。每一次黄河决口，齐河境域内绵亘数十里黄水泛滥，平地行船，村庄房舍倒塌无数计，满眼都是呼号求救的灾民，数十万人流离失所。而没有黄河的齐河，"春旱、夏涝、晚秋又旱"。仅史料记载，县境内发生"民众大饥，人相食"事件达3次，原因无一例外都是"大旱如焚、蝗灾、颗粒无收"。

千年母亲河，得之，百姓苦，失之，百姓苦。

一、顶着狂风在路上

严冬刚过，我们就跟随医疗队到达齐河焦庙乡医院。放眼望去，在广袤的旷野上，一片黄沙土，鲜有树木，偶见几棵枣树还没有发芽，弯曲刚健的枝条在旷野的黄风中摇曳着。

黄河故道上的春天来了，最有标志性的气象就是一天到晚地刮着大风，狂风卷着大量的黄沙土，在一马平川的原野上，在没有多少树木的平地上，遮天蔽日地刮个不停。我们走在外面不敢张嘴，一张嘴，满嘴都是沙粒。当地的老百姓对我们说，齐河人每年能喝进一个大土坯的风沙。

一天早上刚刚上班，医院就接到上级的通知，要求我们医疗队的医生到二十里以外的地方给几十个妇女做结扎手术。两个老师带着我们两个实习医生，各自骑着自行车前往。记得我们是在一个大坝上骑行，道路在高处，风就显得更大了。当我们艰难地骑行到目的地时，我下车时连腿也迈不下来了，我连忙喊着，我下不来了，你们快把我踢下来吧。这件事后来成了同学们的笑柄。

二、抢救病人于鬼门关前

最难忘的是初夏的一天清晨。经过一晚上的狂风骤雨，凌晨东方刚刚出现鱼肚白，就听到有嘈杂的声音传来，几个身体健壮的汉子将一辆泥泞的地排车连推带拉地推进医院门诊。地排车的轮子上糊满了泥巴，几个汉子全身都沾满雨水与稀泥，他们已经在乡间的泥地里走了将近半宿。可以想象他们几人在漆黑的雨夜，冒着大雨狂风，行走在乡间泥泞的小路上是多么的不容易啊。地排车的上面放了一个好像喂牲口的木槽子，在铺了一些干草的槽子里蜷曲着一个女人，她面色惨白，头发蓬乱，下身衣服满是血迹，已经不省人事。

接诊的医生很快得知，这是位孕妇，她昨晚临盆生产，村里的接生婆竭尽全力，孕妇折腾了大半夜，孩子也没有生下来，只脱下一个婴儿胳膊来。接生婆一看大吃一惊，民间把这叫"横生竖养"，是难产的一种，产妇需要马上去医院。但昨晚天气电闪雷鸣，狂风骤雨，在这乡间泥路上，十几里地的路程，几个壮劳力竭尽全力连推带拉从半夜走到天明。

我从小生长在城市，又在医院长大，第一次见到如此情景，这位孕妇就诊时生命体征很差，昏迷不醒，呈休克状态。但她又是幸运的，幸运地遇到了山医附院的高水平医生。孕妇被迅速抬上简陋的手术台，一场与死神赛跑的手术开始了。经过胎心监测及检查胎儿脱落在孕妇体外的肢体，可断定胎儿已死亡，目前当务之急是挽救大人的生命。产科老师首先娴熟地将死去的胎儿取出体外，清宫的同时采取了一系列的抢救措施，终于将产妇从鬼门关上抢救回来，大家都深深地舒了一口气。

20 世纪 70 年代的乡镇医院，条件非常简陋，连医院用电也是无法保证的。我们手术室里，总放着几个大手电筒，在手术期间，如果突然停电，我们实习同学的任务之一就是几个人轮流站在椅子上，对准手术部位，高举手电筒，以保证主刀医生能够将手术完成。

也正因为医生缺乏，我们这些实习医生得到了充分的实践机会。我跟着外科老师们做胃大部手术的第一助手，甚至在老师的指导下独立完成阑尾手术。用老师的话来说，你这样小巧玲珑的女孩，毕业后肯定干不了外科，就在实习时过过外科瘾吧。

俗话说得好，"艺不压身"，谁说学过的东西是多余的啊？在我的医学科研工作中，凡是动物实验的手术，不管动物是狗、兔子、大白鼠或鹌鹑，我上手都比较快，科里的同事们问道，你为什么掌握手术这么快？我会说，实习时学的呗。真心地感谢我的外科老师。

三、飘落在偏僻乡野间的白衣天使

焦庙乡的百姓还是幸运的，20 世纪 60 年代中期，乡医院就分配来两位大专毕业生。夫妻两人好像是胶东人，在最美好的青春年华，落户到这黄河故道，落户到这偏远的乡村。在这里他们恋爱、结婚、生儿育女，把家安在了医院后面的平房里。

乡医院是没有明确的上下班时间的，经常是这边刚做上饭、奶上娃，那边病人来了，夫妻俩就得先去一人处理。如果需要两人都上，那就要央求乡亲们帮忙照顾一下孩子们，他们先去抢救病人了。多少次，我看着那位女医生一边背着小孩子，一边给老百姓看病。两个孩子在爸爸妈妈的门诊病房里渐渐地长大了，有时候我会想，如果他们长大后学医，这是否也算最早的见习呢？

在那个年代，他们夫妻在当地就是大知识分子了。他们长年累月地在当地治病救人，凭着掌握的医疗知识以及善良怜悯之心，深受当地百姓的信任与爱戴。百姓生病了，最信任的医生就是他们夫妻二人。记得我们毕业几年后，已经是改革开放的年代了，那位男医生到省城济南的省立医院进修外科。我在省立医院附近偶遇齐河焦庙的老乡，他们骑着自行车到省立医院去找那位医生，就是想咨询一下他们亲属的病情及治疗意见。他们对我说，我们就是信任他，这么远来找他商量了，我们心里才踏实。

我想，能够得到当地百姓如此的尊重与信任，应该是对这对医生夫妇最大的褒奖。后来听说，改革开放后，由于落实政策，加之他们夫妇业务能力较强，他们双双被调回省城工作了。现在想起来，他们也应该年近耄耋了，由衷地祝福他们晚年幸福、安康。

四、我的济南知青老乡

当时的齐河农村，是济南市知识青年下乡的地点，我们地处的焦庙乡就有许多从济南市历下区下乡的知青。我们到达乡医院不久，知青们就得知山医附院的医疗队来了，跟随医疗队一起来的，还有实习的学生，更主要的是，还有家在济南的学生。

那天傍晚，我刚刚在门诊值夜班，一群知青就拥进了门诊。这个说咳嗽，那个说肚子疼，我给他们一一检查开药后，他们也没有走的意思。其中一个男孩子对我说，你就是那个家在济南的学生吧，你不认识我了？我是后宰门的"小日本"啊，你爷爷家不是在曲水亭吗？小时候我整天跟在你哥哥后面玩呢。

我望着这个青年人的脸庞，依稀回忆起他小时候的模样。因为他妈妈是日本人，他家几个男孩子很调皮，整天在街道上乱跑，大家就叫他们"小日本"。这几年大家都长大了，在异乡相见，感到还是很亲切的。据说改革开放后，"小日本"下海经商，成了富商，那都是后话了。

大家正在谈笑中，一个女孩子挤到前面拉着我的手腼腆地说，姐姐，你不认识我了？我们是邻居啊。我家住在文化桥头，我哥哥就在你家中心医院门口卖烤地瓜。

又是一位邻居。在20世纪60年代，从解放桥向东望去，依次是几家单位，没有居住的人家，只有在文化桥的东南侧，几间简陋的房子里住了一户人家。他们家虽然很贫穷，但为人善良，又很勤劳，两个男孩子很早就挑起了家庭的重担，在中心医院门口卖烤地瓜。印象中他们的妹妹是一个小黄毛丫头，没想到已经长大，也到齐河下乡了。

那一晚，门诊上也没有什么病人，这些知青与我待了很久，他们可能很长时间没有回家、没有见到亲人了。艰苦的知青生活使他们是那么想念家乡，想念亲人，想念他们从小长大的城市。我的到来让他们把久违的思念化作一腔亲情，他们把我当作来自家乡的姐姐。那天晚上我真的很荣幸，当作他们的亲人、他们的姐姐，与他们亲切地畅谈到很晚、很晚……

五、翻天覆地的齐河

20世纪90年代，由于齐河县是我们省医科院的干部挂职地点，我多次到齐河给老百姓看病、送医送药，指导当地医务人员搞医学科学研究。时隔近二十年，当我再次踏入齐河大地时，眼前的一切已经有了很大的变化。一行行、一片片防风林已初具规模，再没有滚滚黄沙蔽日。随着改革开放的持续推进，百姓的日子也是芝麻开花节节高。许多医学大专院校毕业生充实在基层医院，老百姓的医疗条件有了极大的改变。

一晃二十年又过去了，2016年，我又有机会踏入齐河这块神奇的土地。

随着时间的流逝，巨大的防风林像绿色的巨龙将黄河故道上的风沙牢牢锁住，黄河也得到根本的治理，引黄灌溉的干渠遍布全境，齐河发生了天翻地覆的变化，一个蓝天白云、风景秀丽的齐河出现在我的面前。

两座公路大桥、一座铁路大桥、七座水上浮桥把齐河与济南紧紧相连，齐河被称为济南的"城外城"。作为德州地区经济的领头羊，"一美两制造"等诸多现代气息的标签，让齐河这座古老的小城以全新的姿态行走在新时代的前列。齐河亦被誉为九曲黄河上的一颗明珠，百里黄河观光、千池荷花赏景、万亩绿树览翠、五百年银杏树、六百年孟家院等一批自然、人文景观美不胜收。泉城海洋极地世界、泉城欧乐堡梦幻世界等大型游乐项目让大量游客流连忘返。

是改革开放，使齐河从一只丑小鸭华丽蜕变成美丽的白天鹅。我衷心地祝福您——齐河，我的医学之舟起航的地方。

2020 年 5 月 6 日

难忘的唐山列车抗震医疗队

　　1976 年 7 月 28 日凌晨，一场惨烈的大地震降临唐山，23 秒钟后，我国这座美丽的北方重镇化为废墟，二十四万人瞬间死亡，十六万人重伤，数千儿童成为孤儿。震后场面惨烈到极点，为世界罕见。

　　那一年，也是我在医学院学习的最后一年，按教学安排，正在医院实习，在临床上紧张地学习着、实践着。

　　一方有难，八方支援。唐山地震发生的第二天，党中央就发出号召，全国立即投入抗震救灾中去。卫生部及教育部联合发出文件，全国医疗卫生单位全力以赴投入抗震救灾，即将毕业的在校医学生，立即停止医院实习，全部投入抗震救灾、抢救伤员的工作。

　　我们山东医学院医疗系 73 级全体同学在学校领导的带领下，立即组成抗震救灾临时医院，院长是我们医疗系一班班长周聊生。第二天同学们全部入住南郊宾馆、山东宾馆及东郊宾馆，编成几个抗震小分队，随时待命出发。

　　几天后的凌晨，我们分队接到命令，组成抗震医疗分队第 15 列车医疗队，立即赶往济南火车站，乘坐抗震专车向着唐山方向挺进。这时的抗震专列，是特快中的特快，路上所有的火车都给它让路，我们的专列风驰电掣向着震中驶去。

　　随着列车的前进，窗外的状况越来越恶劣，时而可以见到地震波及而毁坏或倒塌的房屋。过了北京再往唐山挺进时，同学们都被眼前的情景惊呆了。铁路大桥的钢梁就像麻花一样拧了若干圈，旁边废弃的铁路钢轨竟然像扔在地上的跳绳，弯弯曲曲地甩向一旁。我们惊叹着，大自然的力量超乎我们的想象，是人类无法阻挡的。

随着越来越接近唐山，路况也越来越差了。我们火车的时速已经降至每小时2—3公里，虽然经过工程兵的日夜抢修，火车可以勉强通过，但是经常可以看到有些地段铁轨下的碎石基本都被震散了。队长要求我们各自坐在自己的位子上，不要活动，不要开窗，尽量配合火车通过危险地段。

前面火车开到了一条河旁。河上的铁路桥已经完全被地震破坏了，我们英雄的解放军工程部队已经架起了一座临时桥梁。这座临时桥梁是一座浮桥，简言之，就是在河面上固定了一排船，然后在船面上架起方木，将方木一层层交叉摞起，摞到与铁路线一样高时，就将铁轨从方木上铺过去。

我们的火车就要上浮桥了，大家的心情都紧张起来，各自坐在座位上，尽量不要活动。我刚想向窗外望去，我同班年长点的学兄一把把我拉了回来。小心点，我们现在是在最危险的时刻！学兄语气严厉地对我说。我不敢再有哪怕丝毫的挪动，无声地坐在座位上，屏住呼吸，看着火车就这样一点点、一点点地向河对岸开去。当我们的那节车厢开上河面时，我还是忍不住轻轻地挪动身体向窗下望去，工程兵们正站在浮桥的船上挥舞着帽子向列车致敬。大家心里只有一个心愿，时间就是生命，早一分钟进入灾区，伤员们就早一分钟脱离危险。

夜幕降临了，火车还是慢慢但坚毅地向地震中心地带驶去。不知夜间几点，火车在唐山郊区停了下来。随着人群的嘈杂声，有声音传出：列车医疗队的成员请注意，马上接收伤员。车门打开了，只见车下的担架排成行，有秩序地进入车厢，重伤员占三人座，以便能躺下，较轻的伤员坐两人座，很快车厢的伤员就安排满了。

在接收这些伤员时，我们第一次听当地老乡及救护人员介绍了这次惨烈的地震。这些伤员的家人几乎都在地震中身亡，能够活下来的应是侥幸，家破人亡的惨景在每个人心中留下了难以承受的创伤。当我们将全部伤员安顿在座椅上时，我们发现了一个与我们以往常识相违背的现象：所有伤员没有眼泪，没有悲伤，几乎每个人都是表情木然地呆坐在那里，但那表情更让人恐惧。后来我们从心理医生那里得知，这是人们突然遭受巨大打击后的应激反应。那一车伤者的表情使我终生难忘。

我们这节车厢有二三十个伤员，病情轻重不一，比较显眼的是一个四五岁的小姑娘，在车厢里跑来跑去，好像没有伤。原来送伤员上火车时，当地的百姓说，她的父母、哥哥姐姐等亲人都在这次地震中去世了，只剩下一个小哥哥被砸成重伤。送她哥哥上车时，老乡说，带着他这个可怜的妹妹吧，她这么小，如果兄妹俩分开了，将来他们可能就再也不好相认了。就这样，我们车厢中唯一一个健全的孩子跟着重伤的小哥哥开始了她人生中的第一次长途旅行。

我们同学抱着这个可爱的小女孩，争相拿出我们的零食给她吃。当我们还沉浸在对这个小女孩的爱怜中时，周边的伤病员的呻吟声将我们猛地拉回到现实中来。现在不是玩的时候，我们的任务还是非常艰巨的。车厢里的伤员绝大部分都不能自理，重伤员占一半以上，大部分伤员需要静脉点滴。我们医疗队的成员不但要承担医疗任务，还要承担伤员的生活照料工作，换句话，我们同时是医生、护士、护工……

繁重而紧张的工作就这样开始了。每个车厢的医务人员由一到两名医院里来的医生或护士与我们四位同学组成。我们车厢四个医学生同学在一个庆云县医院医生的指导下，迅速给需要换药的伤员换药，打上点滴，同时开始给需要帮助的伤员喂饭。往往这一轮治疗刚结束，生活照料就开始了。好不容易将伤员从这头喂到那头，又有伤员出现紧急情况需要处理或抢救了。在车厢里有伤病员的那些日子里，我们每天连睡觉加起来的休息时间

山东抗震救灾医疗队十五到年医疗纪念影留念 1976·8·18·

抗震医疗队合影（前排左一为作者）

也不超过四个小时。

就在这少有的闲暇中，我们还是不约而同地关心着那个小姑娘，逗她开心，也给我们减减压。小姑娘毕竟太小了，在车上不多久就与我们熟悉起来，高兴得在车厢里跑来跑去。不知谁给了她一袋子饼干，可能在那个年月里，这个小姑娘还从来没有吃过饼干吧，她显然是舍不得很快吃完，用手紧抓着那袋饼干不放手。当我们有的同学说，给我一块吃吧，她就咯咯地笑着跑开了。

自从我们列车医疗队拉上伤员，我们就是最快的列车了，列车像离弦的箭一样向着目的地驶去。我们没有时间想别的事情，就是想着将这列火车的伤员安全护送到目的地。不知过了多少时间，火车停了。据说停在丰台火车站，一位中央领导上车慰问伤员，我们根本来不及问是谁上来了。听说还带来了许多礼品。不知谁说了一句，给咱车厢里的小姑娘要一份吧。

尽管我们尽全力救治伤员，但是有的伤员伤情过重，加之列车医疗队的条件有限，若病人危在旦夕时，怎么办呢？当出现这种情况时，列车医疗队的医务人员将情况汇报给医疗队领导后，列车会就近停车，将危重伤员抬下列车，到附近医院抢救。每当有伤员被抬下列车时，我都会隔着列车窗户玻璃一边目送伤员，一边祈祷，希望在好的救治条件下这位伤员能够活下来。

又是一个繁忙的夜晚，应该是下半夜了吧。我们将车厢里的病人都安排妥当，他们也相继进入梦乡了。我轻轻地舒了一口气，感到了一点疲乏。我悄悄地抬起绿皮车厢的窗户，列车正迅速地奔驰在华中大地上，清爽的凉风吹来，我顿时感到清醒了许多。我突然发现，东方已经露出了鱼肚白，新的一天又开始了。迎着夏日凉爽的清风，我在想，若干年以后，我还会记得这个清晨吗？

列车经过长途跋涉，终于将唐山的伤员安全运达陕西宝鸡市，当将车

完成抗震任务后五组女生在西安合影（前排右一为笔者）

厢里最后一个伤员抬上医院的救护车时，我们才感到真是筋疲力尽了。在全国人民的大力支持下，在铁路职工的大力配合下，我们终于完美地完成了几乎无法完成的任务，迅速、安全地将所有的伤员送到了目的地。虽然这时我们还是医学生，还没有成为真正意义上的职业医师，但这列车抗震医疗队的行医经历，使我终生难忘。

四十三年过去了，我曾经治疗、护理和照料的伤员们，你们现在还好吗？那个跟着哥哥乘坐抗震列车的小女孩，你还能记住这些难忘的经历吗？祝你们一切安好！

2020 年 2 月

原载于 2021 年 7 月 26 日《济南时报人·人文》

四　医者仁心

医　　者　　仁　　心

夜班逸事

夜幕降临，华灯初上，人们一天的劳累终于结束了。我从家中的窗户向北望去，山下层层叠叠的高层、小高层楼房窗户灯光璀璨，家家户户尽享着休闲的时光。

但是，您想过吗？此时，有一群人正在聚精会神地工作着，甚至与死神赛跑着，他们就是值夜班的医生们。

做医生，值夜班是一件司空见惯的事情。

小时候，我父母亲都是医生。20世纪50年代的中国，百废待兴，医生极缺，工作甚是忙碌。父母亲将我们兄妹二人放在了爷爷家，由大姑代为照料。到上学的年龄，爸爸担心我在老人的溺爱下不能专心学习，就将我接回自己家。妈妈是产科医生，夜班较多，而且随着中华人民共和国的成立，生活安定，20世纪50年代的那批取名建国、卫国、抗美、援朝等带有鲜明时代特点的婴儿出生高潮到来，夜班工作也是异常紧张。所以，每当父母两人都轮到上夜班时，父亲只能带着我去上班。每当夜幕降临，父亲就会在值班室的行军床上撑开那张为我特制的小蚊帐，嘱咐我不要出声，在床上可以看书。多少个夜晚，已经习惯了跟着爸爸上夜班的年幼的我，伴随着门诊走廊中或焦急，或呻吟的声响进入梦乡。

待我从医学院毕业被分配到医院当临床医生时，上夜班又成了我的职业常态。我从小睡觉就睡得很沉，这个特点在医院宿舍楼里家喻户晓。记得那是我七八岁的时候，晚饭后爸爸到科室有事情，家里就剩下我一个人。一过八点我就困了，躺在床上很快进入了梦乡，重要的是我还插上了门。当爸爸从科室回来时，任凭他怎样大声敲门，我仍然呼呼大睡。那时我们都住着老式的筒子楼，敲门的声音将楼道里各家的叔叔阿姨都召唤到了走廊里。怎么办呢？还是邻居叔叔拿来一根竹竿，和爸爸一起从门上方敞开的窗户缝里插到房里，一直捅到我的身上，才把我弄醒。一段时间内，这件事情成了楼里叔叔阿姨取笑我的笑料。

现在我就要独立值夜班了，如果夜里病人病情有变化，我睡得太沉怎么办？其实我的担心真是多余的。那时还没有手机，但当我值夜班时，不管我睡觉在什么状态，只要值班护士的脚步声靠近我的值班室，我都能够一跃而起，进入紧张的工作状态。换句话说，值班时，我的脑子里永远有一根弦是紧绷着的，是随时准备工作的。可以说，多年来，夜班中只要病人病情有变化，我都是在第一时间处理的。

但是值班时其他的动静还真难说了，尤其是年轻时。那是20世纪70年代末期，唐山大地震的阴霾还没有从人们心中散去。在我值夜班的某个夏日夜晚，在忙碌了五六个小时后，病房终于安静了下来。已经下半夜了，我终于可以躺在值班室的床上休息片刻了。

突然间，狂风骤起，电闪雷鸣，一场暴风雨毫无征兆地呼啸而至。据第二天媒体报道，那天下半夜的这场暴风雨将大明湖的百年老柳树都连根拔起，济南市容毁坏惨重。

人们很快就被这场暴风雨惊醒，唐山大地震的惨景迅速从记忆里唤醒，不好了，不会又地震了吧？病房里能动的病人和医护人员纷纷跑出房间，生怕地震来了生命受到威胁。只有我太累了，仍然沉浸在梦乡。

第二天清晨，我猛地从睡梦中醒来，应该是将危重病人查一下的时间了。我睁开眼望去，值班室的窗户大开，靠近窗户的地上和我的床脚部分都是水。

我急忙跑到护士值班室，说道，你们的玩笑也开得太大了，怎么把水泼到我的床上了？值班护士听了先是一愣，然后哈哈大笑起来，并且笑得前仰后合。她一边笑一边对我说，昨晚的狂风暴雨来得太突然了，看来就是你一个人没醒，我们和病号们都吓坏了，纷纷夺门而出，还都被淋了个落汤鸡。情况紧急，大家都忘记你了。你值班室的窗户可能就是被那阵狂风吹开，大雨灌进去了。

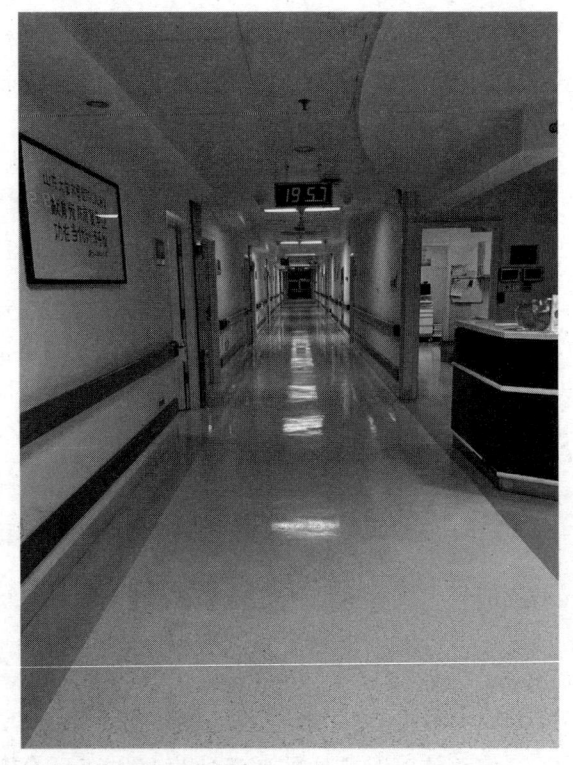

深夜，静谧的门诊走廊

我一脸茫然地看着她们，然后望向窗外。是的，院子里一片狼藉，地面上满是刮落的树枝和杂物等等，我也不好意思地笑起来。

如今，孩子们都毕业了，作为新一代的临床医生，他们也开始值夜班了。每次儿媳值夜班时，我会嘱咐她，别睡过了，耽误处理患者病情。再就是下了夜班在科里先找个值班床睡一觉再回家，以免孩子小缠着妈妈，让妈妈没法休息。

值夜班的医生确实很累。

2018 年 12 月

供应室的李老师

　　20 世纪 70 年代末期，我还是一名从学校毕业不久的年轻医生。一天，我分管的病房来了一位患者。她四十来岁的年纪，胖胖的身体，从痛苦的表情中依稀还能看出她面容清秀。我认真查看了她的门诊病历，得知这位患者是本院供应室的工作人员，姓李，是因心肌炎入院的。由于她是本院的职工，年龄又比我大多了，我就尊称她为李老师。

　　李老师住院期间，她的丈夫经常到病床前陪着她。那是一位工厂的老师傅，年龄看上去比她大些，人很老实，不善言语。我偶然路过她的病房，总是看到李老师对他叨叨着什么。李老师入院后，经过一段时间的治疗与休息，病情有了很大的好转。随着症状的明显减轻，李老师原来就比较开朗的性格逐渐显现出来，有时还可以听到病房里她咯咯的笑声。也可能当时我是医院里"文革"结束后分配来的第一个大学生，比较年轻的缘故吧，每次查房时，她都用慈母般的眼神看着我。她有时会对病友说，别看路大夫看病认真负责，我们也都很信服她，其实说起来，她还是个孩子，整天忙成这样，我都很心痛。

　　闲暇时，她会主动与我聊天，说我长得很像她的女儿。一次我值班时恰好遇到她的女儿到病房看望她。这是个十三四岁的小姑娘，长得眉清目秀的，非常恬静。我便对她说，您女儿长得比我好看多了。她连忙说，你再注意看看，她笑起来的样子与你像极了。

那段时间，病房里危重病人很多，工作也很累。我中午值班时，如果有点闲暇时间，真想抽空眯一会儿，但值班室总是有人占着床休息。我看到李老师旁边的病床暂时空着，就给值班护士打了个招呼，溜到那张床上躺下。刚躺了一会儿，就听到护士的声音，××床需要我处理一下。我腾地一下从床上翻身而下，只听到李老师喊道，孩子，慢一点起床，这样对身体不好！在她的潜意识中，竟将我当作她的孩子。

后来的几天，我们科里的一位老医生见到我时总是一副欲言又止的样子。当办公室里只有我们两人时，她认真地问我，你管的××床的病人是不是叫李××？对啊，我回答道。你是她的管床医生不假，但你一定要与她划清界限。你知道她解放前是干什么的吗？她是个妓女。

我当时就愣在那里了。在那个岁月里，十年动乱刚刚过去，人民终于迎来了改革开放的春风，但人们的意识形态是很难在短时间内扭转过来的，极左思潮、斗争哲学还是有很大的市场的。

我没有说话，只是下意识地点了一下头。但是心中生出很大的疑惑。开朗而又善良的李老师，怎么看也不像坏人啊。我带着这个疑惑咨询了我的父母。父亲告诉我，解放前，济南确实存在妓院，许多妓院的妓女是贫穷人家的孩子，生活所迫被卖到妓院，或被人贩子拐卖到妓院。当然，长期的妓院生活也给这个人群带来了许多恶习。山东解放不久，政府就下达取缔妓院的通知。我又在图书资料中得知了妓女这个群体在解放前那些不为人知的凄惨遭遇，以及解放后她们在接受政治教育、治疗疾病、学习技术的过程中，完成了重新做人、走向社会、走向工作的涅槃。解放后她们这个群体终于可以抬头挺胸、自食其力、重新做人了。

"实践是检验真理的唯一标准。"这句话在当时引起了极大的反响，也给我带来了深刻的反思。虽然李老师的工作很平凡，但她工作兢兢业业，为人朴实善良。她在单位是好同事，在家庭是好妻子、好母亲。这样的人我们没有理由歧视她，她与大家一样，应当享有作为同事、作为朋友应有的尊重，她也应该享受改革开放带来的春风。

时光荏苒，一转眼四十多年过去了。离开医院后，我再也没有见到李老师。想来她也应该到耄耋之年了，遥祝她老人家健康长寿。

2019 年 5 月

没有走到奈何桥

1985 年 8 月 31 日，这是一个平凡的日子。我早上在病房上班，查房时感到头痛咽痛，回到医生办公室，一测体温，又发烧了。我这个人平常活蹦乱跳的，就是经常感冒发烧，从儿时就是这样。大一期间由于扁桃腺反复发炎发烧，医生说切除了扁桃腺可以有效地控制感染。结果扁桃腺切除了，发烧是有所控制，但一年怎么也会患几次感冒发烧。我的内科大主任姚主任曾经调侃我，作为咱们国家第一代放射科医生的女儿，身体先天受损，你身体能这样就不错了。

下午体温达到了 39℃以上，我往我先生小原单位打了个电话，告诉他我有点感冒发烧，没有什么大问题。因为明天晚上我还有个夜班，今天下午我就在病房输点液治疗，估计治疗完时间不早了，晚上就不回去了，休息一下准备上明天晚上的夜班。孩子就让保姆带着，告诉他妈妈爱他，后天回家看他。

静脉点滴持续到晚上《新闻联播》结束后还没有滴完。当时日本电视剧《血疑》热播，山口百惠的精彩演技使改革开放不久的中国百姓如痴如狂。我们干部病房刚刚配备了一台彩色电视机，这在当时是非常时髦的了。住在集体宿舍的青年医生们晚上总是爱到我们病房小会议室看电视，这时已经听到病房走廊门开开关关的声音。"路大夫还没有打完啊，《血疑》马上就要开始了！"刚毕业不久的青年大夫王言森路过我房间时向我打着招呼。

输液瓶里还有四五十毫升就打完了，我向着值班的我的好朋友小梁护士喊道，不打了，不打了，我要去看《血疑》。小梁一路小跑地赶过来，半开玩笑地对我说，你看《血疑》馋得你，就这一点都不打完。她一边说一边给我拔下针来。

　　终于解放了，我向卫生间走去。我刚从卫生间里站起来，突然感到寒战不止，我意识到可能有输液反应。我扶着墙慢慢地往病床走，很快寒战向抽搐转化，我艰难地扑向病床，嘴里喊道，小梁，不好，我有输液反应了，快，副肾素！准备地塞米松！小梁迅速肌肉注射副肾素，针头扎入我的身体时，我还感到痛，拔针时我已经失去知觉了。

　　我感到天花板迅速地向高处升起，像极了一个圆圆的穹隆，我最后的一个意识是我今天不能从医院大门走出去了，我的儿子要失去妈妈了……

　　恍恍惚惚中，我好像在一条长长的走廊里艰难地走着，光线非常暗，偶尔有岔道在旁边，光线更暗，恍惚还有个别的人影。就这样走着、走着，又不记得什么了。不知又过了多少时间，我睁开眼睛，周围都是白色的。仔细看了一下，这不是我的病房吗？我躺在病床上，周围五六个人都是我熟悉的医生护士。她们高兴地叫起来，小路醒了，小路醒了！

　　我看到坐在我身边的是我的好朋友宋文萃大夫，我略带埋怨的口气对她说，小宋，我刚才有输液反应你也不来看看我。旁边刘敏护士百感交集地对我说，知道你昏迷了几天吗？现在是你发病第三天的下午四点，这几天小宋守着你都没有回家！小梁那天夜班鞋带都跑断了。

　　她们七嘴八舌地对我说了起来。小任大夫急忙阻止其他人说话，对我伸出一个手指头，问道，这是几？我回答，一。小任又伸出两个手指头，我忙说，二。她又伸出三个手指头，三，我回答道。

　　小路没有傻。小任大夫坚定地说。

　　刘敏又对我说，昨天小任来看你，她给你说了许多话，说着说着就哭了。

你看着她哭，你也流泪，就是不说话，我们担心你即使醒过来也会傻掉。

听说我醒了，我们病房任主任和全科的同事都来看我。渐渐地，我才从他们那里了解到这几天全院是怎样竭尽全力抢救我的。

我在过高热的情况下迅速进入昏迷状态。任主任、姚主任马上到了病房指挥抢救。院长、书记们，医务处主任、我的好朋友辛凯旋大夫也在第一时间赶到了。我正处于高烧谵妄状态，每次测体温，那水银柱都显示快到头。我病中躁动起来，辛主任按也按不住。任主任让尽快搜集全院冰箱的冰块用于物理降温。鉴于病情危重，院长指示尽快通知家属，当小宋赶到我家时，我母亲紧张得两腿怎么也迈不上车了。

后来小原对我说，当听到我病情危重时，他第一反应就是我曾经对他说的一句话，如果在我们医院发病严重，一定要请山医附院——我的母校来会诊。请会诊！小原马上与山医附院分管保健的李院长打电话，当汽车开到附院门口时，李院长已经打着雨伞与专家在门口等候了。

那一夜，很多人彻夜未眠。我的病情一度恶化，很多生理指标均不稳定。我们全科的大夫护士都哭了，护士长对我说，我们哭的是，小路这么年轻就要走了，铭铭才一岁就要没有妈妈了。

小宋对我说，当小原来到你床头时，你正处于昏迷中，他趴在你的床前，拼命地摇晃你，哭喊着，你醒醒，醒醒！你看看我啊！我们都泣不成声。小路，我告诉你，从今往后，我再不为电影里的生离死别流泪，我看到了我最好朋友真实版的生离死别！

可能是我命不该绝，在附院专家的指导下，在全院医务人员的努力下，黎明时分我的病情趋于稳定，但仍处于昏迷状态。在随后的一两天里，大家的心仍然悬着，毕竟山医附院内科一位老医师的侄女上个月在附院输液时昏迷，抢救无效死亡，上周我院挂号室的骆玉老师也是因输液反应在内二科抢救无效死亡。大家都在担心，小路能抢救成功吗？她过高热这么长时间，脑细胞能不受损伤吗？抢救回生命后，她的智力会恢复吗？

清醒后，我的脑子确实有点混沌不清。当得知我清醒后，几乎全院的同事都来看我，护士长要求他们看看我就走，让我好好休息。看着络绎不绝的同事，我努力想记住他们的名字，但好像总是记不住。这样的记忆力，以后怎样工作啊？我要努力锻炼自己的记忆力。终于，在清醒后的第三天，早上第一位来看望我的是妇产科的黄大夫。她是一位中年女大夫，我在值急诊时认识的，我们聊了一会儿。中午吃饭时，我对护士说，我记住了，今天第一个来看望我的人是黄大夫！我的身体终于有了康复的趋势。

清醒后第二天，我提出想见见我的儿子，我太想他了。主任说，你恢复一下再说吧。第三天早上，小原抱着儿子来到我的病房。他们父子俩推开门的那一刹那，我高兴极了。谁知儿子见到我惊恐万分，哇哇大哭，扭着身子往外走。我哭了，哭得很伤心，不知道为什么儿子这么怕我。护士长急忙过来将他们爷儿俩送到办公室，回来半开玩笑地安慰我，你刚从通往阴间的路上回来，你先好好休息吧，过几天就会好的。

说实在的，自从儿子生下来，一直是我带着。小原因为工作关系经常出差，基本不在家，孩子也不恋着他。但自从我这次长病以来，儿子谁都不找，整天就让爸爸抱着。小原给我送饭时，也得一只手抱着他。有一天下雨，小原一只手拿着雨伞、挎着饭盒，一只手抱着儿子来到病房。护士说，下着雨，你就不能将孩子托给家人？小原回答，儿子不愿意，离开爸爸就哭。我听到后心里五味杂陈，难道儿子能够感受到这一切，他冥冥中感知到妈妈病重，爸爸就是他最亲近的亲人？

一周后小原又把儿子送过来了，儿子咯咯笑着投入我的怀抱。我的心肝宝贝，你又认妈妈了！那一刻，我感觉我是世界上最幸福的人。

这次发病中，发生了许多常识不能解释的事情，例如我在病情最严重的时候，突然很清晰地向着空中打招呼："王庆俊，你好吗？"王庆俊是我的学兄，比我高两届，也是我们科里的大夫，后来担任医院副院长，前段时间因下肢静脉血栓脱落致急性肺栓塞猝死。抢救现场的医护人员都面面相觑、惊诧不已。大家不约而同地想到，小路见到王庆俊了，真不是个好兆头。

清醒时许多人都问过我这个细节，我一点印象都没有。难道真有黄泉路？难道我这一次真的走到半路又回来了？目前的科学知识真的没法解释。如果这次我真的到阴间走了一趟，庆幸的是我没有走到奈何桥，没有喝孟婆汤。

内科干部病房医护人员合影（后排左三为作者）

在上级医院专家及我们医院众多医护人员和我的好朋友们的全力抢救和治疗下，我终于痊愈了，又回到我们医院这个大家庭，又回到我自己温暖的小家，又能够在我挚爱的岗位上工作了。我感恩所有的人，我的领导、我的同事、我的朋友、我的家人、我的爸爸妈妈、我的爱人、我的儿子……

生活在阳光下，真好！

又记

后来我们病房任主任与我谈起此次患病始末，提及了两点：

1.他在第一时间找到了那瓶还剩下50毫升的输液瓶，在亮光下认真查看，发现剩余液体内漂浮有絮状物，此物质很可能是我这次差点送命的原因。估计这批液体有问题，这也可能是近期市内几家医院先后出现严重输液反应甚至致命的原因。但在20世纪80年代中期，质量技术监督及法律追责远没有现在完善，最后也就不了了之了。

2.我在发病的第一时间给自己下的那个口头医嘱非常及时，为挽救自己的生命争取了宝贵的时间。

2020年3月13日

五　科研、科研

科　研　、　科　研

那五彩斑斓的钦岛彩石

1989 年夏季，我刚刚从心内科临床工作转向心血管疾病防治的科研领域不久。具备一定的临床工作经验，又渴望在科研领域尽快增长才干的我，跟随流行病统计室的于老师到蓬莱长山群岛做高血压流行病学调查研究工作，并给当地老百姓免费体检、送医送药。

第一次远行去海岛做科研工作，我既兴奋，又有点不踏实，不知道我是否能够胜任这次工作。

经过乘坐火车、汽车，我们团队终于到达了蓬莱码头，在那里等待登上轮船去长山群岛。由于要给当地老百姓防病治病，我们特地邀请山医附院急诊科秦主任及中医科景教授两位老大夫一起前往完成此次任务。那天风比较大，大家也不知道轮船是否能够起航，只能在等待中祈祷风小一点。

渐渐地，海风降到了四级左右，渡船顺利起航了。第一次乘船出海，我心里充满了兴奋和好奇。我站在甲板上，任海风抚摸着自己的面颊，看着轮船尾部的浪花翻滚着拖出那长长的航迹，看着陆地渐渐淡出视线，看着远处一座座海岛就像海中的仙境，我陶醉了。

慢慢地，好像海风又大了起来，脚下也摇摇晃晃站不稳了。随着海浪汹涌，轮船左右摇摆得厉害起来，甲板上开始有人坚持不住，晕起船来。船员要求大家一定要回到船舱。当我跟跟跄跄地回到座位时，我发现船舱里乘客大多闭目坐在座位上，以免晕船症状加重。可能是我的前庭神经比较发达吧，以往我从来没有晕过车什么的，在这个时刻我竟然也没有什么不适的感觉。但是景教授就没有这么幸运了，她症状非常严重，根本坐不住，并感到心慌气短，恐惧不堪。我慌忙找到船上的工作人员，说明情况。工作人员得知我们是前往渔岛给当地百姓看病的医生，很热情地将景教授安排在船员休息的床位上。景教授抓着我的手说，小路，你千万别离开，抓着你的手，我心里就踏实点。能得到她老人家的信任，我当然不敢离开了。

　　经过海上四个多小时的颠簸，我们终于到达了长山群岛中的大钦岛。大钦岛在美丽的长岛县北部，岛上有庙岛群岛中的制高点。登上制高点，远处的砣矶岛、车由岛、高山岛等清晰可见。当年由于国防的需要，岛上驻扎的军人数量远远多于渔民人数，既没有旅游业，也基本没有外人进入。我们这些给当地老百姓防病治病的医生的到来，立即引起当地渔民群众的热情欢迎，淳朴的渔民以他们特有的方式欢迎我们。

　　当天晚饭时分，我们坐到了乡亲们的炕头上。虽然时值夏日，渔民的

大钦岛的夕阳下

炕头仍是温暖的，据说岛上的潮气太大，温暖的炕头可以驱赶潮气。各种刚从海里打上来的海鲜摆满了炕桌，有些品种我甚至不知道怎样吃，我第一次感受到渔民乡亲的热情与豪爽。

此次我们团队的负责人是于洪琴老师，那年她正好50岁。于老师是一位精力充沛、干净麻利的女教授。一到海岛，各种工作她都走在前面，是我们这个团队的主心骨。她对我说，小路，你虽然年轻，但待人热情，照顾景老师细心，你就住在我们房间吧，有什么事情你也多跑跑。这样我就与于老师、景教授住在了一起。没想到的是，我也享受到了"领导"的待遇。在之后的日子里，渔民们经常往我们房间里送各种做好的海鲜，推也推不掉。每当这时，于老师和景教授总是说，小路，给咱们的人员分分去吧，让他们也尝尝鲜。

进岛的第二天，太阳刚刚跃出海面，我们紧张的工作就开始了。此次到海岛来，主要是做海岛渔民高血压的流行病学调查，同时给当地渔民免费查体，并送医送药，这在20世纪80年代末还是非常受当地百姓欢迎的。我从研究室带来了一台心电图仪，每天竟然做到了120—130人次，进岛头几天有时忙得根本吃不上饭。我们研究室的张主任及急诊科的秦主任那里看病的人也很多。最受欢迎的还是中医科的景教授，几天下来竟然将我们带来的中草药用完了，只能紧急打电话回济南请求快快补充。

刚到海岛，第一感觉就是海岛上的女孩子长得真是非常漂亮，五官精致，皮肤白皙，似西施再世。由于渔民都是男人出海打鱼，女人在家操持家务，相对比较清闲，中年女性也显得比较年轻，加上天生丽质，她们构成了岛上一道亮丽的风景线。随着时间的推移，我接触了一些女性后，发现她们内心深处并不轻松的一面。丈夫常年出海，海上风云变幻，每次对出海亲人的牵挂和担心是我们无法体会的。每当有渔船回港的消息传来，码头上熙熙攘攘站满了女性，妻子盼郎归，母亲望儿回。长久以来，岛上女性患神经衰弱、失眠等疾病的居多。而她们笃信中医，这也是景教授门诊门庭若市的原因之一吧。

紧张的工作让人繁忙而疲惫，但年轻人的精力是充沛的。工作之余，我们几个青年科研人员结识了海岛上的几个青春靓丽的小姑娘，她们高兴地带着我们在岛上游玩。大钦岛共有四个村，东村、南村、北村、小浩村，其中东村最大，也是我们居住的村庄。它周围山山相连，是个依山傍海的美丽岛屿。东村海岸线长，风光秀丽，奇礁异石众多。我们在山坡上散步，在海滩上奔跑，黄昏时分在海边看落日，看夕阳将一望无际的大海染得如金光灿灿的绸缎一般。

中午时分，我们不愿意午休，而是每人提着一个暖水瓶，偷偷地溜出来。大家来到海边，这里的海水是这么清澈，没有一星半点杂质，不管多深的海面都能够一眼望到底。我们下水尽情地游泳、戏水，一直玩到下午要上班了才上岸。由于岛上淡水资源奇缺，我们就只能用带来的那仅有的一暖瓶淡水冲一下身体。猜到了吗？这就是我们带暖水瓶的原因。

八一建军节临近，一年一度的军民大联欢就要举行了，岛上呈现出一片热闹的景象。渔民对我们说，在岛上，八一建军节是仅次于春节的重要

笔者（中）与大钦岛的小伙伴们

节日。大钦岛曾为中华人人民共和国成立初期的国防要冲，是当时长山要塞的前线阵地，军人的数量远高于当地渔民的数量，军民鱼水情深，重视八一建军节也就在情理之中了。

我在小钦岛查体时还发现，相比大钦岛，小钦岛面积更小，人员更少，近亲结婚的情况也更为普遍。我们到达小钦岛的那一天，感到岛上一片喜气洋洋的气氛，但那一天并不是什么节日啊。经岛上居民介绍，我们得知有一家办喜事，新娘、新郎家均在岛上。由于经常的联姻关系，岛上出现一家结亲，大半个岛子忙活的局面，比过节还热闹。

由于长山群岛水源比较缺乏，井水受海水侵蚀严重，饮用水普遍偏咸，在大钦岛、小钦岛尤为严重。我们在小钦岛调查时发现，由于饮水太咸，居民普遍血压偏高，四年来岛上招兵查体竟无一人合格。我们这次调查也得出了长山群岛居民高盐饮食致血压增高的结论。

转眼之间，我们的高血压调查及看病治病工作接近尾声，我们团队就要返程了。回想起来，半个多月过去了，我还真想念远在家里的儿子。于老师找到我，说有事情与我商量。她欲言又止的样子让我非常疑惑。于老师，您有什么事情要我做吗？

原来于老师此次到海岛还有一个任务，她还带了与信息所合作的另外一个课题，是关于海岛儿童智商测试的问卷调查。不巧的是，这个团队刚到海岛，一个年轻研究人员意外受伤，其他几个研究人员不是年龄偏大，就是身体欠妥，问卷调查有搁浅的可能，作为课题负责人，于老师情急之下想到了我。她与我商量，是否可以留下来，帮她将这个课题完成，至于我们研究室的工作，她会与我们研究室张主任协商。尽管我当时已经归心似箭了，但看到于老师充满信任的眼神，我答应道，好的，我留下来，一定配合老师们完成调查问卷。

关于这个海岛儿童智商调查的课题，还有两个花絮呢。

一个花絮是，当我二十多天后回到家里，我5岁的儿子见到我后把我紧紧抱住，大声说："妈妈没有被大鲨鱼吃掉！"原来当时海岛上通信非常不便，我决定继续在海岛做第二个课题后，立即给家里写了一封信说明情况，没想到那些日子海上连续大风，邮政中断，这封信我回家几日后才到达。家人也不知道我为什么迟迟未归，当儿子想念我，问妈妈为何还不回来时，他爸爸随口说了一句，妈妈让大鲨鱼吃了。儿子虽然当时没有哭闹，但将这句话记在心里，非常难过。当妈妈突然出现在他的面前时，埋在心里的委屈和担心才爆发出来。看来，在小孩子面前也不能随便乱说啊。

　　另一个花絮是，课题完成的第二年，于老师准备将海岛儿童智商调查课题申报成果。在完成人员及名次问题上，课题组成员产生分歧以致争执。于老师作为课题负责人，非常为难。她主动找到我，说了她的难处。我当即安慰她说，您不用考虑我，我的专业是心血管疾病防治研究，帮助完成儿童智商课题是解您之难，我不要名次。于老师没想到我这样干脆地解决了她的难题，从此于老师是我的前辈、老师，又是我的朋友。去年我到深圳开会，顺便看望了在儿子处安度晚年的80岁高龄的于老师，回忆当年相谈甚欢。

　　第二天，我们到码头送别了部分同事，回头我就跟着于老师来到了学校。热情接待我们的女校长也是一位美女，由于恰逢暑假，学生们要分批分期到校完成问卷调查，美女校长当即介绍了两位老师配合我们工作，问卷调查工作就这样有序地开展了。

　　海岛上的孩子格外听话，在老师的指导下，有秩序地进入教室，逐项回答我们的问题。看着孩子们天真而又纯洁的笑脸，我不由得想起当年上大学时，在附属医院儿科实习的情景。

　　我非常喜欢小孩儿，在儿科病房实习时老师分配给我四个患儿，每当上午我跟随老师在病房聆听教学查房时，那几个患儿都像老鹰抓小鸡一样拉着我的隔离衣跟在我后面。现在整天与这些儿童打交道，也算圆了我的儿科梦吧。

海岛上的孩子聪慧、机灵，但是很遗憾，他们的智商测试总是有相同的几项不会回答。我发现，许多孩子从生下后从没有离开过海岛，不认识驴和一些海岛上没有的动物，也没有见过河流。每当提问到湖泊这个画面时，他们会不约而同地回答"海"。我向于老师建议，将来课题组统计数据时，是否应该将这些因素考虑进去。

大钦岛最为称奇的还是拥有美到极致的海洋卵石滩，我第一次来到这里时，就被这美丽的景色深深震撼。一望无际的海滩上，堆满了五彩斑斓的卵形彩石，在海水的浸泡下晶莹剔透，宛若玉石一般，这些卵石被称为长岛球石。长岛球石是大自然赐予的珍奇瑰宝，也是长岛的骄傲，与南京的雨花石、湖北的宜昌石、兰州的黄河石同列为中国"四大名砾石"，具有极高的观赏价值。而最漂亮的球石，就出自大钦岛。

长岛球石的形成既有地质结构变迁的因素，又有大自然外力的作用。海岸礁石长期受海风的侵蚀和海浪的击打，逐渐崩塌滚落海中，在巨浪、潮汐、旋涡暗流的作用下，海水搅起泥沙石块相互摩擦碰撞，年复一年，石块被磨掉了棱角，磨平了表层，磨圆了体态，最后呈现出这瑰丽的景色。

在海岛的那些日子里，休息时到海边捡彩色

笔者（上）与景教授在蓬莱阁

球石成了我们团队所有人的一项业余爱好。大钦岛的球石形圆、图美、色丰、质佳。在海浪的浸润下，即便是一块素石，似乎也透着一种朦胧的禅意。那平滑细腻的表层，又使其显得润泽亮丽、玉质冰肌，渗透出一种高贵典雅的气质。扁平椭圆是长岛球石最佳的画面石形，球石图案清晰，意境美妙，尽显鬼斧神工。我捡到一块椭圆形的淡黄色球石，石上的图案恰似几枝水墨的竹影在朦胧月色中摇曳，我将它命名为"月夜竹影"。它深得我的喜爱，后来成为我书桌上的镇纸。还有两块较小的球石：一块乳白色的石面上，一只黑色的小蜗牛正在努力地爬着；另一块浅橙球石上，一枝红色的马蹄莲正在怒放。精选的每一块球石都有着精美绝伦的画面，每一块球石都在诉说着一个故事。

晚上闲暇时我们也相互分享各自的"艺术品"。张主任淘到一块酷似鸡蛋的卵石，最称奇的是卵石上有一只惟妙惟肖的淡黄色小鸡；玉昆手里的那块彩石上，酷似嫦娥在翩翩起舞。景教授则认真地告诉我们她的小经验，为了保持

笔者（右）与景教授在大钦岛合影

卵石在水里的那种鲜艳色彩，可以在它上面抹点擦手油。最为霸气的是秦主任，他捡了一堆彩石，放在盛满水的脸盆里，只见那些彩石在水的滋润下，五颜六色，绚丽缤纷。

我在玩石时还发现，大钦岛的彩石图案偏大，以主题图案为多，而小钦岛的彩石图案精致琐碎，以抽象的几何图案为主。大家调侃道，这样下去，我们都快成赏石专家了。

时间飞快地过去了，一转眼我们已经在海岛上工作25天了，我们的科研任务也圆满完成了。离岛的时刻到了，我们告别了渔岛的乡亲们、卫生院的同道们、小学校里的老师和同学们、乡镇的领导们，以及在海岛上结识的伙伴们，走向了渡轮。

随着轮船的起航，大钦岛渐渐地越来越远，终于消失在海洋深处。此次海岛之行，永远留在了我的记忆深处。在惊叹大自然的鬼斧神工，万千年来将钦岛的海岸礁石磨砺成精美绝伦的彩石的同时，我想，医学科研何尝不是千磨百炼才有可能接近疾病的真相？

那五彩斑斓的钦岛彩石静静地躺在我的书桌上，每当我拿起它，就会想起我最早参加流行病学调查及给渔民乡亲们送医送药的那些日子，想起于老师、景教授和我们团队在海岛上的日日夜夜，想起那些豪爽、淳朴的渔民乡亲，以及海岛上那些单纯可爱的渔家孩子。他们也激励着我在医学科研的道路上继续前行。

2020 年 2 月 16 日

又是槐花飘香时

"雨过前山日未斜，清蝉嘒嘒落槐花。"不经意间，窗外槐花又挂满了枝头，那熟悉又醇香的味道随着和煦的春风一阵阵飘来，使我又沉浸在对往事的回忆中。

那是 20 世纪 80 年代的后期，随着改革开放步伐的加快，对外开放交流的领域也迅速展开。尤其是在科研领域，走出去，到先进的发达国家去学习、去深造，成为年青一代知识分子的首选。国家层面设立公派留学基金的政策，使广大中青年知识分子看到了希望。

这一年春天，虽然我刚从临床一线来到以科研为主的医学科学院，从未进行过脱产的外语训练，但凭借着初生牛犊不怕虎的那么一股劲，也报考了公派出国考试。

记得那是一个春意盎然的下午，下班后我从幼儿园里将孩子接出来，带着他去山师看考场。校园里飘来一阵阵槐花的醇香。儿子只有三四岁，高兴地跟在我身后，不时地问这问那。这时的校园已近黄昏，人员稀少，传达室的老师傅看到一个小孩子过来，和蔼地问道，小朋友，你和妈妈来干什么？儿子仰起可爱的小脸庞，高声回答道，我和妈妈来看考场，妈妈要参加出国考试了。老师傅笑着又问道，妈妈考上就要到很远的地方去了，你想妈妈吗？想！但我希望妈妈考上。听着这天真的话语，大家都笑了。

很遗憾，我毕竟没有经过正规的培训学习，成绩下来了，我以一分之

2006 年在阿联酋参加 PURE 年度研究会议

差名落孙山。心里是有些遗憾，但也充满了希望，在当时我们都有脱产学习外语的机会，经过专业英语培训，我还是有机会的。

功夫不负有心人。20 世纪 90 年代初期，我凭着科研工作的积累，在国外同学的引荐下，获得了剑桥大学基础医学实验室对发展中国家医学科研人员的专项基金支持，终于得以到顶级医学殿堂深造了。

怀着异常高兴的心情，我准备将这一好消息与家人分享。当我兴高采烈地将这一消息告诉我丈夫时，我们之间却爆发了一场争吵。他坚决不同意我出国学习，理由是孩子还小，正在上小学，家里离不开人照料。他当时在省政府办公厅工作，一年在外出差的时间有二百天以上，基本没法照顾家庭。自从儿子出生以来，从照料孩子到操持家务，基本都是我担着。他说，我们平心静气地谈一下，如果我的父母还在，你就出去放心地闯荡吧，如果你的父母能够帮上忙，你也可以出去。但事实是，我的公婆已经去世，而我的父母因为诸多原因也帮不上我的忙。我静下心来想一想，眼下确实有着无法解决的困难，只是以前我一直向着我的目标前进，忽视了这一切。

经过痛苦的抉择，我给我的导师去信，抱歉地表示，由于种种原因，我放弃了这次难得的深造机会。

我的好朋友和同学事后再三追问我，这么难得的机会，你就这样放弃了，你真的不后悔、不遗憾？我咬着牙说，不后悔！眼泪却不争气地流出来。

确实，在当时的历史条件下，国内外不但在科研水平、仪器设备上有着巨大的差别，在经济上、生活上亦存在着天壤之别。由于种种原因，许多出国留学的青年学者，尤其女性学者，家庭最终破裂了。多年以后，我与我的先生谈起此事，他诙谐地说，当时他的领导、他的同事都异口同声地对他说，一定不能让小路走，如果她真走了，这个家就完了。

原来如此，怪不得当时他那么坚决地反对。

出国学习的事情就这么放下了，但工作还得兢兢业业地干。在我老师阮景纯院长的谆谆教导下，我从一个青年临床医师向医学科研工作转变着。从国家"七五"科技攻关课题开始，就在时任中国心血管病学会主任委员刘立生教授的指导和带领下，从事高血压及相关疾病的研究。在她的带领下，我和我的团队参加了一系列刘教授领导的国内外科研课题，"七五""八五""九五""十一五"等国家重大项目以及多项国际合作项目。这些课题大多是重量级科研课题，许多课题结果在国内外心血管病指南及高血压指南中发挥着重要作用。

在这一系列的循证医学及队列研究中，我们深入厂矿、农村中去，有时一待就是半月之多。尤其是在农村期间，我深深地体会到广大农村的乡亲们是多么希望能够得到相应的医疗服务。尤其在 Hyvet（80 岁以上老人的高血压治疗研究）研究时，患者是高于 80 岁的老老年病人，需要到家中随访。我也是通过这个课题真正了解到这些农村老人，他们中间的大多数人，不但缺医少药，而且由于经济上的原因，在家庭中的地位低下，在风烛残年中艰难度日。这些问题都不是做几个科研项目就能解决的，更需要进一

笔者（中排左四）2018 年在德国 IVVE 会议合影

步的改革开放，全面建设社会主义新农村、全面实现小康而解决。

做这种现场的课题，是很艰苦的，尤其是对像我这样从小生活在城市的人来说。但是当时任章丘市长对我说："路教授，这么多年您跑遍了章丘的山山水水，您不愧是我们章丘的荣誉市民。"我还是感到内心充满荣誉感和自豪感。

在跟随刘立生教授做这些国际合作课题的同时，我多次到欧洲、加拿大、美国、东南亚各国学习新的科研思路，交流科研工作。在刘主任的直接带领下，我慢慢地成长起来。当时还没有微信等便捷的通讯方式，在乡下手机基本没有信号，出国期间由于越洋话费较昂贵，手机一般也联系不上我。我的研究所所长曾打趣地在室主任会上说路主任，只要联系不上您了，您不是在农村，就是在出国的路上啊。

随着时间的流逝，青春年少时的思绪波动已渐渐淡忘，只是在夜深人静时还会偶尔想起。回想往事，回想自己走过的路，我深刻体会到，尽管在人生的道路上，生活或工作都不可能天遂人愿、一帆风顺，都曾无奈过、伤心过、后悔过，但只要认准了目标，就要一直向前，哪怕每天只有那么一丁点儿的进步。人只要心存理想，脚踏实地，目标就一定能够实现。

2019 年 5 月

章丘医学科研现场的额外收获

20世纪90年代至21世纪前十几年的这二三十年中，是我心血管防治科研工作的黄金时期，我们团队的科研基地遍及全省，而大部分防治科研现场就在章丘。

因为我们的研究及防治对象是人群，相当多的时间我们要深入章丘的农村村庄，直接为当地还不富裕的老百姓防病治病，科研的现场工作是比较辛苦的。尽管条件艰苦，但是我们这个科研团队还是相当过硬的，在当地政府的大力支持下，我们完成了多项重大课题及项目，并且取得了一系列的成绩与荣誉。

今天所讲的，不是我们科研团队的专业研究成果，而是我在现场工作时的额外收获，这也可能与我的爱好或者说家庭的熏陶有关吧。

一、绣惠医院外麦田里的石碑

记得20世纪90年代初期，国家"七五"课题接近尾声，一个WHO（世界卫生组织）项目正在绣惠镇酝酿开始。经过一上午的开会、讨论、论证，大家都觉得有点疲劳。休息时，我独自走到医院外面，在医院对面一块开阔的麦田田埂上散步。无意中我发现麦田中耸立着一块高大的石碑，石碑虽然看起来饱经沧桑，但仍然能够看出来它曾经的富丽堂皇。我仔细观察了一下，碑冠上刻着威武的巨龙，碑文虽然看不太清楚，但好像是御赐的什么事情。我的好奇心一下子就被调动了起来，回到医院后，我咨询了数人，但他们都不知其事。

回到济南后，这个碑和它背后的故事一直困惑着我，闲暇时经过查阅资料，我终于发现这是一块明代嘉靖十五年皇帝御赐的袁轩冕夫人诰命碑。

多年后，我又因科研工作到绣惠医院，此时章丘市已经非常重视挖掘传统文化景点、大力推动文化旅游了。只见这个石碑已经被保护了起来。看到这个情景，我不知为什么暗暗地有点激动，政府终于重视文化遗迹的保护了。

二、百脉泉池壁上的古老题词

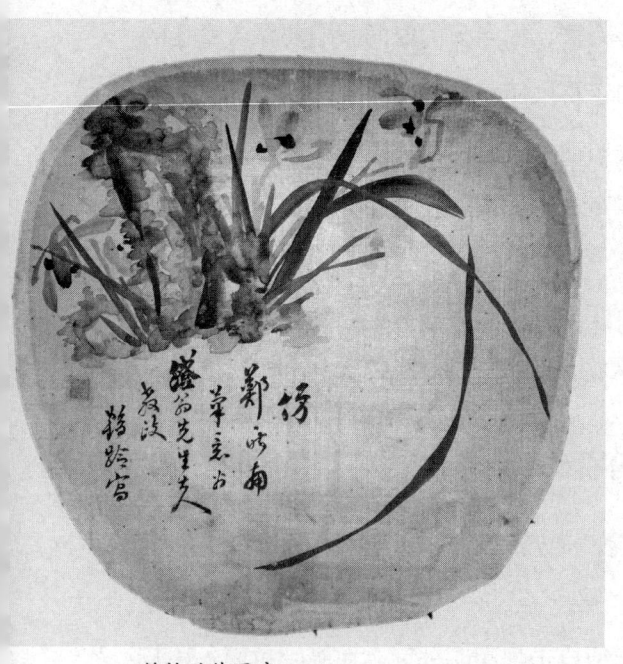

鹤龄兰花团扇

20 世纪 80 年代，周日闲暇时帮助爸爸收拾爷爷留下的一些残破的资料与字画。在一堆破纸中，我无意中找到一页团扇，陈旧发黄的绢面上只画了一枝兰草，但清丽雅致之气扑面而来，旁边只有"鹤龄"两字落款。我查阅了一些资料，也没有查到此兰草的作者。爸爸说，你喜欢这枝兰草，就拿回去赏玩吧。

20 世纪 90 年代初，我们团队在章丘做课题之余，我的老同学、时任章丘卫生局局长的孟庆杰对大家说，今天周末，我请大家到刚建成不久的百脉泉公园游玩，随行的还有卫生局的王科长。

大家来到坐落在古老梵王宫的百脉泉池旁，老孟向我们介绍说，这里在建公园以前是老县委的所在地，梵王宫就是老县委常委的会议室，曾任山东省委书记的舒同在章丘任县委书记时也是在这里办公的。王科长谈起小时候她父亲在县委工作，她家就在泉池附近，她经常与小伙伴到这里玩耍。

百脉泉是济南七十二名泉之一，亦是章丘绣江河的源头，在古老的泉池内壁上刻满了历代文人雅士的诗词及题字。我顺着泉壁认真地欣赏着。突然在一块石壁上，我看到了一段诗词，而落款中的两个字"鹤龄"是那样熟悉，与我收藏的那个团扇扇面上的落款如出一辙。后来我根据这个线索查阅资料得知，赵鹤龄，四川泸州人，明代成化十一年乙未科二甲赐进士，官至山东按察使。我终于在这个古老的石壁上找到答案了，这枝清丽脱俗的兰花原来是这位明代进士所绘。

三、千年古村三德范

2003 年早春，一项名为"盐敏感性高血压的遗传流行病学研究（Gensalt）"在章丘启动，当时此项研究是国家心血管病中心与美国合作的一项重点科研课题，我们山东科研团队作为全国最大的一个合作中心参与其中，其研究结果会对高血压患者尤其我国北方患者带来新的防治理念。在当地政府及卫生局等行政部门的大力支持下，该项目在当地农村如火如荼地开展起来，第一站我们来到了一个历经千年的古老村庄三德范村。

在人群现场，老卫生所长笑眯眯地坐在卫生所门前与前来体检的村民打着招呼。老所长在村里行医几十年了，用他的话说，大半个村里的人口都是他接生到人间的，所以他在村民中享有很高的威望。有他在现场坐镇，村民们对我们都持以欢迎及信任的态度，科研工作进行得非常顺利。

工作之余，我们对这个古老而又庞大的村庄产生了强烈的兴趣。

这个当时拥有七八千人口的大村庄，在历史的长河中，遗留下多少古迹，又隐藏着怎样的故事呢?

　　当我们沿着村内中心大街北行,有一个显著的石砌城门出现在眼前,门额上镶嵌"太平"二字。我们驻足向上仔细辨认,发现为清同治七年(1868)二月所建。在一个普通的山东农村,进入村庄的石砌城门竟然是一座货真价实的古典建筑。大家纷纷在这座城门下拍照留影,以作纪念。来自美国的何江教授也非常兴奋地在此拍照留念,他说一定要将照片带到美国去,让同事们看看,中国农村保留着这么完整的历史文化古迹。

清同治七年(1868)题写的"太平"门匾额

　　太平大门北侧10米处,还有一座阁楼式高台建筑,上面的大殿飞檐翘角,下面拱形阁洞跟太平门门洞模样相仿,成为进太平门后的第二道防线。这座建筑由青石砌成,南面门额上刻着"玄帝阁"三个大字。

从太平门看玄帝阁

我怀着强烈的好奇心，踏上阁楼，它前后廊厦，楹柱梁枋，条石护栏。整座大殿青砖灰瓦，飞檐翘角，外形依然完好。但殿外各种电线相互缠绕，殿内光线较暗，仔细看去，内置一台X光机，看起来很长时间没有使用了，后来得知这座玄帝阁大殿归村卫生室所有，早已没有玄帝像了。

我们又在村庄内发现了几座城门及圩子墙，原来在清晚期，村民们为了防捻军和土匪，在村里建起南、北、西三道圩子墙。中心大街路东的辛庄街街口，还有这么一座"人和门"。曾任两广总督的济南人毛鸿宾，在同治七年辞官归故里，召集济南士绅百姓配合政府将济南的圩子墙改为石圩，题下"人和"的匾额。

后来我们在村庄里入户调查时，发现村内颇具明清特征的古宅院、古门楼、古街巷遍布，古桥、古石板路随处可见，古碑、古石刻屡见不鲜，彰显着三德范村的悠久历史。

多年过去了，在媒体上偶然得知，现在的三德范村早已被国家住建部等部门列入第四批中国传统村落名录。村内现有三处市级文物保护单位，十六处古迹被列入章丘市文物保护名录。村子背倚的AAA级景区锦屏山，属泰山余脉，自古就以幽、险、静、秀闻名于世，这个村庄成了远近闻名的乡村旅游胜地。

四、深山小村古碑里记载的环保意识

春天来了，我们的Gensalt科研团队进驻了三德范村东边的一个偏僻的小山庄水龙洞村。这个村虽然称水龙洞，其实极度缺水，种地基本看天，天旱厉害时连生活用水都困难，也许源于百姓们对水的期盼吧，村名才被称为水龙洞。

村里的卫生所也是我们的工作地点。一下子进来这么多人，房子显得狭窄了。闲暇时，我们习惯在卫生所室外站站，活动一下筋骨。当大家正在聊天时，我对卫生所的山墙表现出较大的兴趣。原来山墙的下半截是由几块大的石块垒成，仔细看过去，这些长方形的大石块是一些旧石碑，有些石碑的字清晰可见。我凑过去读了一下，发现这些石碑大都是清末和民国时期镌刻的，记录了这个村庄保护山林、封山禁伐、重

深山小村古碑里记载的环保意识

修庙宇等重大事件，它真实地记录了在那个遥远的年代，这个村庄对生态环境的重视以及百姓对水资源的渴望与追求。我对这些石碑有点了解后，咨询了村里的干部及村医，但他们都表现得一脸茫然，谁也不知道山墙上的石头里还有这样的故事。十几年过去了，不知道卫生所的那些老房子还在吗？他们村里对这些老石碑重视了吗？

2019年，Gensalt15年随访研究开始了，我又有机会回到了这个小山庄。比起15年以前，村子里明显清净了许多，青年人大多去城里打工了。15年前参加此项研究的村民看上去也老了不少，由于之前我们团队曾经随访过这些村民，许多受试者认出我们，并像老朋友一样，与我们打着招呼。

村卫生所已经盖起了新的房屋，医疗条件有了明显的改善。工作之余，我们又到了卫生所的旧址去探望。卫生所旧址已经恢复了以往的小庙，只是庙门锁着，看不清里面的模样。四块大石碑依次矗立在小庙前的小广场一边，看来是精心安置的。通过这个举动，可以看到村民们对保护自己村庄的文物是重视的。

五、深山小村庄里的古老牌坊

最有意思的是我们在做 Hyvet 研究时的额外收获。由于 80 岁以上的高龄老人较少，且行动不便，我们对每一位老人都是送药到家，所有的检查只要能在床头做的，都亲自到老人家床头做。因为这个课题，我们耗时七八年，走遍了几个乡镇的数十个村庄，终于使这群高龄老人的高血压得到有效控制，脑卒中、心血管病并发症的发病率显著下降。做这个课题最大的社会效益是我们对农村高龄老年人无微不至的关怀，带动了当地敬老爱老的新风尚。

每次我们到老人家里随访，都受到这个家庭尤其老人的热情欢迎。当随诊完毕，就要离开时，这些老人总是拉着我们的手，久久不松手。能够下地活动的老人，往往把我们送到大门口，扶着门框，目送我们走出很远很远。

在随访一个叫郭家庄的村子时，我路过一普通农户人家。回头望去，在稍显局促的院子里，堆满了玉米秸。我隐约看到，玉米秸好像是堆在一个什么古老的建筑物上。稍加注意，我发现院子里竟然立了一个古老的牌坊！这太神奇了！我咨询他们家人，您家的牌坊是怎么回事？他们回答也不知道，只知道这个牌坊是很久很久以前家里一个老祖的，也没什么用，还占着院子里的空间。我试探地问道，能把这些玉米秸搬开，让我看看这个牌坊是什么样子的吗？纯朴的家人表示，你这么老远上门给我们农民看病，这点小事怎么不行？他们七手八脚地将玉米秸搬开，一个完整的古老牌坊出现在我的面前。它虽然不像耸立在庙堂上的牌坊那么高大，但在这个院子里仍然显得庄严肃穆，不同寻常。

这座牌坊是用巨型条石搭建而成的，气质粗狂古朴，与周围山色产生了极强的呼应。牌坊顶端是一个宝葫芦，两边各盘了一条青龙，下边可见"圣旨"二字，圣旨座石下为清代道光皇帝所题"名标天府"四个大字，牌坊

古老的皇帝御题牌坊

中心位置的长条横石上，刻有"赠登仕佐郎翰林院待诏郭云修孺人张氏坊"。牌坊的下部竖石上还刻有楹联，上联是"宠锡孝思黄麻诏"，下联是"恩荣家庆紫泥封"。牌坊上雕刻着精美的二龙戏珠等图案，下方还雕有一对石狮、抱鼓石等，与紧挨牌坊的民居形成了鲜明的对比。

小小的山村，为何会有皇帝御题的牌坊？这牌坊的背后一定有不为人知的故事吧，我对这个牌坊产生了极大的兴趣。但由于当年科研工作繁忙，也没有时间追本溯源，只在心里默默地祝愿这个牌坊将来能够得到很好的保护。

一晃十几年过去了。说来凑巧，前年著名青年学者钱欢清先生送我一本他刚出版的《古村落里的济南》，书中对这个牌坊有详细的记录。原来清朝乾隆、道光年间，郭家庄有个叫郭云修的人，做官做到了翰林院待诏。他妻子张氏36岁时，郭云修因病去世，撒下了父母双亲及年少的儿子郭存龙，家庭生活的重担落在了张氏身上。丈夫去世后，张氏尽心孝敬公婆，辛苦抚养孩子，勤劳持家，清白贞洁。后来她的事迹传入皇宫，连道光皇帝都听说了。皇帝非常感动，于是下圣旨为她建造贞节牌坊，并亲笔题府名和牌匾，由翰林院设计牌坊图纸，后由人将圣旨、图纸及建牌坊所需银两用八抬大轿从北京抬到郭家庄。

如此一座牌坊能够幸存下来，与牌坊地处遥远偏僻的小山村，村民忠厚淳朴有关吧。

2019年夏季，当我们Gensalt15年随访路过这个小村庄时，我又特地去看了这个古老的牌坊。牌坊周围已经收拾得很干净，济南市文物保护的石碑赫然立在牌坊旁边，看来文物保护单位还是很给力的。

六、章莱古要道上的齐长城锦阳关

2019年夏季，在最炎热的日子里，我们来到了文祖镇西田广村进行Gensalt课题随访研究。课题组的学生们谈起，早上乘公交车来时，曾在章丘与莱芜交界处看到一处宏伟的古代建筑，非常壮观。闲暇时我们特地乘车去一看究竟，原来这里

古齐长城

就是大名鼎鼎的齐长城上三大重要关隘之一——锦阳关。

锦阳关，春秋战国齐长城的重要关隘，在文祖镇三槐树村与上游镇娘娘庙村之间的章丘、莱芜边界上，位于山东省莱芜市雪野镇。中国历史上

锦阳关

著名的长勺之战、艾陵之战、嬴之战均发生于锦阳关和青石关一带。

清咸丰十一年（1861年）为抵御捻军，在锦阳关一带齐长城的基础上加以重新修葺。清代没有大规模修建长城，锦阳关也算得上目前国内保存最好最为典型的一段清长城吧。

1938年锦阳关毁于日寇侵华的战火。如今的锦阳关，是2014年以后按照其最初的规模，在旧址西去两百米左右的位置复原而成的。

站在锦阳关阁楼向东瞭望，古老的章莱古道早已被新修的章莱高速公路替代，车流从齐长城脚下呼啸而过。远处的长城已荡然无存，只有从残留的碎石上还可看出城墙遗迹。往西看去，齐长城蜿蜒起伏、绕岭盘山，隐蔽于狭涧，耸立在峻峰，向云雾里伸延，似银蛇摆尾，又如巨龙腾飞。

夕阳西下，我仿佛又看到我的祖父路大荒先生在山东古代文物管理委员会工作期间，于1952年多次赴淄博、章丘等地考察齐长城遗址的情景。这是中华人民共和国成立以后第一次对齐长城遗址进行全面细致的考察，摸清了齐长城的分布及目前存在的情况，为这一宝贵的祖国历史遗产日后的修复维护提供了翔实的资料。在残阳的余晖下，我仿佛看到了他老人家亲登双雄山、围屏山，徒步行走在崇山峻岭中的齐长城遗址上。望着满山的青翠欲滴、生机勃勃，看着这壮丽的祖国山河，追忆着前辈们为保护这古老的中华文明古迹做出的努力，我想，这又何尝不是我们心血管病科研防治工作中的又一额外收获呢？

原载于2020年4月21日《聊斋园》微信公众号，此文略作修改

桃李芳菲

丁零零……随着一阵清脆而悦耳的铃声,孙慧的声音在手机中响起,路老师,咱们今年的聚会定在下周三,到那天我下班后去接您。

接到这个电话,我很高兴,甚至说有点惊喜。疫情已经走到第三个年头了,防疫形势时好时坏,加之这次参加聚会的学生大多是我最早带的那些同学,他们都已经是各个医院的骨干了,能凑在一起实属不易。尽管在这几年疫情中我们都严格按照市里的规定,聚会不得超过十人,但今年的聚会时间也是拖了又拖,现在终于又可以见到他们了,可以说我心中对这次聚会充满了期待,这些当年的学生在我们山东省医学科学院心血管病研究室(心脑血管防治研究中心)的研究生生活就像过电影一样展现在我的眼前。

1978 年,教育部开启了改革开放后的研究生教育。我所在的单位山东省医学科学院拥有一批 20 世纪 50 年代初期毕业且有长期在医学院校任教经验的教授。院领导及这些教授敏锐地抓住了这次机会,率先向教育部申请了研究生教育资格,成为全国各省医学科研机构首个拥有研究生学位授予权的单位。1979 年,山东省医学科学院研究生教育正式拉开帷幕,我的老师、时任山东省医学科学院院长、内科心血管专业的阮景纯教授,免疫专业的崔正言教授,流行病专业的徐海修教授,肿瘤专业的潘希愚教授,生理专业的柴向枢教授,劳动卫生专业的乔赐彬教授,药理专业的左春旭教授七位教授开始招收研究生,开启了山东省医学科学院研究生教育的新篇章。

叶琳，我带的第一个研究生，同学们都尊称她大师姐。记得那是1997年的初夏，研究生面试如期举行，一个身材苗条、穿着蓝花裙子的姑娘走进面试教室。她面对导师们的提问，毫无惧色，侃侃而谈，一看就是一位掌握知识扎实、自信心超强的学生。

叶琳到济南考研究生，是为了提升自己的专业水平，也是奔着爱情来的。后来谈起考研的动力，她直言不讳地说，她老公刘宏几年前就考入上海第一医科大学读研，毕业后被分配到齐鲁医院。为了早日与刘宏团聚，求人不如求己，与其托人托关系从异地调入济南，还不如自己奋起考研，毕业后留在济南。经过发奋努力的学习，她成功了。

叶琳上完基础课后，即进研究室，一边参加科研课题的工作，一边完成自己的毕业论文。她聪明好学，性格开朗，在我承担的降压药物临床前瞻性研究的课题上上手非常快，并结合这个课题写出了她的毕业论文。叶琳的毕业论文受到答辩委员会的一致好评。这个课题后来被评为"山东省卫生科技进步一等奖"。鉴于叶琳在本课题中的贡献，作为负责人的我，将她列为获奖者的第二位。当院里和所里有些好心人对我说，研究生只是个过客，你应该将名次给予本单位的人或有关领导时，我不解地问道，为什么获奖名次不与实际贡献相结合呢？很多研究生毕业以后确实不留在本单位了，但她在研究生学习期间实实在在给这个课题做出了贡献；再者，在我的职业生涯中，研究生教育这一部分就是由这么一个个学生、一段段时间接续起来的，我珍惜与每个学生相处的每一段时光，这个学生能够获奖，我感到高兴。

叶琳没有辜负我的信任，她毕业后来到山东省立医院，多年前已是干部保健科主任，尤其临床诊治水平在业内颇有名气，以至于在全国的一些重要学术会议上，我会被一些大的厂家尊为座上宾，介绍我时，有一"头衔"是"叶琳的导师"。

魏芳是叶琳的师妹。她与叶琳如出一辙，也是在爱情的感召下，毅然踏上考研的道路。20世纪90年代末期，青年们也会遇到和当下青年一样的难题和困惑，异地恋就是其中的一项。魏芳的恋人家在济南，并在济南工作。为了能与恋人相聚，她放弃了济宁人民医院的稳定工作，决心考研，来到济南，来到医科院深造。魏芳是那种学习刻苦、学起来有点"轴"的女孩，她的毕业论文主体部分发表在当年最著名的《中华心血管病杂志》论著部分，得到答辩委员会的交口称赞。

魏芳毕业后考取了济南市中心医院心内科医生，她曾代表医院参加全国心电图大奖赛，并斩获一等奖，给医院赢得了荣誉。在一次学术会议上，偶见中心医院院长，他对魏芳赞不绝口，感谢我给他输送了一位好学生。

目前的魏芳，夫妻恩爱，丈夫事业有成，一双儿女乖巧可爱，她那已经微微发福的脸上总是露出知足的笑容。

杜贻萌、王克志是同届的同学，他们两人分别来自鲁南、鲁西地区的基层医院。可能两人都有在临床一线工作几年的经历吧，在参与科室的高血

聚会合影。前排自左到右：王秀红、杜贻萌、笔者、叶琳、刘振东；后排自左到右：周晓红、孙慧、魏芳、李玉阳、杨建民

压基层防治课题时，上手非常快，不论是下基层讲课，还是给当地居民看病，都得心应手。我给他们两人定的研究生论文是当年比较前卫的高血压基因多态性的方向，他们根据我的要求，到北京阜外医院学习相关实验室技术，回到所里以后，在免疫重点实验室老师的带领下，圆满完成了各自的毕业论文，以优异的成绩毕业。毕业后经过在心内科临床二十余年的跌爬滚打，贻萌已经是山东大学第二附属医院的心内科主任、博士生导师，而克志则是菏泽医专附属医院院长兼心内科主任了。

田奇、商青是隔了一级的师兄妹，目前是一对恩爱夫妻。回想当年他们二人在学校的学习历程，还是那么温馨。

田奇刚到校时，圆圆的脑袋、专注的眼神，一看就是一个聪明好学、智商极高的孩子。他在基础学习时，成绩很好，到科室参加科研实践时，上手极快。他的英语基础很好，口语流利，在参加国际合作项目时，发挥

笔者（中）在香港与田奇（左）、商青（右）在一起

了很大的作用。当时医科院层面的国际交流项目较多。记得以色列大学的著名教授来我院进行学术交流，院里国际合作处特别找到我，希望抽调田奇去做口语翻译。田奇非常圆满地完成了此项工作，以至于这位教授即时邀请田奇到他门下深造，并承诺高额的奖学金，后因田奇的父母认为当时的以色列还处于战乱中，不放心孩子前去而作罢。时任院党委书记兼院长邢来田教授在院学位委员会上见到我时，对我的这位学生赞不绝口，夸奖田奇为我们医科院争了光。

商青是跟随着田奇的脚步考入我院的。她是一个认真学习、循规蹈矩的姑娘，朴素的外表下，有着一颗做事执着、极有条理的心。不管是基础学习，还是参加科研工作，她的学习笔记总是笔迹秀丽整齐，实验记录、每日工作总是安排得井井有条。以至于有时我在一些工作安排上，都依赖她的提醒，及至商青毕业刚刚离开科室时，我心里总是空落落的。

田奇硕士毕业当年就考取了香港中文大学医学院的临床医学博士，两年以后，商青跟随恋人的脚步，也在毕业当年考入同一所学校读博，再次成为田奇的师妹，看来爱情的力量是伟大的。后来他们毕业后双双留在香港中文大学的教学医院威尔斯亲王医院（Prince of Wales Hospital），并定居在香港。

记得 2006 年，我到国外参加一项国际合作课题的年度总结会，回国时我将返程飞机定在深圳，考虑到一是我先生此时在深圳工作，我可以先休几天公休假稍作团聚，二是可以取道罗湖去香港看望一下尚在香港中文大学读博的田奇、商青二人。我清晰地记得，城铁徐徐进站时，我看到窗外他们两人正热切地向城铁张望着。当我下到站台时，商青一下子拥抱住我。她一边说着"路老师，我太想您了"，一边哭了起来。田奇在一边用惊诧的表情对我说，路老师，我没有欺负她，她怎么哭了？商青又含着眼泪笑了，一边笑一边说，田奇对我很好，我就是第一次离开家，离开亲人，跟随田奇到这么远的地方来读博，太想家了，看见路老师，就好像看见了妈妈，忍不住哭了。那一刻，我很受感动，能让学生感觉自己像他们的亲人，甚至像妈妈，我这老师当得值了。

孙慧是田奇的同级师妹。记得我第一次见到她，是在医科院临床部的门诊上。她在姑姑的陪同下，咨询下一年研究生报考的一些具体问题。彼时的她是一个秀丽的小姑娘，长得白白净净的，一双大眼睛清澈无邪。咨询问题时，这双大眼睛低垂着，身体怯怯地向她姑姑背后躲去。我的潜意识告诉我，面前的小姑娘虽然看起来柔柔弱弱的，却是一个好苗子。我告诉她，回去好好学习，将基本知识点掌握牢固，不要惧怕困难，明年好好考试即可。

第二年孙慧果然以优异的成绩考入医科院，在我门下成为田奇的同届师妹。小姑娘仍然安安静静的，刚进科室时不显山不露水，但随着参加科室科研工作的深入，孙慧聪慧通透、学习刻苦、工作扎实等优良品质逐渐显现出来。我交给她的科研任务她总是完成得很好，她做的工作总是让我非常放心。田奇、孙慧读研期间，正是我承担新一轮多项国际合作课题之时，科室的工作异常繁忙，正是他们两人作为我的左膀右臂，各自协助我承担一项课题的具体工作，使我感到肩上的担子明显减轻，他们两人的工作得到了国际中心监查员的好评。多年以后，虽然两人都毕业了，离开了医科院，但在一些国际会议中，谈起他们两人，有关专家还是称赞有加。

孙慧毕业后应聘到济南市中心医院，并考到山东大学齐鲁医院读博，毕业后又多次去美国做访问学者或进行科研合作。经过一系列正规学习及科研历练后的孙慧，临床及科研工作一路畅通，科研课题多次获济南市科技进步奖励，并获得"济南市青年科技明星"的骄人称号。现在的她，人到中年发福了，不管是在日常工作和生活中，还是在同学聚会中，仍然话语不多，那双明亮的大眼睛总是忽闪着，静静地、认真地聆听着别人的声音。

在我眼里，孙慧就是一个这样的女孩，初次见面，总觉得她只是一个善解人意的同学、同事，只有深入接触后，才能感觉到她智商与情商的高度，以及她对工作、对科研那种永无止境的追求。

张大鹏，2001届的学生，大大的眼睛，瘦瘦的，一副精明强干又有主张的样子。记得他刚进入研究室，与我讨论他拟进行的论文题目时对我说，听师兄师姐说，近几年他们的毕业论文都是心血管疾病的基因多态性研究，而且大部分工作都是在实验室中进行的。但我查了一些文献，对脉压与冠心病的相关性很感兴趣，希望依托您近几年开展的心血管疾病大规模的基层防治及流行病学资料，对脉压与冠心病的关系进行研究，路老师，您能同意吗？我认真检索了相关文献，同意了他的提议，并对他能够有独树一帜的想法表示赞赏，建议他在我现有的人群资料中，进行脉压与冠心病的相关性研究。

大鹏在研究生学习中是个非常积极努力且逻辑性较强的孩子，他的毕业论文《脉压与冠心病的相关性及长效钙拮抗剂治疗对脉压的干预研究》在答辩中受到答辩委员会的一致好评，并在当年获得山东省优秀硕士研究生论文，该论文是该年度全省临床医学大内科专业中唯一一篇优秀硕士论文。

大鹏后来考取了北京朝阳医院心内科著名教授杨新春主任的博士研究生，后以优异的成绩毕业并留下工作。他在临床与科研中脱颖而出，迅速成长为中青年业务骨干。前几年由朝阳医院主办、由大鹏等科室业务骨干具体负责的全国介入心血管会议取得圆满成功，分布在全国各地的大鹏的师兄妹悉数到场参会。我从大鹏给我发的合影及视频中看到，当年的同学们作为各地的临床及科研骨干欢聚一堂，并向我这个老师问好，心中油然升起一股自豪与感叹，感叹后浪茁壮成长，我们的事业后继有人。

杨建民是我比较偏爱的一位学生，也是我统招研究生中唯一一个山东大学医学院推免研究生。从一进入科室，他就表现出良好的道德品质和优异的学习及科研能力。他做科研课题上手比较快，在实验室做实验时，受到了老师们的交口称赞。下到基层做流行病学调查及高血压防治课题时，他扎实的科研态度及认真负责的工作状态受到科室老师们及基层卫生工作人员的认可，他整理的科研数据成为师弟师妹们的学习样板。

建民拥有超强的学习能力及敏锐的科研思路，在研期间，他发表了高水平的科研论文，并获得了"山东省优秀研究生"荣誉称号。难能可贵的是，他没有任何自满的情绪，而是与同门团结相处，共同进步。当同学们在科研或论文写作中遇到困难时，他总是先放下自己手中的工作，不遗余力地帮助他们。

建民在研时，科室里在职研究生比较多，他们在担负日常工作的同时，还要完成硕士研究生的科研及论文写作，压力较大。这些学生中只要有人求助于建民，他总是及时放下自己手头的工作，毫无怨言地投入帮助他人的事情中。也是基于建民这些热情的帮助，他在同学及科室老师中都有极好的口碑。

建民毕业后，师从我的大学同学、我国心血管领域的杰出专家张运院士攻读博士，毕业后又到美国纽约大学做访问学者，兼任美国心脏病学院专家会员。目前建民已经是齐鲁医院心内科副主任、博士生导师，获首届"山东大学青年名医"、"山东大学齐鲁医院杰出青年人才"、中国医师协会"优秀青年介入医师"等诸多称号，是国内心血管专业领域的知名中青年专家。成名后的建民还是像以前一样，待人谦和、低调，与所有的同学团结相处，并经常应同学们的邀请，奔波各地，为当地医院讲学、会诊，解决心脏介入高难度手术及处理疑难病例等，是大家交口称赞的好同学。

聚会合影

　　周晓红是建民的同级师姐。论年龄，晓红是师姐，但大家看起来，晓红长得苗条漂亮，像一个小姑娘，安安静静的，不善言辞，外人大都认为她是建民的师妹。

　　晓红也是一个看似柔弱但内心刚毅的女孩子，她学习刻苦，做课题细心周到，难能可贵的是，她还有一个学术能力超强且疼她爱她的好丈夫。晓红毕业后考入济南市中心医院，做了一名心脏超声专业医生。后来经过到阜外医院进修学习、到国外做访问学者等一系列努力，成长为超声科资深专家并担任了科室副主任。前几年，晓红作为引进人才被调入省立医院心脏超声科，正在她的专业领域中不断奋进着。

　　刘振东、赵颖馨是留在研究室的两位学生，也是我进入 21 世纪后科研工作的左膀右臂。

振东是 2004 年进入科室的，进入科室后第一件事就是投入一个国际合作课题研究现场。该课题国内部分由阜外医院著名教授顾东风院士领衔，我们承担的是流行病学现场部分。该课题设计严谨，难度较大。振东读研以前工作多年，并担任过乡镇医院副院长，有着丰富的基层工作经验，他参与该课题后，我肩头的担子骤然减轻了许多。由于课题的需要，我们在一个试验点要连续待二十多天，并且给予受试者课题规定的特殊饮食。振东不但要做好受试者的答卷、血尿等资料的收集，还担负着到集市上采购食材等任务。由于他自小生活在农村，又在基层医院工作数年，他在这方面的生活经验可以说大大地超过我，我也很放心地将这些工作交给他干。那段时间，振东的穿着像个老农，每当他出现在菜市场，菜贩们都认为采购大户来了，便一拥而上，嘴里呼喊着"老刘！老刘！"，争先恐后地想将食材卖给他。我看到这一幕，不由自主地笑了起来。

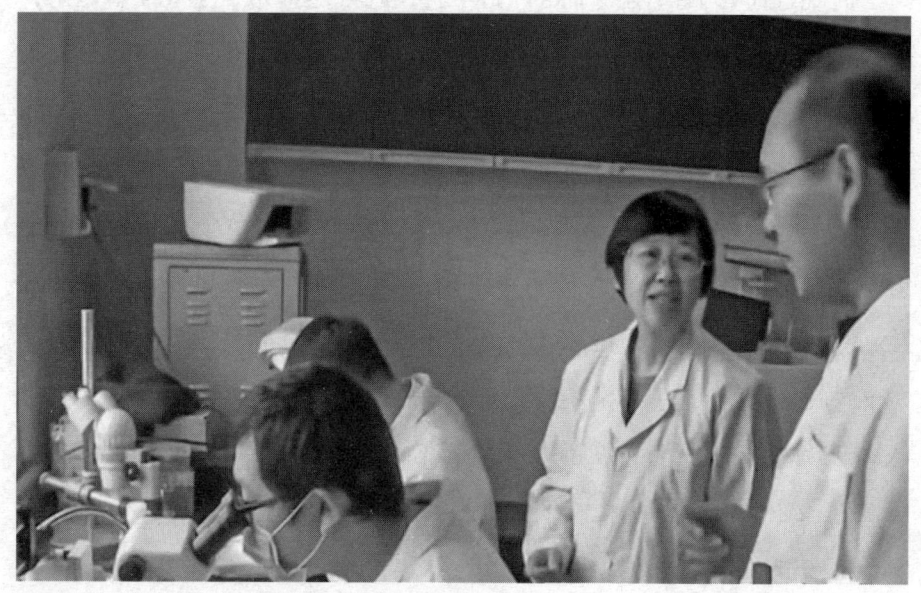

笔者（中）在指导研究生做实验，右为刘振东

如果您看到这里，感觉振东就是一个只会任劳任怨在基层做工作的人，那么您就大错特错了。振东学习刻苦认真，有一种咬定青山不放松的劲头。他的毕业论文获"山东省研究生优秀科技创新成果三等奖"，他是当年医科院毕业生中唯一获此荣誉的。毕业后振东留在研究室继续做心血管疾病的科研工作，读博、出国做访问学者，作为我的接班人，多年前已成为心血管病防治研究中心的主任、博导，是同学们的娘家掌门人。但他和同学相处时，还是那样谦和、低调，还是以当年百姓称呼他"老刘"时那样的老大哥形象，出现在同学们面前。

　　赵颖馨是从山东医科大学本科毕业后到我们研究室来的，我还清晰地记得她到所里面试的那一幕。小赵身穿浅色 T 恤、牛仔短裤，青春洋溢的脸上充满自信的表情。她医学基本功扎实，又聪明好学，很快就适应了科室的节奏，投入心血管循证医学前瞻性研究及基层防治研究领域中。她在科研上与振东有着密切的合作，很快成长为我的左膀右臂，成为科室中的骨干力量。几年后，小赵在科室里在职读研，学习深造与工作两不误，是当年十余名进研究所的同学中，最早晋升高级职称的青年学者。

　　每次参加同学聚会的还有一位特殊的学生李玉阳。玉阳于 2000 年从山医毕业分配到医科院药物所赵子彦教授门下，从事时间药物学的研究。由于赵子彦教授从法国留学归来不久，实验室条件还不完善，加之子彦与我私交甚好，我们拟在时间药物学范畴内的动态血压监测方面开展合作，研究动态血压在高血压诊断及药物治疗上的应用。机缘巧合下，玉阳就在我的实验室上班了。玉阳性格开朗、乐于助人，与同时期在研的研究生魏芳、杜贻萌、王克志、张大鹏等同学一起检查病人、做实验、做课题，一起参加学术会议，就像是我研究室的一分子。

　　玉阳在研究室工作学习期间，恰逢我儿子铭铭中午放学要回到我这里吃饭，玉阳和铭铭也熟悉起来，并且成为好朋友。虽然他们二人年龄差距较大，但这不影响他们之间的友谊，他们都爱好体育、爱吃红烧肉，都是直率开朗的性格，在一起无话不谈，以至于玉阳谈恋爱后，作为小弟弟的铭铭感到了丝丝失落。

玉阳的恋爱也是在我们研究室进行的。小洪真是一个好姑娘，不但学习优秀，有礼貌，而且情商极高，与同龄人相处极好，受到室里同事、同学的交口称赞。

玉阳动手能力极强，他考研前，征求了我的意见，希望充分发挥他的长处，考外科专业。我支持了他的决定。玉阳普外硕士毕业后，与产科专业毕业的小洪一起被分配到山大二附院工作。工作后，夫妻二人并没有停止前进的脚步，继续读博，读博后到美国哈佛大学做高级访问学者，目前小洪任山大二附院妇产科主任已多年，玉阳也从哈佛大学深造回国后作为引进人才调到省立医院两腺外科工作。

每次同学聚会，玉阳和小洪几乎都会参加，在我和同学们心目中，他们两人就是大家的同学。

21世纪初，医科院在新形势下，开展了在职研究生教育，并在章丘市建立科研教育联合培养基地，为章丘市培养急需的医学人才。我们这些导师的担子陡然重了起来，在职学生也多了起来，郭芳、王秀红就是他们中的佼佼者。

秀红是我的第一个在职学生，她来自山东省地方病研究所克山病室。克山病是一种地方病，靶器官损害主要表现在心脏。秀红利用克山病室几十年积累的材料，做出了一份非常优质的毕业论文。毕业后秀红很快担任省地研所克山病研究室主任，在其研究领域中辛勤耕耘着。

郭芳是来自山东省立二院的心内科医生，刚到科室时，她对科研论文的立题、撰写还不入门，但她很幸运，进入科室时，与建民师兄同做课题。尽管她没有脱产，承担着繁忙的临床工作，但她虚心好学，在建民的帮助下，按时完成了毕业论文。毕业后郭芳仍然没有停下学习的脚步，考了公派出国，在美国做访问学者，回国后担任医院心内科主任，继续在本专业领域奔跑着。

记得疫情暴发前几年，已经在江西医科大学附属第一医院工作的胡小亮，趁着休假，回济南看望我，并与在济南的同学们聚会。那温馨热烈的场面，深深地留在我的脑海里。

由于疫情的影响，鉴于聚会人数的限制，很多同学，尤其2008级以后的学生，很久没有见面了，我也只能在微信上得知他们的一些信息。刘军、王舒健、姚光涛、孙颖、温胜男、李佳旻、姚树勇、潘慧、李俊、胡小亮、刘晓林、汤建磊、齐在文，你们都还好吗？虽然数年不见，老师仍然惦记着你们。

还有杨梅、郑司亮、张娟、史沛霞、高秀华、刘海涛、李金珉、马培华、石礼、韩冰、邢界勇、范存芳、唐文峰等这些以同等学力申请硕士学位的同学，毕业后在各自医院的历练下，大都已成长为业务骨干，在防病治病的一线奋力工作着，我为你们做出的成绩感到骄傲。

时间在不经意间流逝着，从我带第一个研究生开始，二十五年过去了。教学相长，我在带学生的同时，也从他们身上学到了很多很多。正因为我和同学们的共同努力，他们中十余人毕业时获得山东省或医科院优秀研究生论文或优秀研究生个人奖励，我也由此被评为"山东省优秀研究生导师"，这些荣誉上面承载着大家的努力与奋斗。

我的大多数研究生毕业后去了全国各地。他们毕业时，我几乎对每个人都说过同样的话：毕业后要继续学习，好好工作。临床工作是很忙碌的，尤其是在青中年时期。不用惦记着与我联系，我会在这里默默地祝福你们在各自的职业生涯中飞得更远更高。

2022 年 10 月 9 日

那个给我们默默点赞的人走了

——纪念王文教授

5月17日，世界高血压日来了，我们这群搞高血压防治的医务人员又活跃了起来。主题为"知晓您的血压"的各种高血压义诊活动、健康宣教，在医院门诊、公园、街道及其他一切公共场合轰轰烈烈又脚踏实地地开展起来。微信朋友圈，各个高血压联盟、学会、学组的群里，都是开展高血压宣教的照片和文章，大家都为防治高血压、提高其控制率、造福人民健康添砖加瓦、贡献力量。

像往年一样，我第一时间将今年高血压活动的照片发到中国高血压联盟的群中，这个群里的同道们也正在发着各种照片和文章。我看着这些消息，总觉得缺点什么，两行热泪不由自主地流向面颊。那个给我们默默点赞的人走了，永远地走了。王文教授，今天您在天上看到我们了吗？看到我们正在做着您未竟的事业了吗？王文教授，大家想念您！

记得20世纪90年代，刘力生教授领导我们开展了中国第一项国际合作科研课题——脑卒中患者的降压治疗（progress）。王文教授作为刘教授的助手，具体负责全国各个协作点的协调与指导。第一次见面，由于他作风低调，"青"年老成，我还以为他是我们的前辈，见到他时非常拘谨。当时宁波市立医院的张路毅大夫半开玩笑地对我说，小路，别怕他，咱们是同龄人。就这样，在工作中我们渐渐熟悉起来。王教授具有谦虚、包容、

1998年，王文教授（右二）陪同progress国际监查员Broce Neal（右三）到山东监查科研工作，在美丽的趵突泉畔合影。右一是笔者

团结的品质，工作认真负责，待人朴实谦和，平易近人，在我们心目中，他就是我们课题组的直接领导兼兄长。

后来在刘力生教授的领导下，在王文教授的直接指导下，我们团队又陆续做了Adwance、Hyvet、Fever、Chief等一系列课题。王教授认真负责、谦虚谨慎、吃苦耐劳的优秀品质一直影响着我们、教育着我们。

近些年来，随着刘立生教授领导、王文教授执笔的《中国高血压防治指南》《中国基层高血压管理指南》《中国高血压患者教育指南》等一系列高血压方面的指南相继出台，由中国高血压联盟组织的"火炬计划""燎原计划""春雨计划"等宣教活动在华夏大地轰轰烈烈地开展起来。王文教授既是这些活动的领导者，又是参与者。这些年来，他跑遍了祖国的山山水水，从东海之滨到西南边陲，从白山黑水之间到东南繁华之地深圳，都留下了他的足迹。王文教授到底做过多少场高血压宣教活动，谁也数不清。

王文教授（右三）在国家"九五"课题期间检查工作

记得两年前，我们山东省要开展"春雨计划"，希望王文教授能够参加我们的开幕式活动。在电话中，王教授稍微迟疑了一下，马上说，他一定前来支持我们的工作。当王文教授走向我时，我发现他走路好像不太稳，双脚抬不太起来。我关心地问道，王教授，您身体怎样？王教授答道，不要紧，就是有点体位性低血压。

作为医生的我隐隐感觉到，王教授身体应该不仅仅是有体位性低血压这点问题，但又不便多问，只能在心里暗暗地祈祷王教授身体健康。

后来就是继续看到、听到王文教授仍然奔波在高血压宣教的路上。但随着时间的推移，王教授身体越来越虚弱，逐渐不能到外地去了。但在微信群里，还是经常看到他的文章和发言。每当同道们有高血压宣教活动在微信群中出现，他总会在第一时间评论、鼓励。渐渐地，王教授长篇的评论少了，但在第一时间，他会发出一个笑脸、一个点赞。看着这个笑脸，我心里会踏实点。我后来才知道，他这是用微弱的生命之火发出的笑脸，用生命的最后力量为我们点赞！

直到王教授去世，我们尊敬的刘力生教授才给我们揭开谜底，王文教授早就得知他患有不治之症，但他瞒着大家，只希望能够在高血压防治上多做一些工作。

"春蚕到死丝方尽，蜡炬成灰泪始干。"这两句传诵千年的诗句用在王文教授身上是多么贴切啊！

写到这里，我已泪流满面。王文教授的默默点赞，激励着我们在他未竟的事业上继续奔跑！

2019 年 5 月 17 日深夜

原载于 2019 年 5 月 18 日山东省心功能研究会公众号

厚谊长存魂梦里，深恩永志我心中

——忆恩师阮景纯院长

1975 年秋季，我在山医的大学生涯进入学习临床课程阶段。在山医 1107 大教室里，伴随着上课铃声，一位中年老师走进教室。"今天我给大家讲的内容是冠心病。"一句带有浓重福建口音的普通话，像磁铁一样立即将同学们的注意力吸引了过去。只见讲台上的老师仪表堂堂、潇洒倜傥，讲起课来，时而如行云流水，时而又风趣诙谐。同学们聚精会神地听着，不觉间下课铃响起来了，但大家都感觉意犹未尽，一百人的大教室里仍然鸦雀无声。这位授课老师就是阮景纯老师。我们还没有进入临床课学习时，同学之间就相传听阮老师讲课是一种享受，现在看来确实名不虚传。

阮老师酷爱吸烟。作为心血管专业的医生，他深知吸烟的危害，这个陋习也是阮老师晚年身体迅速衰老的原因之一。20 世纪 70 年代，还没有提倡公共场合戒烟，他给我们上课时，有时会在课中吸一支烟。记得有一次他在讲授冠心病时，习惯性地轻轻点着一支烟，然后大声对我们说："下一节我给大家讲授的内容是，吸烟对心脏的损害。"同学们都善意地笑起来，当然这一节的内容也是分外牢记了。

阮老师讲课时非常专注，深入浅出，逻辑缜密。在讲了一个阶段时，他会突然抖出一个诙谐的小段子，使大家从有点疲劳的听课中瞬间精神起来。阮老师讲到兴奋时，会忘记自己手里拿着的是粉笔，不由自主地放在唇边当香烟吸起来。阮老师真是一位知识渊博、风趣幽默的老师。

1976年底，我在山东医学院这座昔日齐鲁名园的学习生活结束了，被分配到医院，开始了我的临床医生工作。一转眼十年过去了，1986年，阮景纯老师已经担任山东省医学科学院院长数年了。这一年，他在医科院建立了心血管病研究室，拟进行系统的心血管疾病临床与基础研究，并招收青年骨干充实这个科研团队。听到这个消息，我非常希望能够加入这个团队，在阮老师手下学习及进行研究工作。当我先生找到时任山东省医科院分管人事的张青林院长，希望我能调到阮院长手下工作时，张院长面有难色地说道："调动到省医科院来可以，但是到阮院长的研究室任何人说了都不算，只有通过阮院长的亲自考试才行。"

第二天早上，我在规定的时间，怀着忐忑的心情，轻轻地敲开了阮院长的办公室。毕竟十年过去了，不知道阮院长还能记得我这个学生吗？当我小声地叫了一声阮老师时，他略微迟疑了一下，又马上笑着问我："小路，你找我有事吗？"我马上回答道："阮老师，您好，我是来参加您的调动考试的。"阮院长的脸上露出了略带惊讶的表情，他问我："前几天张院长与我联系，那个要求到心血管室工作的医生就是你吗？""是的，是我。"

阮院长表示，考试可以开始了。他首先拿出事先准备好的几组心电图，让我做出诊断，然后又考了我几个病例，最后他随手拿出放在办公桌上的一本《中华心血管病杂志》，翻到英文目录这一页对我说："你将这页的英文目录读一下，能够翻译哪个题目就翻译哪个题目，不要紧张。"

其实我紧张极了，磕磕巴巴地将题目读了一遍，找了几个我认为能看懂的题目翻译了一下，最后迟疑地将目光转向阮老师。阮老师和蔼地看着我说："今天的考试结束了，你可以走了。"

阮老师将我送出门外。当我与他告别时，他突然微笑着对我说："早知道是你，这几天我也不用担心有人通过关系进入科室，只占着科室名额而没法开展科研工作了。"我回头望着阮院长，这位在改革开放中，以著名心血管病专家的身份走上领导岗位的老师，他的书生气还是那么浓厚，对专业发展、学科培养还是那么执着。我暗暗地下决心，如果能够回到老师身边工作，一定要刻苦努力，在业务上一定不能给老师丢脸！

我的医学科研职业生涯就在山东省医科院拉开了新的帷幕。作为一位年轻的医生，能够在阮院长手下工作，既能在他的亲自指导下做科研课题，又能够亲耳聆听他的疑难病例查房，跟随他出专家门诊，实在让我获益匪浅。我就像一块海绵，在知识的海洋里尽情地吸收，并乐在其中。

阮老师现在是山东省医学科学院的院长，每天有大量的时间用于行政工作。但是他认为，他首先是一名心血管内科的医生，每周两次的专家门诊，对于他来讲是雷打不动的。他常常对我们说，一个医生，任何时候都要把患者放在第一位。在他的病人中，既有领导推荐来的高官、高知，也有下岗工人、农民等普通百姓，有当地的病人，也有慕名远道而来的患者。阮院长从不过问患者背景，只要前来就诊，他就认真负责地为他们诊断治疗，因此在患者中有着极好的口碑，也给我们这些后来人树立了作为医者的崇高榜样。

记得在 20 世纪 90 年代，我跟阮院长出专家门诊时，隔一段时间会有一位农村病人在快下班时风尘仆仆地赶过来。这是一位居住在齐河偏远农村的农民。他曾经是阮院长的住院病人，经阮院长及时抢救、精心治疗后好转出院。从那以后，他及他的家人就认准了这位救命恩人，按阮院长的治疗方案按时复诊。但那个年代，地处偏远农村，交通极为不便，病人赶到门诊时往往已经是中午，有时阮院长已经脱了隔离衣准备下班了。这时阮院长总是重新穿上隔离衣，耐心地倾听病人的主诉，认真地给病人做检查，在病人拿药后再细心地给病人讲解怎样服药，全然不顾早已过了下班时间。

他经常对我们说，百姓看病不容易，这些病人远道而来请你诊治，是

1991 年阮院长在高血压抽样调查会上

出于对你这位医生的信任，一定不要辜负患者对你的信任，一定要牢记"医者父母心"。

阮院长一直住在省医科院宿舍。由于在医科院本部工作的主要是院部及几个纯科研院所，临床医生很少，阮院长是一名医德高尚且医术精湛的临床医生，多少年来，家属院里只要有人生病，大家第一反应就是请阮院长看病。春来暑往，阮院长不管白天黑夜、下雨刮风，也不管患者是儿童还是老人，只要有家属来请，他总是有求必应，俨然成了医科院里的保健医生。记得一位家属半夜里心跳骤停，首先赶到的不是 120 急救人员，而是年事已高的阮院长。他是患者心目中的救命恩人、儿童眼里慈祥的阮爷爷。他用行动给我们这些后来者诠释了作为医生，什么叫作悲天悯人，什么叫作医者仁心。

在 20 世纪 80 年代，我国的高等教育走向正规，阮院长是当时山东省医学科学院为数不多的几个研究生导师之一。作为阮院长研究室的青年医生，大家在工作之余，都跃跃欲试地希望考取阮院长的研究生。但是由于特殊原因，领导要求我们科室的人不能报考他的研究生，这个决定在当时还是很不近人情的。有的青年医生愤而考出国走了。看着眼前的这一切，

科室部分科研人员及研究生与阮院长（中）在山东省医学科学院门前合影

我在思考，下一步我该如何走呢？

我找到了阮院长，说出了我的困惑。阮院长语重心长地对我说："小路，我希望你能留在我们研究室工作，以目前的条件，暂时不考研究生，并不影响你的学科发展。你现在的重点，就是利用目前医科院优越的科研条件，在科研上锤炼自己，使自己尽快成长起来。只有自己成长起来，才能够始终立于不败之地。"阮院长的一席话，使我豁然开朗。

在之后的工作中，我跟随阮院长做了他领导的省重点课题。90年代初，我第一次以负责人身份申报省级课题。我的第一份申报标书、我的第一篇论文、我的第一份课题鉴定材料，阮院长都认真地做了修改。他那娟秀工整的字迹密密麻麻地落在我写的材料上。他在培养我们这些科研新兵时，从不含糊客气。记得他在修改我的第一篇论文时对我说："做的材料很好，但写得太差了，文笔有待大的提高，今后要在写作上多下功夫。"

20世纪80年代，我们国家的医学杂志还很少，但阮院长作为国内知名心血管病专家，同时兼任《中华心血管病杂志》《中华内科学杂志》等国内顶尖杂志编委。有的学生曾委婉地提出能否请阮老师推荐一下自己撰写的文章，阮老师都断然拒绝了。他表示，科学上是没有捷径可走的，要认认真真地学习，老老实实地做学问，要用自己的真才实学叩开科学殿堂的大门。当我们通过扎实的努力，终于在以上杂志发表文章时，他表现得比我们还开心，他认为这是他的学生真正成长了。

21世纪初，阮院长卸任领导职务，有闲暇到美国看望他的儿女了。记得有一次我打越洋电话问候他时，他高兴地对我说："小路，前几天，在美国的一位同行拿着你最近发表的文章对我说：'阮教授，您的团队又有新的文章发表了，祝贺您！'我为有你这样的学生而骄傲。"语气中满是兴奋。

"新竹'追'于旧竹枝，全凭老干为扶持。"我深知，我的哪怕一点点进步，都凝聚了老师的心血。

时间似白驹过隙，转眼来到了二〇一几年，在美国生活了几年的阮老师回国了。我与我的好朋友、附属医院心内科吴虹主任，在第一时间看望

笔者（左一）与阮院长（右二）等人合影

了阮院长。阮院长长期吸烟的习惯严重地影响了他的血管内皮细胞，他的身体越来越差了。赵阿姨也对我说："你的阮老师老了，记忆力越来越不好，有时还会出现幻觉。"

我们的出现让阮院长很高兴。就像以往一样，他急切地向我询问医科院近几年发生的事情，他周围同事、学生等等的大事小情，我都尽可能一一向他汇报。在我们向他诉说他周边熟人的情况时，赵阿姨发现她的老伴好像记忆力恢复了许多，她高兴地对我说："阮老师看到你们，好像病情减轻了。"

是的，让阮院长在他熟悉的环境下，与熟悉的人交谈，确实有利于他疾病的康复。几天后，阮院长邀请我和吴虹、小付一起吃饭。我和吴虹商量，我们早一点到阮院长家，还可以与他交谈一会儿。当我们推开阮院长家门时，他的大儿子秀桢对我们说道："你们可来了，我爸爸早上九点多就让我帮他穿戴整齐，坐在椅子上说，小路她们要与我吃饭，一定不能迟到啊。"这一刻，我深刻地感觉到，他早已经将我们视为孩子和亲人了。

我望着阮院长，努力忍着在眼眶里打转的泪水，不要在他面前流出来。这就是曾经在讲堂上才华横溢而又风趣诙谐的阮老师吗？这就是将我带领到科学殿堂的阮教授吗？这就是改革开放后走上领导岗位，带领医科院走向辉煌的阮院长吗？岁月无情地夺去了他的才华、他的健康。他衰老了，但他永远是我的恩师、我的长辈、我科研道路上的领路人。就是在这一天，我暗暗地下定决心，抽时间多陪陪阮老师，有亲人在跟前说说话，谈谈新鲜的事情，也许能激活他的大脑细胞，延缓病情的发展。

2020 年 1 月 16 日 13 时 30 分，阮景纯院长带着对亲人和学生的万般不舍，带着亲人与学生对他的绵绵思念，永远离开了我们，享年 90 岁。

师泽百年人，恩师辞世悲。一日师永父，栋梁报师恩。

2020 年 1 月 19 日

跟着刘力生教授做科研

骄阳似火的夏天悄然而去，秋高气爽的季节到来了。

秋天是丰收的季节，也是喜悦的季节。秋天的田野上，一串串谷穗伴随着秋风翩翩起舞；金秋送爽的果园里，果实累累，压弯枝头。瞧，红艳艳的苹果、甜蜜蜜的柿子、绽开了笑脸的石榴……都在向我们诉说着丰收的喜悦，提醒着我们，我们是在不断地前进的。

就在这金色的季节里，迎来了高血压联盟研究所成立二十周年的纪念活动。中国高血压联盟终身名誉主席刘力生教授邀请我参加这一盛典，并

刘力生教授（左一）查看基层病例

让我发言。讲什么呢？三十余年跟随刘教授做科研的经历瞬间展现在我的面前。我从一个年轻的普通临床医生跟随刘教授一步步走下来，一项项科研项目一路做过来，有太多的故事需要诉说，有太多的感恩需要表达，就让我从开始——讲起吧。

1986 年，山东省医学科学院在时任院长、山东省心血管病学会主任委员阮景纯院长的组织下，成立了心血管病研究室。第二年，时任中华医学会心血管病分会主任委员刘力生教授领衔的国家"七五"攻关项目——"老年单纯收缩期高血压前瞻性治疗（Syst-China）组"成立全国协作组，我们研究室在阮院长的带领下参加了刘教授的团队，开启了在刘教授的指导下研究高血压防治的历程。

20 世纪 90 年代中期，由刘教授亲自领导的国际合作项目 Create 在全国蓬勃开展起来。这是针对发展中国家及基层医院的一项治疗急性心肌梗死的研究。我们研究室有幸承担了山东全省所有参加单位的科研课题的监查工作。我们走访了所有承担医院，并对研究的病历逐个进行了检查核实，圆满完成了此项工作，受到全国中心的肯定。

90 年代后期，在刘教授的亲自带领下，高血压领域第一个国际合作课题——脑卒中后降压治疗（Progress）在国内南北各地启动，我们研究室承担了 151 例病例。我们在每一例患者的随访中，都尽量做到认真负责、精益求精。记得省供销社的一位患者服药中血压过低，我们向国际中心的协调员汇报后，按照科研方案，药厂专门给此病人做了半剂量的药片，使病人治疗中血压始终维持在正常水平。该项目结束后，国际中心对所有病人进行了开盲，结果发现该病人处于安慰剂组。这直接证实了安慰剂也是有降压作用的，有些病人亦可出现明显的降压。在这个研究中，我们继续完善和扩大心血管疾病科研及防治基地，这些病例研究就是在济南市多个厂矿医院及章丘的一个乡医院进行的。在刘教授的亲自指导下，在时任研

究所主任张善同教授及全科室青年医师的共同努力下，我们的工作受到了
国际中心的肯定。

2001 年课题结束时，在联盟研究所的组织下，在刘教授的亲自带领下，
我和张主任同年 6 月到意大利美丽的 Baveno（巴维诺）小镇参加了课题总
结和表彰会。在会议上，当大会宣布获奖协作单位时，我们才意外得知我
们团队获得研究病例最多及工作最优秀奖。这是对我们团队工作的肯定，
更是激励我们在刘教授的带领下，以科研促防治，为高血压科研防治工作
做更多的工作。

2002 年春季，我们参加了刘教授领导的国际合作课题 Wave 研究，这
是一项华法林与抗血小板药物治疗外周血管疾病的研究。此项研究是在济
南市各企业和机关的社区医院实施的。我们的研究工作得到了国际中心的

多次表彰，也受到了受试患者的信任和爱戴。课题结束时，加拿大中心的负责人到我中心监察，在基层医务人员和病人的要求下，他来到了地矿局下属的几个卫生所，实地考察了我们的基层卫生机构，并见到了部分病人，她对我们科研与基层防治的模式给出了很好的评价。

2002年伊始，踏着元旦后的第一场冬雪，我来到了高血压联盟研究所位于复兴路的新办公室，参加刘教授组织的一项新的国际合作课题Pure在中国实施的论证工作。这是刘教授的老朋友约瑟夫教授在全球发起的一项流行病学队列研究，旨在观察随着全球现代化的进程，慢病尤其心脑血管病、呼吸系统疾病，以及意外伤害、肿瘤等疾病谱的改变及发展。

在此次会议上，我开阔了视野，学习了许多过去没有接触过的知识，也坚定了此课题完全可以在我们山东开展的信心。2005年9月，山东启动了Pure研究，我们共承担了8000余例受试者，成为中国最大的协作中心。同时我们在章丘全市和济南几个企事业职工社区医院和卫生所挂牌成立山东省医科院基层心血管疾病防治基地，结合我们参与高血压联盟研究所的多项科研课题，推动了山东基层心血管疾病防治的工作。

难忘Hyvet研究。2003年启动这项研究，为了寻找80岁以上的老年高血压患者，我们深入章丘山区、平原农村，由乡村医生带领，到每一位高龄高血压患者家中，为这些老人查体、抽血化验、做心电图检查等。随访中，如果患者疑似出现脑血管并发症时，我们派专人专车将老人拉到市医院做CT，以确定诊断。

21世纪初，农村医疗条件还不十分完善，别说80岁以上的老人，就是普通农民看病也不很方便。我们得到了村里百姓包括患者家属的交口称赞，称赞我们是政府派来的好医生。每当我们给老人体检并发完药离开时，老人们总是抓着我们的手不愿让我们离开。能够自由活动的老人往往送我们到大门口，招着手目送我们离去。这种情感，也只有我们深入其中才能够

深深地体验到并难以忘怀。

我们团队共纳入 Hyvet 患者 304 名，是国内纳入病例最多的团队之一，多次受到国际中心的奖励。这项研究的成果显示，老老年高血压降压治疗可有效地降低靶器官的损伤，降低心血管及脑卒中的发病率，其成果为国内外的高血压指南提供了坚实的循证医学证据。

难忘 Advance 研究。作为国内最大的研究中心之一，我们团队在刘教授的直接指导下，不但高血压的治疗水平得到了提高，更把糖尿病的人群防治做到了实处。该研究结果在心血管及内分泌领域中都占有比较重要的地位。

记得 2017 年，施维雅总部隆重举行了 Advance15 年纪念会。在这次纪念会上，我们众多协作组的老朋友相聚在北京，与刘教授、王文教授欢聚一堂，共话当年，不亦乐乎。

难忘 Fever 研究。这项国家"九五"科技攻关项目，做得艰难而曲折。中间经历了因赞助厂家改企，中断经费甚至药物。是我们敬爱的刘教授，力挽狂澜，几次下到山西与厂家洽谈，又与全国各个协作中心沟通，齐心

笔者 2017 年在 Pure 总结会上

合力共渡难关。在刘教授的领导下，尤其是在她的个人魅力影响下，Fever 研究终获成功，为中国高血压指南乃至国际指南提供了坚实的证据。

难忘 Chief、Chinom 研究。在刘力生教授和王文教授的直接领导下，这项国家"十一五"科技支撑项目于 2006 年在山东大地轰轰烈烈地开展起来。尤其是《正常高值高血压的治疗》（Chinom）这一子课题，受到了刘力生教授的直接领导和亲自指导，我们中心依托山东心血管病防治基地，承担了 830 个病例，更是承担了这个项目中 80% 的动态血压及中心动脉压的监测，为该课题做出了应有的工作。由于入选病人的复杂性，Chinom 课题研究长达十余年。2022 年 5 月刘教授代表 Chinom 课题组重磅推出其研究结果：正常高值血压不需要药物降压治疗。刘教授认为，该研究为是否应该降低启动药物治疗的血压阈值提供了循证证据，在此后高血压指南的更新中应予以考虑。

随着高血压及相关疾病防治工作的深入开展，高血压的一级预防提到了日程，Hope-3 研究呼之欲出。这是一项"评价对一般危险人群进行调血脂和降血压治疗的研究"，亦是一项国际合作项目，国内仍然由刘教授领衔研究。该项课题我们是在章丘农村社区进行的，一共入选了 416 例。因为是对一般危险人群的研究，所以研究周期较长，自 2008 年开始，长达 8 年，终于做出了积极的结论，为高血压及相关疾病的一级预防提供了扎实的证据。

在刘教授的带领下，在山东省医学科学院的领导的大力支持下，我们于 2000 年成立了集心血管内科、流行病统计学科和心血管电生理一体的心脑血管疾病防治研究中心，先后参加了十几项高血压及相关疾病的临床前瞻性研究和流行病学研究，并将基层心血管疾病防治中心从济南城乡扩大到山东青岛、潍坊、临沂等地，在完成课题的同时，给基层百姓送医送药，为高血压患者防病治病，使广大基层老百姓心血管疾病切实得到了防治。而我们年轻的医生通过参与多项国内及国际科研课题，开阔了视野，增长了才干，培养了一支既会科研又善于基层防治的队伍。

回望我们在刘教授带领下走过的科研及高血压防治路程，我们感慨万千。展望未来，我们信心满怀。今后，在刘教授的亲自指导下，在高血压联盟研究所的带领下，我们将坚持以科研带动防治，为齐鲁大地高血压及相关疾病的防治工作贡献自己的力量。

2020 年 10 月 18 日

2010 年 10 月在北京高血压联盟研究所成立二十周年庆典上的发言

评审逸事

　　21 世纪的第一个春天，我正像往常一样，在研究室里忙碌着。快下班时，我突然接到一个电话，是业务处分管科研的丁处长打来的，通知我明天一早带着简单的洗漱用品等，在院部门口集合，可能要在外地待一到两天。过了一会儿，丁处长又给我来了一个电话，她在电话里犹豫了一下说，明早是派您到外地参加省科学技术奖评审，科技厅抽您去参加。您这些年作为中年科研人员，表现得确实很好，但就是您的长相太年轻了，提醒您明天参加评审会议时穿得庄重点，或者说老气一点，以免到评审会上别人说咱们医科院派的专家太年轻。我放下电话后确实有点吃惊，因为在当时我们这个年资的科技人员很少有参加这种会议的，领导既然派我去了，那我就听从领导的安排吧。

　　在那个年代，互联网远没有现在发达，各种评审都是在线下会议中进行。为了保证评审的公平公正、避免干扰，一般评审专家都是临时通知，集体带到外地去开会。

　　第二天清晨，我早早地来到院部门口，业务处的有关领导已经守候在那里了。丁处长迎着我走过来，拍着我的肩膀说，小路，不错，今天的装束很得体，还显得成熟。在分管科研的副院长的带领下，我们一行人出发了。

　　专车在公路上跑了近一个小时，我们来到了邹平县的一个酒店。后来我听说这个酒店比较隐蔽，又拥有许多间中型会议室，可以将各行各业的评审组分开独立评审，且互不干扰，所以很适合在这里举行这样的会议。

科学是人类认识世界的方法和工具，技术是人类改造世界的方法和工具，它们也是人类认识世界和改造世界的积极成果。所谓医学科学技术，既是人类医学的重要组成部分，又是使医学从初级向高级进化的强大动力。

人类医学发展史表明，科学技术是与医学共生共荣的。近现代科学技术的发展，使医学发展进程大大加快，而科学技术也日益渗透到社会物质生活和精神生活的各个领域。

我参加了医学科学评审委员会临床内科学组的评审。第一次参加科研课题评审，我认真阅读着评审须知。内科学组的组长是一位在该领域德高望重的教授，在他的带领下，我们将材料分发下去，大家本着科学严谨的精神，先分头评出初步意见后，再汇总起来，评出名次。我们组里的学术气氛很浓厚，遇到分歧，组长带领我们一起讨论解决，他对我们的通力合作表示非常满意。

经过两天紧张而又激烈的评审，我们的工作接近了尾声。服务组的领导通知我们下午有个会餐，省里有关领导对专家组进行答谢，希望大家都参加。

答谢会餐如期举行。

国家科学技术奖评审专家

路方红

No.: 200923316

二〇〇九年八月

首先有关行政领导讲话，对与会专家认真严谨的工作表示肯定，对专家们付出的辛勤努力表示感谢。随后在会餐中，医学评审委员会的首席专家带着各个学组的组长到每个同人桌前问候，我在这些人当中实属晚辈，亦不敢离开餐桌一步。

我突然看到一组专家朝我们餐桌走来，走在最前面的竟然是我的临床老师寿南海教授，他是今年省医学科学评审委员会的主席暨首席专家。寿老师还是那样满面红光、精神抖擞，他先向在座的各位专家问候、致谢，感谢大家对他工作的大力支持，然后话锋一转，笑着对我说："小路啊，你这个小不点，也当上专家了。"那诙谐的语气像极了我们跟着他实习时的样子。我不好意思地低下头。寿老师说："别不好意思啊，长江后浪推前浪，你们成长起来了，我从心里高兴！"

从寿老师身后又走出几位教授，我定睛一看，是小儿外科的陈雨立老师、小儿内科的朱长君老师等等，这几位老师都是我的临床老师，既给我们上过理论课，又带过我们实习，甚至在那个年代里，带我们下到农村巡回医疗。陈雨立老师笑着说道："小路能够出现在评审会上，我一点也不吃惊。我带你实习时就坚信，若干年后，我们会以这样的形式再见面的。"

几位老师的话语给了我莫大的鼓舞和鞭策，是他们在我踏入临床医学的大门时，谆谆教导、以身作则，不论是在理论、实践，还是在做人的准则方面，都给我打下坚实的基础，才让我在今后的职业生涯中，一步一个脚印地走到现在。他们的话语也给了我继续前进的力量，继续在心血管领域防治研究的道路上奔跑。

在之后的日子里，我又参加了无数次科研评审会，随着互联网的兴起与完善，线上会多了起来，甚至成了主流形式。评审的地域，有当地的，也有异地的，有本省的，也有外省的。

当我接到国家科学技术奖的评审邀请时，我还是感到诚惶诚恐。这些医学领域的杰出专家个个学养深厚，科研成果也处于尖端领域，各有千秋，参加这些课题的评审，本身就是学习的极好机会。在我国这些医学顶尖的学术成果中评出翘楚来，必须十二分地认真考量，不能有丝毫的马虎及懈怠。幸运的是，我的工作得到了国家科技评审办公室的肯定，当我收到国家科学技术奖评审专家的证书时，心里感到无比欣慰和骄傲。

在这个医学科学技术创新的时代里，我有幸参与其中，贡献着自己微薄的力量，我感到无比荣幸。

随着科学技术的不断进步，现代医学呈现跨越式快速发展的态势，新方法和新技术层出不穷。医学实践表明，任何一种重大疾病的最终控制，以及慢性非传染型疾病的临床诊疗突破几乎都有赖于医药科学技术的发展。医学科技创新一方面能够提高疾病防治水平，另一方面也能够加强公共卫生突发事件的反应和处置能力。

医学模式已逐步从生物医学向生物—心理—社会医学模式过渡。未来医学的发展仍然取决于现代科学技术的发展，有赖于医学各学科之间、医学与自然科学之间、医学与人文社会科学之间的交叉融合。这是医学取得突破性进展的必然途径，它们将共同推动人类迈向新的医学时代。

我衷心地祝愿我国医学科学技术取得更加辉煌的进步。

2022 年 2 月 9 日于小曲水书巢

位卑未敢忘忧国

——记南开中学抗日战争中投笔从戎的同学们

　　2017 年 3 月，祖国的大西南莺歌燕舞，春意盎然。国家"十三五"重点科技项目"心脑血管疾病营养及行为干预关键技术及应用策略研究"的分题"高血压远程血压监测及治疗"即将在贵州省贵阳市启动。在时任世界高血压联盟主席、中国高血压联盟终身名誉主席刘力生教授的直接领导下，启动仪式定于在 3 月 28 日隆重举行。

笔者（右）与刘教授合影

与项目相关的专家教授从全国各地乘飞机奔赴贵阳，大家相继在宾馆见面，相互问候时，却都没有见到刘教授的身影。咨询北京的教授得知，刘教授是乘坐北京到贵阳的高铁而来，还需要十来个小时才能到达。

听到这个消息，大家都感到有点意外。毕竟从北京到贵阳，乘飞机只需要飞行三个小时，而乘高铁需要十个小时左右，刘教授为什么要放弃乘飞机而乘高铁这种相对费时的交通工具呢？况且刘教授已经近90岁高龄，在高铁上坐这么长时间，肯定是很疲劳的。我隐隐地感觉到，刘教授之所以选择高铁出行，肯定有我们不甚了解的理由。大家都默默地为刘教授加油，希望尽快见到这位高血压界的泰斗级人物，在明天的会议上能够亲耳聆听她的报告。

夜幕降临时，刘教授到了，一如既往，带着她那温和的笑容、睿智而又知性的话语，来到了来自全国各地的专家的中间。在会议间歇时，刘教授主动给我们讲述了她乘高铁到贵阳的原因。

一、一寸山河一寸血，十万青年十万军

这是一个距今久远而又令人感动的故事。

1937年，随着卢沟桥炮声隆隆，日寇的铁蹄践踏着我们祖国的土地。中原、河北、北平相继沦陷，年幼的刘力生跟随父亲——一位老协和医生先后到庐山、重庆避难，因空袭频繁，被迫辍学后，她和妹妹在家里坚持跟父母学习"四书"和英语等课程。1940年夏季，刘力生以优异的成绩考入重庆南开中学，在那里她真正领会了南开校长、著名的教育家张伯苓先生制定的校训"公""能"二字的内涵。老师们经常用切身经历对学生进行爱国教育，爱国主义观念深深扎根在她的心底。而张伯苓校长的"爱国三问"更是直抵南开学子们的心灵。

这是张伯苓校长于1935年9月17日新学年"始业式"上，让南开大

刘力生中学照

学新老同学自省的三个问题。所谓始业式，就是迎接新同学的开学典礼。在仪式上，学子们最为期待的便是校长的演说。在每一次"入学第一课"上，张伯苓讲得最多的就是为国为公，这也正是南开精神最为重要的内核，张伯苓念兹在兹，不断以此勉励新老学生。

你是中国人吗？是！

你爱中国吗？爱！

你愿意中国好吗？愿意！

这"爱国三问"无异于醍醐灌顶，激发了学生们的爱国之志，让初入南开的学子们真切感受到了国家的危难和南开人的责任，各届同学从此投身救国运动之中。

1944年，日本帝国主义为摆脱不利局面，发起了侵华战争失败前规模最大的一次攻势。日军纠集了50万军队，从当年4月起，先后发动了豫中会战、长衡会战和桂柳会战，并在当年秋天，大举进攻长沙、衡阳，继而攻陷桂林、柳州，接着分出一部兵力，沿黔桂铁路由河池直逼黔境内独山，意在占领陪都重庆。

独山县地处贵州最南端，与广西南丹县接壤，是贵州省乃至大西南进入两广出海口的必经之地。东守两广、西望滇黔、南控东盟、北至天府，素有"贵州南大门""西南门户"之称，是贵州南部重要城镇，一场恶战即将在独山展开。

此时的陪都重庆，形势陡然紧张了起来。刘力生所在的重庆南开中学开始执行军事训练和生活管理，派来了几位军训教官，动员同学们参军抗战。教官慷慨激昂的演说打动了正在读书的学生。国家有难，匹夫有责！国家

1946年重庆南开中学高三（2）班合影（第二排右二是刘力生）

需要你们的时候到了，到前线去，与日寇展开英勇的斗争！他们打出了"一寸山河一寸血，十万青年十万军"的口号，组建青年远征军。南开学生爱国更不落后于他校，同学们沸腾了，纷纷报名参战，尤其是一批运动健将及身体素质好的同学更是冲在前面。

但是许多学生家长还是有顾虑的，他们听说了这个消息后，也来到了学校，陈述了作为家长的意见。家长们说，抗击日寇、精忠报国他们积极响应，但是这些孩子才十六七岁，还没有成人，正是长身体、学知识的年龄，希望他们目前在学校好好学习，成人后再参军报效祖国。但是在高昂的爱国激情的驱使下，许多同学包括女生瞒着家长报了名，刘力生的妹妹也瞒着家人报了名，后来说只要男生，她才没有走向抗战前线。每当回忆起这一刻，刘力生教授总是自责地说，在这件事上，我不及我的那些报名参战的同学，甚至不及我的妹妹勇敢。这也是刘教授时隔七十年仍然念念不忘当年南开同窗们奋不顾身奔向抗日前线的原因。

刘教授班里积极参军报国的同学就达十几名，这些同学，一部分去了缅北作战，少部分身体素质好的优秀同学，特别是 1945 级到 1948 级的同学经过严格体检，先后被编入空军官校 25、26、27 期，经过航校严格的培训后成为勇敢的空军飞行员。

这些同学大部分是瞒着家人报名参军的。时隔七十多年，健在的空军同学、96 岁的杜松培还保留着当年的资料。当年杜老逃家从军报国，但父母得知儿子的爱国决定后，全力支持了儿子。在一张张精美的行简中，可以看到父母对儿子爱国行为的鼎力支持及绵绵的舐犊之情。

在一个黄色封套上，一群战鹰在蓝天白云中翱翔，封套右下角写着"鹏程万里，松培吾儿存念 爸爸赠"；左上角写着"男儿本是重横行，叱咤风云撼宇宙 妈妈赠"。而左下角镶有一张相片，是父母亲在八月桂花开时，在成都北面的桂湖拍摄的。封套的另一面，是父亲用英文书写的鼓励儿子的铭言。

在另一张装裱精良的行简上，印着"壮志凌云"四字楷书阴文大印章，印章左

杜松培父母亲亲手制作的行简

侧密密麻麻写了两行笔力劲挺且娟秀的毛笔行书："乙酉孟秋为吾儿松培十九龄诞日，适受训空军行将赴美，拓此贻之。聊祝鹏程万里有志竟成。吾儿勉之。"

是父母亲亲手制作的这一张张行简，时刻伴随着他，鼓励着他奋勇杀敌，保家卫国。他的许多同学都不幸牺牲了，幸运的是，他活了下来。在两岸隔绝的那些日子里，对母亲、故乡的思念，无时无刻不萦绕在他的心中。在那些日子里，老母亲思儿心切，辗转传送诗笺以表达思念之情。她在《八十一岁抒情》中写道："滚滚长江东逝水，暮去朝来久久春。蓬松白发搔更短，长倚旧闾候归人。"

"位卑未敢忘忧国"，这些同学当年义无反顾地奔赴抗战前线、为国捐躯的英雄事迹，连同"独山"这个地名深深地铭记在了刘力生教授的心底。七十多年过去了，年近九旬的刘教授得知北京至贵州已开通高铁，且高铁路线会从黔南地区经过时，毅然决定乘高铁前往贵州。此行她就是要路过黔南地区，这样就离独山近一点了，她想去看一看当年独山战役的战场，去看看让同学们纷纷奔赴抗战前线的独山。当风驰电掣的高铁路过这一地区时，刘教授说，这里早已经没有战争的痕迹了，只见崇山峻岭连绵不断，山外有山，天外还是山，蓦然望去，云雾缭绕，不见山顶，只见山连山。高铁在一座座深山隧道中穿行，好像没有尽头。就是在这片大山里，独山战役以中国军队的全面胜利而结束。横扫了大半个中国的日军在名不见经传的独山遭遇了最后的打击。"北起卢沟桥，南止深河桥"，日寇全面侵华，但独山城北深河桥却成为日寇不可逾越的障碍，这里也成为了日军侵华的终点站，此后日军再未侵占过我国一寸山河。

仍怜故乡水，万里送行舟

2020年春天的一个夜晚，一阵丁零零的电话铃声打破了房间的宁静。

刘力生教授亲切的话语在我耳边响起，她是让我做一件事情的。

原来她的一位中学同学早年旅居加拿大，现已年逾九旬，想通过刘教授打听一下，怎样才能将随身携带到海外的文物捐回祖国。这位同学就是刘教授的南开同学杜松培先生。刘教授已经通过朋友与故宫博物院有关人员联系过了，鉴于故宫要求捐献的文物档次很高，且手续繁复，故希望我能够与山东文博系统有关领导联系沟通一下，看看是否能够促成此事。

刘教授又从微信上给我转发了杜老给她的微信及部分文物的照片和介绍。从这些信息来看，这些文物以文字性的东西为主，也有一些画像、竹编龚扇、折扇等。杜老谈到，有些文物是在改革开放初期，费尽了千辛万苦才得到的。现在他真的老了，不想让这些文物流落海外，才想托老同学打听一下，怎样才能将文物捐回祖国。

遵照刘教授的吩咐，我马上对所掌握的信息进行了分析，考虑到这批文物以文字性的东西为主，我首先与山东省图书馆联系，希望能够将这批文物捐给省图。

山东省图书馆的李西宁副馆长得知这个消息后，马上向馆长、书记汇报，他们讨论后一致认为，杜老先生能够从海外将文物捐回祖国，这是一件大好事。尤其是听到我介绍，这位老先生早年作为中国军队飞行员，为抗击日寇做出了重要贡献时，更是敬佩不已。一位抗日爱国者，在风华正茂时，为了祖国，英勇地上蓝天杀敌；及至年过九旬，还心向祖国，拟将在万里之遥的中华瑰宝捐回故土。这是一种怎样的爱国精神啊！这种精神应该大力宣传。如果此事能够促成，哪怕只有一件文物归国，我们山东省图书馆也会召开隆重的捐献仪式，并请电视、广播、报纸等媒体大力宣传。考虑到老先生年事已高，也可以由他在国内的亲友代他出席捐献仪式。

由于彼时正处于疫情期间，文物的运送、邮寄等都有不便，李馆长嘱咐我，慢慢来，不要赶时间，不要催促老先生。

"日暮乡关何处是，烟波江上使人愁。"疫情已经第三个年头了，捐献事宜还没有最后落实。但我相信，杜老先生的心始终是向着祖国的，他作为刘力生教授当年重庆南开中学投笔从戎同学中的一员，飞上蓝天精忠报国、痛杀日寇保卫祖国的同窗之一，他的爱国情结是深深地扎根心底的。衷心地祝愿老先生身体安康！祝愿老先生健康长寿！

　　原载于 2022 年 5 月 16 日《济南时报》，收入本书时略有修改

六　燕子衔泥　飞入垂杨处

燕　子　衔　泥　　飞　入　垂　杨　处

我的大姨婆婆

当我第一次见到大姨时，她老人家已经近八十高龄了。花白稀疏的头发在脑后面梳了一个小小的发髻，一双标准的小脚颤巍巍地支撑着她那发胖的身体。老人一边扶着门框，一边眯着眼睛笑眯眯地向我打招呼。

我结婚时我的公公婆婆都已经在那场史无前例的浩劫中去世，大姨是家里唯一的老人。据家里人说，大姨是我婆婆同父异母的姐姐，说起来，她是一个苦命的人儿。

大姨十八岁结婚，据大姨多次给我提起，大姨夫是一个长相英俊的青年，家庭殷实。结婚后他们住在一座大宅院的二层楼里，在清末民初的山东农村，能够拥有楼房应该是非富即贵的人家了。后来听我二姐讲起，大姨夫不但长得英俊潇洒，而且有文化，20 世纪初曾经参加过同盟会，在当时也是一位热血进步青年。

大姨沉浸在婚后的幸福生活中。但世事无常，她二十一岁时，丈夫突然染急病离她而去，他们几个月大的小女儿在这个世上坚持了数个月后也追随她的爹爹去了，大姨承受着这从天而降的巨大打击，成为一个连一儿半女都没有的年轻寡妇。

在 20 世纪二三十年代，作为没有子女的年轻寡妇在闭塞的农村里生活，是多么艰难啊！公婆歧视她，大伯哥、小叔子欺负她，明里暗里侵吞她家的财产。大姨受尽了家族内的欺凌与村里人的白眼，像路边的苦菜花一样，默默地挣扎生存着。

1937年，七七事变爆发，日本鬼子大举侵入中国。大姨的二妹、三妹（我婆婆）相继参加革命，与日寇进行着殊死的斗争。时光荏苒，一转眼到了40年代，我婆婆转战在冀鲁豫地区。一次她回到老家，看到大姨艰难的生活状态，安慰她说："大姐，您太难了。等将来革命成功了，我和您妹夫安定下来，一定先把您接走。"

婆婆公公都是善良而又说到办到的人。山东解放后，公公在聊城任领导职务并安家，第一件事就是让他的通讯员将大姨从老家接到聊城。他们在外工作，将家里的所有事情都交给了大姨，大姨逐渐将这里当作了自己的家。在这个家里，大姨带大了妹妹妹夫的几个孩子，操持着家里的生活琐事，而孩子们也将她当作最亲的亲人。

我结婚后自然而然地与大姨生活在了一起。由于我先生工作经常出差，我与大姨相处的时间也非常多。大姨是一个慈祥而又能干的老人，虽然她已近耄耋之年，但还是干力所能及的家务活，经常我下班时她就已经做好饭等着我了。她最喜欢的事就是一边吃饭，一边听我讲外面的新鲜事情。听到高兴时，她会咧开那没有多少牙齿的嘴大笑。

大姨是一位既善良又拥有着浓厚的山东农耕传统观念的女人，虽然她的父亲是乡村的私塾先生，两个妹妹都念过书，有文化，我婆婆还曾经当过共产党冀鲁豫边区的文化教员，但大姨没有念过书，就会背《三字经》，她一生就认为，女子无才便是德。

大姨经常挂在嘴边的话是，我就是喜欢男孩，你婆婆的这些孩子，我就是喜欢你男人。待我的儿子铭铭出生时，大姨更是高兴得合不拢嘴，逢人就说，我这辈子，就是喜欢小原（我先生）和铭铭这两个男孩。记得大姨患病卧床时，她经常会让我将幼小的铭铭抱给她。大姨怀抱着小娇儿，充满沧桑的脸上露出满足的笑容，她一边轻轻拍着铭铭，一边念叨着，胖孙子好啊，胖孙子好啊！她经常对我说，女人嘛，男人不在家咱们将就着过就行，能省就省。我听了总是对她笑笑，也不说什么，我知道这是大姨一辈子的生活理念，反驳她反而不好。生活了一段时间后，不知大姨在哪听说了我娘家的情况，特地对我说，你看我这老婆子没文化，不知道你从小生活在有文化的家里，别嫌弃大姨说这些农村人的话。我说，大姨，您说的话我爱听。没关系，咱们就这样说话，挺好的。

我们娘儿俩空下来的时候，大姨愿意和我闲聊。大姨有时给我讲她过去的事情。每当提起她的丈夫，她那眯缝的混浊的眼睛会突然明亮起来，大姨自豪地说："你大姨夫长得那才叫俊呢，现在的人比不上！"

大姨一辈子经历的苦难很多，但她很坚强，轻易不愿意向别人提起。有一次她对我说，人这一辈子，摊上的事多了，反而不怕了。你看我这一辈子，就好像靠山山倒，靠水水流。嫁了个好男人，这么年轻就撒下我走了，孩子也没了。好在有个好妹妹、妹夫，实心实意将我当亲人。这么多年，别看你公公当官，两口子工资都交给我，这个家我管，俺妹妹、妹夫放心。只是没想到这么好的两个人就这么走了，撒下我这个老婆子，想想还不如我替他们走算了。

大姨是一个刚强的人。我婆婆去世后，当时干休所里某领导要求大姨和孩子们立即搬出干休所。这也情有可原，但大姨不吃这一套，当所里有人上门催促她搬家时，大姨直接用大扫帚将人赶了出去，一边赶，一边喊道："现在赶我老婆子了，当初那些老干部在我家开会，我掩护着他们，那时候怎么不撵我呢？叫省里的领导来，给我说清楚！"

原来早在抗日战争、解放战争时期，大姨就在她妹妹、妹夫的影响下，做了共产党的地下秘密交通员。她利用婆家家境富裕，自己住着两层楼、位置僻静的条件，多次掩护革命同志在她家开会、活动。她曾经掩护了当时多位领导干部，解放后有些干部走上了山东或其他地区的领导岗位。据说有位解放后担任上海市委主要领导的干部，在1942年鬼子"扫荡"期间，曾被大姨掩护在她的二层楼上一段时间，成功地躲避了鬼子的搜捕。解放后组织上曾安排大姨在基层街道办事处工作，但大姨说，她年龄大了，又没文化，不给组织上添麻烦了，她继续与妹妹、妹夫在一起过日子就好。

我听了这段故事后，不由得对大姨肃然起敬，这不就是现实版的铁道游击队的"芳林嫂"吗？也难怪我结婚后，虽然公婆不在了，但他们那些老战友还会经常来看望大姨，而且看得出来大姨和他们的关系确实不一般，现在看来，那些友谊是经过战火考验的啊！

后来，听说省里领导有指示，只要大姨在，干休所的任何人不准撵她，让她和孩子们继续住着。

大姨早就把这里当作自己的家，把孩子们当作自己的孩子。我姐姐们搬新家了，请她老人家去住，她住了几天就回来，回家后嚷嚷着，你姐姐们结婚了，是外人的家了。我有儿子、孙子，我哪里也不去，就在咱自己家。

大姨病了，吃饭总是有阻挡感，咽不下去。我带她老人家去医院查病，她说，不用查我也知道，这是噎食症，咱老家有人得过，不好治。检查结果被大姨不幸言中，她患了食道癌。我连忙在医院里给她联系治疗，经过一段治疗后，病情趋于稳定。

大姨向我们提出，她要回老家一趟。开始我们不理解，这时候还回什么老家啊，安心在济南治病吧。大姨告诉我们，目前趁着身体还行，必须回老家一趟。因为老家有个风俗，长时间离家在外的人，去世前必须先回去一趟，让自己的灵魂先认认路，以便去世后灵魂能够找回家去。她希望她的灵魂能顺利回家与大姨夫团聚。

我们姐弟几人商量了一下，既然大姨有这么个愿望，就一定要满足她。我先生找了车，亲自将大姨送回了老家。

大姨在老家住了四五天，病情就发生了变化，吃不进去饭，全身开始

孙女笔下老奶奶的故宅

浮肿。大姨捎信来，快快去接她，还要带着铭铭，她太想孙子了。这时我先生正在外地，他急忙联系了汽车，电话里嘱咐我一定带着铭铭前去接奶奶。当我带着孩子出现在大姨面前时，大姨高兴地对我说，咱回家，回咱自己的家，有你给我治病照料着，我就有救了。

大姨回家后，经过一段对症治疗，浮肿很快消了，整个人的精神状态也好多了。她对前来看望她老人家的亲友，尤其我公婆的战友、同事说，这些年孩子们的爹妈没得到孩子们的济，她都得到了，儿女们都孝顺，她真的很知足。

经过两年多与疾病的斗争，大姨还是走了，她老人家是以 84 岁的高龄走的，走得安详。

大姨病重时是用医院的白色救护车接走的。在之后的很长时间内，只要我家门口有白色的面包车经过，儿子就会跟在面包车后面跑，一边跑，一边喊着，奶奶！奶奶……

大姨离开我们已经三十一年了。大姨，您在那边与大姨夫过得好吗？

2018 年 12 月

茅檐低小　溪上青青草

　　1984 年初夏，春姑娘已经悄悄地离开了，夏先生蹦跳着向我们走来。彼时的省政协大院里，还是别有一番风光的。刚下过一场雨，雨滴带走了花草上的尘埃，使它们焕然一新。小路两旁高大茂密的法桐树下一片浓浓的绿荫。位于政协后院的省第一干休所有着一排排设施完善、宽敞明亮的大平房，门前各家的小院里种着果树和一些蔬菜，俨然是位于市中心的一片世外桃源。那时院里没有那么多拥挤的宿舍楼，干休所的四座三层宿舍

笔者与儿子在春天里

全家在八达岭长城

楼还是那样显眼，我结婚后就住在其中一座宿舍楼里。

就在这个美丽的季节里，儿子来到了我们家，这个家从此也热闹起来了。

结婚近一年了，我先生小原由于工作的原因，经常出差在外，虽然有大姨在家，但家里还是比较冷清。下班后，我经常回中心医院的娘家看看，感受一下家的温暖。儿子的到来，让一向清净的家顿时热闹起来，尿布挂得像万国旗一样，伴随着婴儿的哭闹声、大姨的指挥声、厨房的做饭声，一台大戏就此开场。

儿子会下地走路了，他拿着小桶和小铲子在门口和泥巴玩。当他拿着玩具往回走时，用稚嫩的嗓音喃喃地说，回家、回家。那一瞬间，我才突然深刻地意识到，这里是我自己的家，是我儿子心目中的家。

由于干休所的老干部大多资历老，又长期在山东工作，许多人在战争时期就是出生入死的战友和同事。虽然进入20世纪80年代后有些老人已经去世，但孩子们之间的感情也是很好的，大家相处起来就有了亲人一样的感觉。

当时我从事繁忙的内科临床工作，从来没有八小时工作制的概念，儿子在幼儿园里，

笔者与儿子在省政协办公楼前

经常成为最后一个被家长接走的孩子。每当遥想老师领着幼小的儿子在教室门口等待家长出现的场景，我的内心总是充满了愧疚。当我终于带着儿子来到自己家门口时，伴随着熟悉的脚步，一句温暖的声音在身后响起："你们娘儿俩终于回来了，饿了吧？我给你们做了两个菜，趁热快吃吧。"我的好朋友宋前一手端着一个盘子，一边放在餐桌上，一边说道："我就知道你回来太晚了，再做饭几点才开饭啊。"

宋前家就在我家前面楼的二楼，她从后窗户上观察着我家终于开门，随即就给我送来饭菜，看着香喷喷、热乎乎的晚饭，我感觉一股暖流在我身体内涌动着，这就是我的好邻居、好朋友。

由于小原经常出差，我们家就成了大家聚会的场所。每当晚饭后，她们带着各自的孩子——赵丽带着秀秀，宋前带着俏俏，还有范亮等小朋友，都聚集在我家。大人、孩子热热闹闹的，整个房子里洋溢着欢笑声。

赵丽是干休所的一位护士，她长得小巧玲珑，声音清脆，性格爽朗，爱开玩笑。自从铭铭一出生，她就喊着，叫干妈！儿子也非常喜欢她。她

父亲是济南军区的副政委，作为一位干部子女，她工作积极热情，对干休所的老干部治疗及时、服务周到。干休所的老人们都对她赞不绝口，称赞她对老干部阶级感情深。赵丽的父亲曾经任解放军驻东北某部队的首长，她儿时在东北长大，说了一口略带东北腔的普通话。有一天，她推门进来，往沙发上盘腿一坐，大声对我们说："奶奶个腿的……"她那诙谐的表情惹得我们都哈哈大笑。

赵丽的女儿秀秀也是我儿子的好朋友，一有空，就跑到我家玩，吃饭也叫不回去。一天，赵丽又叫她回家吃饭了，她钻到床底下怎么也不出来。那天小原在家，对着床下喊道，秀秀，给你妈妈说，把你的户口本拿来，你就不用回家了。秀秀信以为真，在床下大声对她妈妈喊道，快把我的户口本拿来，我要在铭铭家，我要在铭铭家！我们看着这些天真无邪的孩子，个个笑得前仰后合。

因为有同学从外地来访，小原打算在一酒店请同学聚餐。临走时问儿子铭铭，你跟爸爸去吃饭吗？铭铭连忙表示不愿意去外面吃饭，愿意和小伙伴们在家里玩。这时秀秀这个小丫头从小原叔叔的胳膊下钻过来，连声说，我去我去，我最爱在饭店吃饭了。我们几个问她，这么多叔叔阿姨在场，你不害怕吗？秀秀做了一个鬼脸，用食指和中指做出一个夹菜的动作，连声说道，不怕、不怕，老虎来了我也照吃大虾！惹得我们大家哄堂大笑，连连说，这孩子长大了可不得了。

宋前女儿俏俏的性格与秀秀迥然不同。她从小个子就高，但长得文静漂亮，说起话来也柔柔的，我们在一起聚餐时，她一只手托着腮，一只手指着餐桌，细声细语地说："有酒水吗？"一副小大人的样子。如果您以为俏俏是个柔弱胆小的女孩，那您就大错特错了，其实她内心是一个非常坚毅而又有主张的孩子，这在她长大后自主创业、开辟一片天地中也得到了验证，她从小就是一个外秀内刚的女孩。

小原看起来比较严肃，孩子们或多或少都害怕他。一次他在家看电视，秀秀表现得有点拘谨。俏俏和秀秀悄悄地议论着，谁敢动小原叔叔的头。秀秀想了想说，我还是不敢。俏俏回答道，我敢。随后俏俏爬到沙发上，抓住小原的头晃了起来。小原一边晃着头，一边继续看着电视，俏俏喊着，你们看我敢晃小原叔叔的头了。唯有俏俏妈妈宋前的评论比较中肯，你小原叔叔就是属热水瓶的，外冷内热，其实他是很喜欢孩子们的。

　　冬天来临了，北风呼啸着，卷着漫天的雪花飘落在我们院子里。尽管室外寒风呼啸，我们家里却温暖如春。大家在一起包饺子，有说有笑的，不一会儿，热气腾腾的饺子就端上来了，孩子们争先恐后地吃了起来。不知谁拿起相机，将这飘着热气的饺子与孩子们灿烂如花的笑脸定格在照片之中，成为他们童年美好的记忆。

儿子与小伙伴们在除夕夜

　　夏天来了，天气也变得越来越热了，太阳火辣辣地照在大地上，发出耀眼的光芒。济南的夏天尤其炎热，只有到了傍晚，才渐渐凉爽起来，风吹在身上，有一点凉丝丝的感觉。晚饭后，我将一床草席铺在门前高大的法国梧桐树下，几家大人带着孩子纷纷坐在了凉席上。孩子们可不老实，他们在凉席上蹦来蹦去、嬉笑打闹，玩得不亦乐乎。我们几个家长天南地北地聊着，好不惬意。

　　20 世纪 90 年代的一个夏季，宋前与我商量，孩子们都长大了，可以自理了，咱们何不相伴带他们到海边度假游玩呢？她的这一建议得到了我们几家大人孩子一致的拥护，稍做准备后宋前带着俏俏、小陶带着粟粟、我带着铭铭一起向着养马岛出发了。

　　小陶是医院的护士，一位老干部的儿媳，也是我和宋前的好朋友。她的儿子粟粟是一个眉目清秀的小男孩，比我儿子长一岁，还没有走到养马岛，他们三人已经兴高采烈地玩在一起了。

儿子（右）与俏俏（左）、粟粟（中）在养马岛

　　彼时的养马岛刚刚开发，还处于比较原始的海岛状态，但是对我们来说，这时的养马岛野趣横生，渔民淳朴善良，是我最难忘的一次旅行。

　　第二天早上，我们三人带着孩子寻找饭店吃饭。在一家家庭饭店坐下后，女店员说："你们来得太早，我先给你们做点饭，别让孩子饿着。我公公去港口买海鲜了，一会儿就会回来。"

　　孩子们在这里饱餐了一顿美味的海鲜饭，价格是如此低廉。大家刚想离开时，饭店的老大爷从港口回来了，连忙表示让我们再等一下。孩子们很愿意，在餐桌上用贝壳摆着各种花样玩着。不一会儿，女店员拿着一大

网兜煮好的大海蟹，朝我们走来，说她公公让我们带回去给孩子吃。看着这一大兜海蟹，我们有点吃惊，这得多少钱啊？老大爷过来了，连连说都是从海里捞的，拿回去给孩子们吃就行。我们感叹养马岛的人是如此实在、淳朴！我们也连忙让孩子们谢谢爷爷，谢谢爷爷一家对我们一行人的热情招待。从这点点滴滴中，孩子们从小学到了与人为善、多为他人着想的品德。

干休所是我结婚后的第一个住处，也是我儿子认定的家。儿子初二时由于小原在单位分配了宿舍，我们搬离了那里。多少年过去了，我们总忘不了那个地方，那里是我儿子的出生地，那里有他至今还联系的发小们，那里有我要好的朋友，还有那些魂牵梦绕的曾经的故事。那些美好的回忆会伴随我的一生，每当回想起来，总是那么亲切、温馨。

2021 年 1 月

儿子的童年

儿子铭铭出生在 20 世纪 80 年代，那是一个伟大的时代，改革开放的号角已经吹响，美好的蓝图已经绘出，祖国处处洋溢着蒸蒸日上、朝气蓬勃的新气象。广播里的歌手热情洋溢地唱着："光荣属于八十年代的新一辈……"

儿子一出生，皮肤就非常白。当时我就想他要是个小姑娘该多好，活脱脱一个小白雪公主，而男孩子皮肤白，容易让别人认为"小白脸子不中交了"。时间证明我当时的想法是极端错误的，儿子长大后成长为一个非常诚实、忠厚的男人。

小时候儿子说话较早，又非常喜欢说话。在干休所的院子里，老人较多，他只要见到老人，就爷爷、奶奶地叫个不停。他姑姑们看到后

儿子在幼儿园绘画班上

悲喜交加，喜的是侄子说话早，乖巧伶俐，悲的是他爷爷、奶奶均已逝世，"我们孩子没有见到过自己的爷爷奶奶，他是馋爷爷奶奶才这样叫的。要是爷爷奶奶在，他们二老得多高兴"。那时候谁能够想到儿子长大后竟然成为一个不太爱说话的男人了。

由于工作的原因，儿子父亲经常出差在外。可能是大部分时间在妈妈身边生活的孩子，缺少了父亲阳刚教育的原因吧，儿子小时候很胆小。记得在山医大操场上，几个孩子争先恐后地往立着的单杠上爬，只有他趴在最下面的杠上喊着，我不敢，我不敢！他那胆怯的样子引来大家一阵阵笑声，同时也提醒着我应该教育他勇敢点了。

儿子从小一点儿也不自私，最愿意干的一件事情就是拿出自己的玩具与小伙伴们分享。干休所里以老人为多，青年人少，小孩子就更少了。20世纪80年代社会风气还好，加之政协大院里有一个班的警卫战士，所以位于一楼的我们家几乎天天敞着门。只要我在家，与儿子相仿年龄的孩子们便纷纷跑到我家玩耍。小伙伴们分享着玩具，大人们谈论着一些话题，热闹极了，用时髦的话来说，我家就像一个"沙龙"。吃饭的时间到了，孩子们坚决不走，就在我家开饭了，这时我家像极了一个其乐融融的大家庭。当有人发牢骚带孩子有多累时，我会发出一番感慨，和儿子在一起也有以往想象不到的快乐啊，我好像又和儿子一起过了一遍无邪的童年。

儿子上小学了，每天跟着我到山医附小上学。班里大都是山医、山医附院及医科院的孩子，大院里长起来的知识分子子女，一般都比较单纯。他的班主任苗慧老师，是一位年轻漂亮的姑娘，亭亭玉立的身材，焕发着青春的靓丽风采。她那年刚刚从师范学校毕业，以十九岁的年龄踏上工作岗位，接手的第一批孩子就是儿子的班级。苗老师虽然年轻，但在教学上认真负责，一丝不苟，最重要的是，她非常爱她的学生，全身心地扑在这群可爱的孩子身上。苗老师从一年级一直带到他们小学毕业，与这群孩子建立了深厚

儿子班里的男生与苗老师合影

的感情。

苗老师在他们三四年级时恋爱了，班里的小女孩在学校外看到苗老师的男朋友后，将这件事情告诉了同学们。班里有几个女生悄悄议论着，苗老师有男朋友了，她还爱我们吗？

苗老师上课了。在下课的时候，有个同学举手说，想问苗老师一个问题，可以吗？苗老师说，可以的。"苗老师，您有男朋友了，您还爱我们吗？"苗老师愣住了，随后用坚定的语气说道："我爱你们，永远爱你们！"全班同学立即兴奋地鼓起掌来，齐声欢呼："苗老师还爱我们，永远爱我们！"

当儿子的同班同学菀菀将这些细节给我们这几个家长叙述时，我们也情不自禁地为苗老师与孩子们深厚而真挚的感情所感动。

时光呼啸而过，这群孩子小学毕业了，上了中学，上了大学，乃至参加工作、成家立业，但不变的是，同学们都想念着苗老师。每当过年过节，这群当年的孩子会相约着看望他们的老师——这位承诺永远爱着他们的苗老师。还住在山医附小附近的同学甚至还相约，等他们的孩子长大后也要上这所学校，还要当苗老师的学生。

20 世纪 90 年代我在医科院临床部上班，与儿子同班三人的妈妈都是同事。另外两人是心电图室小付的女儿菀菀、护士伯辉的儿子王冠。他们三人一同上学、一同放学、一同写作业，是货真价实的同学加发小。菀菀是一个认真细心的女孩子，一般学校里发生的事情都是她告诉我们这几位家长。菀菀放学后经常向我和伯辉汇报，铭铭上课又做小动作了，王冠又与同学打仗了，等等，她那认真负责的小模样使我们忍俊不禁。

有一天，菀菀放学后告诉我们，她的班级发生了一件"大事"。前段时间她的班里的同学旭旭的爸爸妈妈离婚了。由于旭旭的妈妈在美国留学，他跟着爷爷、奶奶和爸爸在国内生活。旭旭是一个生性活泼、阳光灿烂的男孩，但自从小小的年纪爸爸妈妈离婚后，旭旭情绪低落，同学们传说着旭旭妈妈不要他了，他是一个没有妈妈的孩子了。

这天上午上学时，旭旭手中紧紧地握着一张纸，兴高采烈地跑进教室。他将这张纸高高地举过头顶，一边挥舞着一边喊道："我妈妈从美国来信了，她想念我，她还要我！我是有妈妈的孩子！"

全班同学都跳跃起来，齐声喊道："旭旭的妈妈要他了！旭旭的妈妈要他了！"

我们三位家长也被孩子们真挚的情感感染，一边听着，一边拍手笑着，笑着笑着不由自主地流出了眼泪，为旭旭得到了远在美国的妈妈慈祥温暖的爱，为这些孩子之间纯真的感情、为他们天真无邪的童言所深深地感动。

后来旭旭长大后到美国读大学了，又回到了他妈妈的身边。王冠从中国传媒大学毕业后，进入中央电视台国际部，成长为一名著名主持人。在驻美国期间，他与旭旭保持着密切的联系，这也是所谓的人生四大乐事之

儿子（右一）与发小兼同学在一起

——"他乡遇故知"的具体体现吧。

儿子班级里有几个男孩子特别调皮，他们的共同特点是精力过盛，上课不注意听讲，乱说乱动，随意做小动作。这些行为大大影响了课堂纪律和其他同学的学习，在上数学课时尤为明显。当数学老师批评他们时，他们都说这些内容已经学会了，听起来没有意思。尽管他们不认真听讲，但这些孩子的数学成绩确实还不错，家长们对这些孩子的行为也是束手无策。

教数学的高荣兰老师是一位年近半百的资深女教师，在一堂新的数学课时，高老师拿出一块小黑板放在了大黑板的一侧。她对大家说："同学们，今天数学课上如果哪位同学认为老师所讲的内容已经掌握了，请你不要乱说乱动、做小动作。你可以看看小黑板上的这几道数学题会不会做，如果会做的话，请做出来，老师会表扬你，如果不会做，又想学会的同学，请下课后找我辅导，但是就是不能影响课堂纪律。"

儿子在课堂上做出了那两道数学题。由于专心做题，他没有做小动作影响课堂纪律，破天荒地受到了表扬。

儿子以前课堂纪律不好，经常受到老师批评，甚至罚站。这次的表扬给予他莫大的鼓励和鞭策。不仅仅是儿子，几个调皮又比较聪明的孩子相

继受到了表扬。这些表扬激励着他们在课堂上再也没有心思调皮了，而是
积极地去做小黑板上不断更新的难题，遇到问题就及时到高老师那里解惑
钻研。后来我们家长才知道，高老师在小黑板上出的那些题就是小学奥林
匹克数学竞赛题。

　　几分耕耘，几分收获。在高老师这位园丁的辛勤培育下，这些调皮顽
劣的孩子变成了积极学习、勤于思考的好学生。在毕业前夕，他们班里的
孩子经过一番披荆斩棘，有四位孩子斩获山东省小学奥林匹克数学竞赛一
等奖，一位孩子获山东省奥林匹克数学竞赛二等奖，为他们的小学生涯画
上了圆满的句号，为山医附小争得了荣誉。要知道当年鼎鼎大名的山师附
小全校才有两位同学获奖，一般较好的小学有一位学生获奖的话，学校就
要庆贺了，而儿子班里竟有五人同时获奖，可以说他们的高老师创造了奇迹。

　　我们几位获奖同学的家长更是感慨万分。由于各自工作都比较繁忙，
大家几乎把精力都扑在了工作上。我们没有抽出精力及时间辅导我们的孩
子，孩子们也没有花一分钱上奥数辅导班。尤其我的儿子，从一个经常违
反课堂纪律而被罚站的调皮小男生到毕业时能够斩获小学奥林匹克数学竞
赛一等奖，这完全是高老师培养教育的结果。我们为高老师崇高的师德、

高超的教育水平而折服，为儿子能够得到这样一位德才兼备的老师而庆幸，也为我在教育儿子上的缺位深深自责。

有一天，我在校园里遇到了高老师，我连忙走上去向她问好，并对她孜孜不倦地培养教育儿子表示由衷的感谢！没想到高老师握着我的手说道："谢谢您，谢谢你们几位家长，把这些孩子送到了我的班级。我能在我的职业生涯中遇到这么几个聪明伶俐又认真学习的孩子，能够将他们教育出来，我很满意，也是我的光荣。这些孩子真是孺子可教也。"

那一刻，我什么也说不出来了。这就是儿子的老师，他们没有对顽劣孩子的歧视，没有功利，只有对孩子全心全意的爱。就像歌词里唱的那样：长大后我就成了你，才知道那间教室放飞的是希望，守巢的总是你；长大后我就成了你，才知道那块黑板写下的是真理，擦去的是功利……

我欣慰，儿子在成长道路上遇到了一位又一位好老师。正因为有这样的老师们，儿子的童年才更加绚丽多彩，更加值得回忆、值得骄傲。

2020 年 7 月 6 日

宝宝贝贝

宝宝今晨走了，无声无息地走了。

宝宝是我家的一条古代牧羊犬，浑身上下毛茸茸的，雪白的身躯上有两块浅灰，萌萌的表情像极了电视上一个油漆广告中的那条狗。

我还清晰地记得第一次见到宝宝的情景。那是 2011 年夏末，我们新房子的装修进入了尾声。由于院子里的下水道井盖裂了，我们到南外环边的一个废品收购站去买一个完整的井盖。

刚下过雨，这个废品收购站里乱糟糟的，到处泥泞不堪。不经意间，我看到在一个简陋棚子的支柱上，拴了一条狗。这条狗浑身脏兮兮的，用温和的眼神看着我。收购站的工头对我说，这是捡来的一条狗，这两天都没给它吃饭。

我听了这一席话，想起我们车上还有点食物，就急忙回到车里拿了点火腿肠与面包给它。它一看到食物，就狼吞虎咽地吃起来。看着它吃完了，我们让工人将刚买的下水道井盖放在后备厢，我们该离开了。但就在我起身离开时，这条狗抬起头，用期盼的眼神看着我，小声哼哼着跟在我的身后欲走，但拴着它的那根绳子拽住了它。

我又回头看了它一眼。它虽然浑身上下沾满了泥水，但仍能看出是一条比较纯种的古代牧羊犬。我忍不住将手伸向它，它竟然抬起前爪搭在我的手掌上与我握手。

它一定是家养的一条狗，而且受到过良好的训练。但是什么原因使它流落到这里，可能就永远是个谜了。

废品收购站的工头说，捡了这条狗，还得天天喂它，如果你们喜欢，就把它带走吧。我与丈夫商量，要不然咱把它带走？鉴于它太脏了，我们与工头商量，明天我们换个车带它走。这条狗似乎听懂了我们的谈话，在它极为依恋的眼神中，我们离开了。

第二天一早，我们找了一辆朋友拉货的车直奔废品收购站。工头不在，他的老婆出来接待了我们。她对我们说，这条狗是她花钱买的，如果我们带走，就要拿800元钱才行。

我们对她出尔反尔的行为非常反感且鄙视。我们商量着，算了，我们走吧。

这时我下意识地看了一眼这条可怜的狗狗，只见它用期待且有点绝望的眼神看着我，脚下不由自主地向我走着，好像在说，带我走吧，我的主人。我不忍再看那狗的眼睛，用商量的口气与丈夫说，咱们给她钱，把这条可怜的狗狗带走吧。

我把钱交到那个女人手里，带着狗狗头也不回地走了，直奔我熟悉的一家宠物店。宠物店的小姑娘惊呼道，你们从哪里捡来这么一条垃圾狗！当宠物店的姑娘费了九牛二虎之力将它洗浴打理完毕，并注射完必须的防疫针，一条漂漂亮亮的古代牧羊犬出现在我们面前。它兴奋地向我跑来，用头亲昵地拱着我，用舌头舔着我的手臂，幸福的表情使在场的人都不由自主地笑了起来。

我们将这只古牧母犬起名叫宝宝。因为我们家原来还有一条德国黑背公犬，它叫贝贝。古牧犬到来，顺理成章地就得名宝宝了。

贝贝是四个月大时从警犬基地领来的，大概因为它有一只耳朵稍有点歪，被淘汰了。但这点缺陷丝毫没有影响它的情商和智商。贝贝聪慧绝顶，

曾经又回到警犬基地训练过一段时间的它机智灵活、爱憎分明。它对家人像春天般的温暖,当它做错事时,你不管怎样惩罚它、训斥它,它总是低着头,小声哼哼着。但它对外人就没有这样温驯了,它像秋风扫落叶那样无情。只要有外人向家里走来,它总是隔着铁栅栏狂吠着,在气势上绝对占着上风。

对于宝宝的到来,贝贝表现出出人意料的宽容和友爱。它处处谦让着宝宝,爱护着宝宝。遇到宝宝爱吃的食物,它会悄悄地走到一旁,让宝宝尽兴地吃个够。宝宝就像一位高傲的公主,尽情地享受着被爱受宠的待遇。

我们大意了,没有发现它们恋爱了。2002 年的春季,宝宝诞下四只小狗。可能宝宝也没有当过母亲,翻身时压死了两只。这下子我们都警觉起来,尽量将娇小的狗崽放在一旁。尽管这样悉心关照着,宝宝一起身,还是将一只小狗崽踩在了脚下。

弱小的狗崽没有呼吸了,我急忙给它进行胸外按摩、人工呼吸。过了好大一会儿,只见这个小生命逐渐恢复了呼吸。它又活了过来。鉴于这条小生命的失而复得,我们给它起名多多。

另外一只小狗崽比较健壮,鼻子很大,又能及时拱到奶头,我们给它起名大鼻子。

其实这两条小狗都很丑,它们既没有遗传到它们爸爸的英俊,也没有继承它们妈妈的甜萌可爱,是一对说不清像谁的小串子狗。但这样的外貌并不影响它们两个幸福快乐的心情。妈妈不愿意喂它们时,它俩叼着奶头

宝宝贝贝一家

跟着妈妈满院子跑，吃饱了喝足了，就缠着爸爸，在它的身上跳来跳去。这时的贝贝就是一位标准的慈父，任凭它的女儿们在它身边撒欢玩耍。我们一边在旁边观看，一边感慨：多么幸福的一家人！

时光的列车呼啸而过，一转眼许多年过去了。贝贝老了，步履蹒跚，曾经矫健的步伐不见了，最后连需要跨两步台阶的狗窝都进不去了，我们只能在院子平地上另外搭一个狗窝供它居住。去年夏天，贝贝以 12 岁的高龄去了天堂。

贝贝走后，宝宝是最伤心失落的。宠她的真命天子走了，她好像很快就衰老了，并且开始疾病缠身。一个小小的伤口，尽管给它精心治疗，历经几个月也不见好转。终于在今年初夏的一个凌晨，宝宝也闭上了双眼。

我坚信宝宝是找贝贝去了。虽然它们不是一个品种，但这不影响它们坚贞的爱情。我们把宝宝埋在了后山，埋在了贝贝的身边。我们祈祷它们在天堂能够相遇，继续过着相亲相爱的美好生活。

2020 年 6 月 8 日

暖　阳

　　和煦的暖阳照在我的身上，一点儿也没有深秋的感觉。

　　昨晚我又感冒发烧了，半夜感到咽痛、头痛，接着体温就上升到 38℃
以上。就像我的一位小儿科主任同学兼闺密说的那样，我经常感冒发烧的
行为根本就是个儿科病，而且发烧时像极了一只可怜的猫儿，蜷在床上，
一脸无助的可怜相，丝毫看不出昨天那朝气蓬勃、活蹦乱跳的样子。

　　吃完药，随着太阳的升起，我感觉好像好点了。这也符合大自然的规律，
上午阳气升，病情也好像有所减轻吧。

　　外面小原又在叫我了。今天天气这么好，一点风也没有，他已经将后
山菜地暖棚的塑料布揭开了，问我是否拔点菜回来。

　　我坚持着下床来到后山。虽然已是深秋，那殷红色爬满墙头和栅栏的
爬山虎在漫山遍野苍翠松林的衬映下，竟是那样美丽，让人惊艳！看来"霜
叶红于二月花"这句诗真不是随便乱说的。呼吸着后山清新、略带潮湿的
空气，心情骤然开朗，连病情也好像轻多了，我不由得联想到多年前的一
个情景。

　　那时父亲已经疾病缠身多年了，单位最后一次福利分房，父亲按政策
分到了新房。新房子很好，南北朝向，卧室朝南，白天阳光灿烂，我们将
父亲的床安放在靠窗的位置。父亲休息时，不顾我和妈妈的极力反对，坚
持枕头放在床尾部。我不明白为什么这样做，父亲说，他在床上休息时总

红叶　　　　　　　柿子

要看一会儿书，看书时抬头望望窗外，就可以看到那棵枝繁叶茂的大杨树，看着那青翠闪着油光的树叶，他心里舒服。

是的，就像我现在看着那漫山的青松翠柏，心里舒服。

近几年，我们在靠近我家后院处开出一小片地，种上了一些家常菜。您别小看这块小菜地，它可是在我和邻居的社交中起到大作用的。随着社会的所谓进步，当代的邻里关系越来越淡漠，邻里之间老死不相往来的现象比比皆是。但自从我们邻居都有一块小地以来，大家越来越像旧时的乡亲了。春天我们赶集买种子，种上土豆、黄瓜、茄子、辣椒等。待秋风一凉，邻居们就商量着种萝卜、大白菜等过冬菜了。这不，这两天我家忙，邻居们就帮我们把大白菜捆起来了。为了能在寒冷季节也能吃上时令蔬菜，

白菜

我们还用废旧材料做了简易蔬菜棚，里面种上了小白菜、小油菜、小菠菜、香菜等绿叶植物。今天小原就是自己掀开大棚拔菜，让我看看选哪种菜吃。

我就这样懒懒地坐在石头田埂上，看着小原在地里忙碌的样子。突然觉得，我现在很享受这样的生活。"结庐在人境，而无车马喧。问君何能尔？心远地自偏。采菊东篱下，悠然见南山。山气日夕佳，飞鸟相与还。此中有真意，欲辨已忘言。"陶渊明的这首诗，是否很切合我此时的心境呢？

2018 年 11 月 2 日

春种一粒粟

春节前夕，伴随着凛冽的寒风，新冠病毒席卷神州大地。我们响应国家的号召，居家不出门，最大限度地避免感染，就是为抗击疫情贡献力量。

"河岸春生绿，斋扉雨送昏。"小雨又淅淅沥沥地下了起来，一转眼春天到了。去年是暖冬，接连下了几场雪。今年开春以来，春雨连连不断，空气湿润得恍若来到了江南，难道地球轴有所转动这种传言还真有点道理吗？

推开后院的大门，映入眼帘的是已满山青翠的后山。"雨中草色绿堪染，水上桃花红欲燃。"远处漫山的柏树在春风中青翠欲滴，近看杏树上的花苞已经开始绽放，一副"小楼一夜听春雨，深巷明朝卖杏花"的模样。我正在欣赏着大自然的美景，邻居提醒我，种土豆的季节到了。

每年三月初，我和邻居家会相约在后院里种点土豆，这也是每年春季种菜的开始。到集市上买了土豆种以后，我回家用刀子将土豆切成数块，且保证每一块都拥有一个芽眼。用草木灰涂抹后就可以备用了。据说用草木灰的目的是防止种子埋在地里后腐烂，影响发芽率，看来普普通通的农活中也隐藏着很多科学道理。

小雨停了两天后，小原就在地里忙活了起来。他将土地深翻后，拣出地里的小石块，起出土豆垄，施上底肥。我在旁边做下手活也是忙得不亦乐乎。连续干了两三天我们才干完这些活，傍晚查了一下天气预报，发现

256

春天的花

明天下午又要下小雨了，我们这里真是"不是江南，胜似江南"啊。

第二天一早，我们两人就来到地边。一个人挖坑，一个人埋种，不一会儿的工夫，土豆就种了下去。我正要去浇水，感觉耳边、脸上凉丝丝的，绵绵春雨"润物细无声"地又下了起来。它来得真是时候，天气预报说中午一点下雨，它迫不及待地上午十点就下起来，就好像通知我们"不要浇水，我来了"。

"耕罢春芜天欲暮，小舟冲雨载犁归。"我俩站在细雨蒙蒙的后山，期待着种下的种子早日生根发芽，并憧憬着"春种一粒粟，秋收万颗子"的丰收景象。

2020 年 3 月 9 日中午有感而发

后　记

近年来，总想写点什么。

夜深人静的时候，往事会在不经意间涌上心头，儿时温馨的祖屋、少年时代纯洁无瑕的友谊，及至成年能够做自己喜欢的职业，虽承担着家庭重担，相夫教子，琐琐碎碎，但一路风雨兼程而无怨无悔，并乐在其中。

近几年来，尤其疫情三年，工作及生活的节奏骤然慢了下来，有时间将一些印象深刻的事情或瞬间记录下来。几十年的风风雨雨，忘却了许多当年自认为的重要事件，而一些细碎琐事、偶然的瞬间却深深地留在了脑海里，回想起来，也蛮有意思。

在人生的旅程中我感恩我的亲人们，是他们将我带到人间，教育我成长，给予我爱的空间，让我尽享着一个幸福家庭的温暖和柔情。

我感恩我的长辈、老师，是他们的悉心培养与教育，使我在人生路上少走弯路，走得顺畅。

我感恩我的发小、同学、同事，在我的人生道路上有他们一路相随，使我的工作更加充实，生活更加丰富多彩、五彩缤纷。

我感恩我的朋友们，与他们在一起，我再也不会感到孤单与寂寞，成长路上充满鲜花和歌唱。

我感恩曾经伤害过我的人，是他们的存在，使我变得坚强，使我更快地成长。

感谢我的好朋友吴虹、陈凌云，不辞劳苦为本书拍摄、修改相关照片，尽量使本书图文并茂。

八年前在我写作《路大荒传》期间，一个女婴呱呱落地，爷爷的第四代玄孙、我的孙女来到了人间。当我写本书中的文章时，孙女用她稚嫩的小手为我童年的某些章节配图，虽然非常幼稚，却也另有一番意境，不禁使人感受到生生不息的力量。

人生，本来就是一场马不停蹄的跋涉，一路走来，风一程雨一程，一路阳光，一路风雨。采撷这一路洒落的点点滴滴，就是本书的意义所在吧。

路方红 2022 年 10 月 19 日于小曲水书巢